PARAÍSO

ABDULRAZAK GURNAH

Paraíso

Tradução
Caetano W. Galindo

Copyright © 1994 by Abdulrazak Gurnah

Grafia atualizada segundo o Acordo Ortográfico da Língua Portuguesa de 1990, que entrou em vigor no Brasil em 2009.

A pedido do autor, mantivemos inalteradas suas transliterações do árabe e sua grafia de vocábulos de línguas africanas.

Título original
Paradise

Capa
Oga Mendonça

Imagem de capa
Pouring Over 2 Morrison Boys & 2 Maps II, de Frank Bowling, 2016.
Acrílica sobre tela, 306 × 184 cm.
© Bowling, Frank/ AUTVIS, Brasil, 2022. Reprodução de Hales Gallery/ © Frank Bowling. Todos os direitos reservados, DACS/ Artimage 2022

Preparação
Cristina Yamazaki

Revisão
Natália Mori
Clara Diament

Dados Internacionais de Catalogação na Publicação (CIP)
(Câmara Brasileira do Livro, SP, Brasil)

Gurnah, Abdulrazak
    Paraíso / Abdulrazak Gurnah ; tradução Caetano W. Galindo. — 1ª ed. — São Paulo : Companhia das Letras, 2023.

Título original: Paradise
ISBN 978-85-359-3520-2

1. Ficção tanzaniana (Inglês) I. Título.

23-158954   CDD-823

Índice para catálogo sistemático:
1. Ficção : Literatura tanzaniana em inglês   823

Eliane de Freitas Leite – Bibliotecária – CRB 8/8415

Todos os direitos desta edição reservados à
EDITORA SCHWARCZ S.A.
Rua Bandeira Paulista, 702, cj. 32
04532-002 — São Paulo — SP
Telefone: (11) 3707-3500
www.companhiadasletras.com.br
www.blogdacompanhia.com.br
facebook.com/companhiadasletras
instagram.com/companhiadasletras
twitter.com/cialetras

para Salma Abdalla Basalama

O JARDIM MURADO

1.

O menino primeiro. Seu nome era Yusuf, e ele de repente foi embora de casa em seu décimo segundo ano. Lembrava porque era a estação seca, quando todos os dias eram iguais. Flores inesperadas abriam e morriam. Insetos estranhos saíam correndo de debaixo das pedras e morriam esperneando sob a luz calcinante. O sol fazia as árvores distantes tremerem no ar e deixava as casas arrepiadas e respirando com dificuldade. Nuvens de poeira subiam de cada passo pesado e uma imobilidade cortante recobria as horas do dia. Eram momentos precisos como esses que voltavam daquela estação do ano.

Viu dois europeus na plataforma da estação aquela vez, os primeiros que tinha visto na vida. Não teve medo, não de início. Ia sempre à estação para ficar assistindo à chegada dos trens, ruidosos e elegantes, e depois para esperar eles se arrastarem de novo para longe dali, conduzidos pelo sinaleiro indiano de cara fechada, com suas flâmulas e o apito. Muitas vezes Yusuf tinha que ficar esperando horas para um trem chegar. Os dois europeus também estavam à espera, de pé embaixo de um toldo de lona com a bagagem e umas coisas que pareciam importantes, empilhadas ali a poucos metros. O homem era grande, tão alto que tinha que baixar a cabeça para não encostar na lona que o protegia do sol. A mulher ficava mais para trás, na sombra, com o rosto reluzente em parte obscurecido por dois chapéus. A blusa branca de babados estava abotoada no pescoço e nos pulsos, e a saia comprida roçava os sapatos. Era grande e alta também, mas de um jeito diferente. Onde ela parecia calombuda e maleável, como se fosse capaz de mudar de forma, ele parecia entalhado numa única peça de madeira. Tinham os olhos fixos em direções diferentes, como se não se conhecessem. De onde estava, Yusuf viu a mulher passar o lenço pela boca, removendo casualmente camadas de pele seca. O rosto do homem era todo manchado de vermelho, e no que seus olhos percorreram lentamente o cenário apertado da estação, registrando os armazéns de madeira trancados e a imensa bandeira amarela com a imagem de uma ave negra de olhar duro, Yusuf conseguiu ficar bastante tempo olhando para ele. Aí ele se virou e viu que Yusuf estava encarando. O homem de início desviou o olhar e depois observou Yusuf longamente. Yusuf não conseguia tirar os olhos dele. De repente o homem mostrou os dentes num esgar involuntário, cerrando os dedos de um jeito inexplicável. Yusuf entendeu o recado e saiu correndo, murmurando as palavras que tinha aprendido a dizer quando precisava de um auxílio súbito e inesperado de Deus.

    Aquele ano em que ele saiu de casa foi também o ano em que houve uma infestação de cupim nas colunas da varanda dos fundos. Seu pai batia com força nas colunas toda vez que passava por elas, para mostrar que sabia o que estavam aprontando. Os cupins deixavam nas vigas de madeira umas trilhas que eram como a terra revirada que marcava os túneis dos bichos no leito do riacho seco. As colunas soavam ocas e macias quando

Yusuf batia nelas, e soltavam minúsculos esporos granulados de podridão. Quando ele resmungava que queria comer, a mãe o mandava comer os cupins.

"Eu estou com fome", urrava para ela, numa litania improvisada que vinha recitando de modo cada vez mais ríspido com o passar dos anos.

"Come os cupins", sugeria a mãe, e aí ria da cara exagerada de angústia e de nojo que ele fazia. "Anda, pode se entupir quando quiser. Eu nem ligo."

Ele suspirava de um jeito desiludido que vinha tentando desenvolver para mostrar como aquela piada era patética. Às vezes eles comiam ossos, que a mãe cozinhava para fazer uma sopa rala que brilhava colorida e engordurada na superfície, e que trazia no fundo, à espreita, pelotas pretas de tutano esponjoso. Na pior das hipóteses, era só cozido de quiabo, mas por mais fome que sentisse, Yusuf não conseguia engolir aquele molho gosmento.

Seu tio Aziz também viera visitá-los naquela época. As visitas dele eram raras, costumavam ser acompanhadas de um grupo grande de viajantes e carregadores e músicos. O tio passava algum tempo com eles nas longas jornadas que fazia desde o oceano até as montanhas, os lagos e as florestas, atravessando as planícies secas e os morros nus e pedregosos do interior. Suas expedições eram muitas vezes acompanhadas por percussão e tambur e sopros e siwa, e quando o séquito entrava marchando na cidade os animais saíam em disparada e evacuavam, e as crianças ficavam descontroladas. O tio Aziz tinha um cheiro estranho e incomum, uma mistura de couro e perfume, gomas e especiarias, e algum outro aroma menos definível que fazia Yusuf pensar em perigos. Sua roupa normal era um kanzu bem frouxo de algodão e um pequeno barrete de crochê que ele empurrava para bem longe dos olhos. Com ar de pessoa refinada e modos educados e impassíveis, parecia mais um homem num passeio de fim de dia ou um fiel a caminho das orações da tarde do que um mercador que abria caminho entre arbustos de espinhos e ninhos de víboras que cuspiam veneno. Mesmo no calor da hora da chegada, em meio ao caos e à desordem dos pacotes despencados, cercado por carregadores cansados e ruidosos e vendedores atentos, de garras afiadas, o tio Aziz sempre conseguia parecer calmo e tranquilo. Nessa visita ele viera sozinho.

Yusuf sempre gostava das visitas dele. Seu pai dizia que eram uma honra para a família, por ele ser um mercador tão rico e tão famoso — *tajiri mkubwa* —, mas não era só isso, por mais que honra sempre fosse algo bem-vindo. O tio Aziz lhe dava, toda vez, uma moeda de dez anna quando passava por ali. Yusuf não precisava fazer nada, só estar por perto na hora certa. O tio Aziz via que ele estava ali, sorria e lhe dava a moeda. Yusuf sentia vontade de sorrir também, a cada vez que chegava aquele momento, mas se abstinha porque imaginava que seria errado. Yusuf ficava encantado com a pele luminosa e o cheiro misterioso do tio Aziz. Até depois de ele ir embora o perfume permanecia, por dias a fio.

No terceiro dia da visita, ficou claro que estava chegando a hora de o tio Aziz partir. Havia uma agitação incomum na cozinha, e a inconfundível mescla de aromas de um banquete. Temperos doces das frituras, molho de coco fervendo, pãezinhos levedados e pão ázimo, biscoitos no forno e carne cozida. Yusuf fez questão de não se afastar da casa o dia todo, caso sua mãe precisasse de ajuda para preparar os pratos ou quisesse uma opinião sobre algum deles. Sabia que ela gostava de pedir a opinião dele sobre essas coisas. Caso contrário ela podia esquecer de mexer um molho, ou perder o momento em que o óleo quente estava tremendo só um pouquinho para ela poder mergulhar os vegetais. Era uma operação delicada, pois por mais que ele quisesse ficar de olho na cozinha, não queria que sua mãe o visse à toa por ali, à espreita. Com certeza ela ia mandar ele fazer mil coisas diferentes, o que normalmente já não era uma coisa boa, mas ainda podia fazer ele perder o momento de se despedir do tio Aziz. Era sempre no momento da partida que a moeda de dez anna trocava de mãos, que o tio Aziz oferecia a mão para um beijo e fazia um carinho na cabeça de Yusuf quando ele se abaixava para o beijo. Então, com um gesto familiar e bem treinado, ele punha a moeda na mão de Yusuf.

Em geral seu pai ficava no trabalho até pouco depois do meio-dia. Yusuf imaginou que ele traria o tio Aziz quando voltasse, então ainda dava para matar um pouco de tempo. O pai dele trabalhava cuidando de um hotel. Era a última de uma série de tentativas de fazer fortuna e fazer nome. Quando estava bem-disposto em casa, ele lhes contava histórias de outras empreitadas que pensara que dariam certo, e que fazia soarem ridículas e hilárias. Ou Yusuf ouvia as queixas de como sua vida tinha dado errado, e como tudo o que ele tentara acabou dando em nada. O hotel, que era uma taberna com quatro camas limpas num quarto do primeiro andar, ficava na cidadezinha de Kawa, onde eles estavam morando havia quatro anos. Antes disso eles moraram no sul, em outro vilarejo, num distrito de fazendeiros onde seu pai tinha uma venda. Yusuf se recordava de um morro verdejante e sombras distantes de montanhas, e de um velho que ficava na calçada, sentado num banquinho na frente da venda, bordando barretes com fio de seda. Eles vieram para Kawa porque a economia ali explodiu quando os alemães usaram a cidade como depósito para a linha férrea que seguia até as terras altas do interior. Mas a bonança durou pouco, e os trens agora só paravam para se reabastecer de madeira e água. Em sua última jornada, o tio Aziz tinha usado a linha que ia até Kawa antes de seguir a pé rumo a oeste. Na próxima expedição, ele disse, iria até onde pudesse com o trem antes de pegar uma rota noroeste ou nordeste. Ainda existiam bons mercados nessas duas regiões, disse. Às vezes Yusuf ouvia o pai dizer que a cidade toda estava indo para o buraco.

O trem para o litoral saía no começo da tarde, e Yusuf supôs que o tio Aziz fosse embarcar. Por causa de alguma coisa no comportamento do tio, adivinhou que ele estava indo embora. Mas as pessoas eram cheias de surpresas, e ele podia acabar pegando o trem que subia até as montanhas, que saía no meio da tarde. Yusuf se preparou para as duas possibilidades. Seu pai esperava que ele aparecesse no hotel todo dia depois de fazer a oração da tarde — para aprender mais sobre o negócio, o pai lhe dizia, e aprender a se virar sozinho, mas na verdade era para liberar os dois rapazes que faziam a limpeza e ajudavam na cozinha, além de servir a comida dos hóspedes. O cozinheiro do hotel bebia e dizia palavrões, e xingava todo mundo que via pela frente a não ser Yusuf. Ele interrompia uma arenga mal-educada com um sorriso assim que via o menino, mas Yusuf ainda tinha medo, e tremia na frente dele. Naquele dia não foi até o hotel, nem fez a oração da tarde, e no calor horroroso daquela hora do dia Yusuf não imaginava que alguém fosse se dar ao trabalho de ir atrás dele. Em vez disso, ficou se esgueirando pelos cantos onde havia sombra e por trás dos galinheiros do terreiro, até ser expulso dali pelo cheiro sufocante que subia com a poeira do começo da tarde. Escondeu-se no escuro do depósito de lenha que ficava ao lado da casa, um lugar de sombras roxas bem escuras e com um teto bem alto de sapé, onde ficou ouvindo os cautelosos passos apressados de lagartos caçadores e esperou de tocaia pela moeda de dez anna.

Não se incomodava com o silêncio e a escuridão do depósito de lenha, pois estava acostumado a brincar sozinho. Seu pai não gostava que ele fosse brincar longe de casa. "Estamos cercados por selvagens", dizia. "Washenzi, que não têm fé em Deus e adoram espíritos e diabos que vivem nas árvores e nas pedras. Eles adoram raptar criancinhas e fazer sabe-se lá o quê com elas. Ou você pode ir lá ficar com aquele pessoal que não se cuida, aqueles largados e os filhos dos largados, e eles vão te deixar à toa pros cães selvagens te comerem. Fique por aqui, que é seguro, pra alguém poder ficar de olho em você." O pai de Yusuf preferia que ele brincasse com os filhos do vendedor indiano que morava por ali, só que quando Yusuf tentava se aproximar as crianças indianas jogavam areia nele e riam de sua cara. "Golo, golo", cantarolavam, cuspindo na direção dele. Às vezes ficava com os grupos de meninos mais velhos encostados à sombra das árvores ou dos beirais das casas. Gostava de ficar com os meninos porque estavam sempre contando piadas e rindo. Os pais deles eram vibarua, empregados pelos alemães nos grupos de trabalhadores que colocavam os trilhos, cumpriam pequenos serviços no terminal ou carregavam malas e baús de viajantes e mercadores. Eles só eram pagos pelo que faziam, e às vezes não havia o que fazer. Yusuf tinha ouvido os meninos dizerem que os alemães enforcavam quem não trabalhasse direito. Se fossem jovens demais para a forca, eles lhes cortavam as bolas. Os alemães não tinham medo de nada. Faziam o que queriam e ninguém podia impedir. Um dos meninos disse que seu pai vira um alemão enfiar a mão inteira no fogo sem se queimar, como se fosse um fantasma.

Os vibarua que eram pais deles vinham de toda parte, das terras altas de Usambara ao norte de Kawa aos fabulosos lagos a oeste dessas terras, das savanas destruídas pela guerra ao sul, e muitos vinham do litoral. Eles riam dos pais, ridicularizando seus cânticos de trabalho e trocando histórias sobre o cheiro nojento e azedo com que voltavam para casa. Inventavam nomes para os lugares de onde os pais vinham, nomes engraçados e desagradáveis que usavam para ofender e ridicularizar uns aos outros. Às vezes brigavam, rolando pelo chão, trocando chutes e se machucando. Quando dava, os mais velhos iam trabalhar como criados ou mensageiros, mas em geral ficavam à toa, tentando catar restos de comida por aí, esperando até ficarem fortes para dar conta do trabalho dos homens. Yusuf ficava ali com os garotos quando deixavam, ouvindo a conversa e fazendo coisinhas para eles.

Como passatempo, ficavam de fofoca ou jogavam baralho. Foi com eles que Yusuf aprendeu que os bebês moravam dentro do pênis. Quando um homem queria filhos, punha o bebê dentro da barriga de uma mulher, onde ele tem mais espaço para crescer. Não foi o único que achou a história incrível, e todos começaram a mostrar e medir o pênis conforme o debate ia ficando mais acalorado. Logo tinham esquecido os bebês e os pênis viraram o centro das atenções. Os meninos mais velhos se exibiam orgulhosos e forçavam os mais novos a mostrar os pequenos abdallas para rir deles.

Às vezes jogavam kipande. Yusuf era pequeno demais para chegar a rebater, já que idade e força determinavam a ordem dos batedores, mas sempre que deixavam ele se juntava ao grupo que saía correndo como louco pelos amplos terrenos poeirentos para pegar um toco de madeira que voava pelos ares. Uma vez seu pai o viu correndo na rua com um grupo de crianças alucinadas atrás de um kipande. Ele lhe lançou um olhar duro de desaprovação e deu um tabefe, antes de mandá-lo ir para casa.

Yusuf fez o próprio kipande e adaptou o jogo para poder jogar sozinho. Sua adaptação consistia em fingir que ele também era todos os outros jogadores, com a vantagem de assim conseguir rebater o quanto quisesse. Corria para cima e para baixo pela rua na frente de casa gritando empolgado e tentando agarrar um kipande que tinha acabado de rebater o mais alto que podia, para ter tempo de correr para pegar.

2.

Então, no dia da partida do tio Aziz, Yusuf não se incomodou com a ideia de perder algumas horas esperando pela moeda de dez anna. Seu pai e o tio Aziz voltaram juntos para casa à uma da tarde. Ele viu o brilho do corpo dos dois sob a luz líquida do sol quando vieram se aproximando lentamente pela trilha de pedras que levava à porta de casa. Caminhavam sem conversar, cabeça baixa e ombros curvados pelo calor. O almoço já estava posto para eles no melhor tapete da sala de visitas. O próprio Yusuf tinha dado uma ajudinha nos últimos detalhes, ajeitando a posição de alguns pratos para tudo ficar mais bonito e ganhando um sorriso largo de gratidão de sua mãe cansada. Já que estava ali, Yusuf aproveitou a oportunidade para examinar bem o banquete. Dois tipos diferentes de curry, frango e carne moída de carneiro. O melhor arroz de Peshawar, reluzente de ghee e salpicado de passas e amêndoas. Pãezinhos cheirosos e redondos, maandazi e mahami, transbordando do cesto coberto por um pano. Espinafre com molho de coco. Uma travessa de vagens. Fatias de peixe seco assadas no que restava das brasas com que o resto da comida tinha sido preparado. Yusuf quase chorou de tanta vontade, inspecionando aquela abundância, tão diferente das refeições magras daquela época. A mãe fechou a cara quando viu a cena que ele estava fazendo, mas o rosto de Yusuf acabou ficando tão trágico que ela teve que rir.

Quando os homens se acomodaram, Yusuf entrou com uma jarra e uma bacia de latão e um pano branco limpinho dobrado sobre o braço esquerdo. Ia vertendo a água devagar enquanto o tio Aziz e depois seu pai enxaguavam as mãos. Ele gostava de hóspedes como tio Aziz, gostava muito. Ficou pensando nisso agachado diante da porta da sala de visitas, se porventura precisassem dele. Não teria reclamado de ficar na sala olhando, mas seu pai lhe dirigiu um olhar irritado que o pôs para correr. Havia sempre alguma coisa acontecendo quando o tio Aziz estava por ali. Ele fazia todas as refeições na casa deles, apesar de dormir no hotel. Isso significava que muitas vezes ficavam sobras bem interessantes depois que eles acabavam de comer — a não ser que a mãe desse uma bela olhada naquilo antes dele, o que normalmente fazia tudo ir parar na casa de um dos vizinhos ou na barriga de um dos pedintes esfarrapados que às vezes vinham bater, resmungando e choramingando preces a Deus. A mãe dizia que era bondade dar a comida aos vizinhos e necessitados em vez de se deixar levar pela gula. Yusuf não via lógica nisso, mas a mãe lhe dizia que a virtude era a própria recompensa. Ele entendeu pelo tom cortante da voz dela que se abrisse a boca de novo teria que ouvir outro sermão, e dos compridos, e isso ele já recebia de sobra do professor na escola do Corão.

Havia um pedinte com quem Yusuf não se incomodava de dividir as *suas* sobras. Chamava-se Mohammed, um sujeitinho mirrado de voz rouca que fedia a carne podre. Yusuf o encontrou um dia sentado junto à casa e comendo punhados de terra vermelha que ia raspando do muro destruído. Estava com uma camisa encardida e manchada e usava o calção mais molambento que Yusuf já tinha visto. De tanto suor e sujeira, a borda do barrete dele era de um marrom-escuro. Yusuf ficou alguns minutos olhando para o homem, pensando sozinho se já tinha visto alguém de aparência mais imunda, e então foi pegar uma cuia de sobras de mandioca. Depois de uns bocados, que comeu entre ganidos de gratidão, Mohammed lhe falou que a tragédia de sua vida era a erva. Um dia ele teve dinheiro, disse, terra irrigada e uns animais, além de uma mãe que o amava. Durante o dia roçava aquela terra que adorava, no limite de sua força e de sua resistência, e à noite ficava com a mãe enquanto ela louvava a Deus e lhe contava histórias fabulosas desse mundo imenso.

Mas aí o mal tomou conta dele de uma tal maneira que ele acabou abandonando a mãe e a terra em busca da erva, e agora andava à toa pelo mundo levando pontapés e comendo terra. Por mais que tivesse caminhado, nunca comera alguma coisa com a perfeição da comida de sua mãe, a não ser agora, talvez, com aquela mandioca. Contou a Yusuf histórias de suas jornadas enquanto estavam ali sentados apoiados no muro da casa, ele com a voz aguda muito animada e o rosto jovem e enrugado se abrindo em sorrisos e meios-sorrisos de dentes quebrados. "Aprenda com a dor do meu exemplo, meu amiguinho. Fique longe da erva, eu te imploro!" As visitas dele nunca eram muito longas, mas Yusuf se sentia sempre feliz por vê-lo e ficar sabendo de suas últimas aventuras. Gostava especialmente de ouvir as descrições da terra irrigada de Mohammed ao sul de Witu e da vida que levara ali durante seus anos de felicidade. Depois disso, gostava de ouvir a história da primeira vez que Mohammed foi levado para a casa dos doidos, em Mombasa. "Wallahi, eu não estou mentindo, rapazinho. Acharam que eu era louco! Você acredita numa coisa dessas?" Lá encheram a boca dele de sal e ficavam lhe dando tapas na cara se ele tentava cuspir. Só o deixavam em paz se ele ficasse sentado bem quieto enquanto as pedras de sal derretiam na boca e lhe corroíam as tripas. Mohammed falava da tortura como se não se importasse, mas também como se achasse engraçado. Ele tinha outras histórias de que Yusuf não gostava, como a do cachorro cego que viu ser morto a pedradas e a de crianças abandonadas à crueldade. Mencionou uma moça que conheceu uma vez em Witu. A mãe de Mohammed quis que ele casasse, disse, e aí sorriu de um jeito estúpido.

No começo Yusuf tentou mantê-lo escondido, com medo de que a mãe o pusesse para correr, mas Mohammed gemia e choramingava tão grato quando ela dava as caras que logo se transformou num dos pedintes favoritos dela. "Honre a sua mãe, eu te imploro!", ele sussurrava quando ela estava ouvindo. "Aprenda com a dor do meu exemplo." Às vezes acontecia, a mãe de Yusuf depois disse ao menino, de sábios ou profetas ou sultões se disfarçarem de pedintes e se misturarem com pessoas comuns e desgraçadas. É sempre melhor tratar essas pessoas com respeito. Sempre que o pai de Yusuf aparecia, Mohammed levantava e ia embora, fazendo uns barulhinhos que demonstravam respeito.

Uma vez Yusuf roubou uma moeda do bolso do paletó do pai. Não sabia por que fizera aquilo. Enquanto o pai se lavava após voltar do trabalho, Yusuf meteu a mão no paletó fedido que estava pendurado num prego no quarto dos pais e pegou uma moeda. Não foi algo planejado. Quando olhou para a moeda depois, viu que era uma rupia de prata e ficou com medo de gastar. Ficou surpreso por não ser pego e sentiu a tentação de devolver a moeda. Pensou várias vezes em dá-la a Mohammed, mas tinha medo do que o pedinte podia dizer ou do que o acusaria. Uma rupia de prata era a maior quantia de dinheiro que Yusuf já tivera nas mãos. Então escondeu a moeda numa rachadura na base de uma parede, e às vezes cutucava com um pauzinho para ver aparecer uma pontinha dela.

3.

O tio Aziz passou a tarde na sala de visitas, fazendo a sesta. Para Yusuf aquele atraso parecia irritante. O pai também tinha se recolhido ao quarto, como fazia todo dia depois da refeição. Yusuf não conseguia entender como as pessoas podiam dormir de tarde, como se fosse uma lei a obedecer. Chamavam aquilo de repouso, e às vezes até a mãe repousava, desaparecendo no quarto e fechando a cortina. Quando ele tentou, uma ou duas vezes, ficou tão entediado que temeu nunca mais conseguir levantar. Na segunda ocasião, achou que a morte devia ser assim, ficar na cama sem conseguir dormir e sem poder se mexer, como um castigo.

Enquanto o tio Aziz dormia, Yusuf teve que limpar a cozinha e o terreiro. Era algo inevitável se ele quisesse ter alguma influência sobre o destino das sobras. Para sua surpresa, a mãe o deixou sozinho enquanto ia conversar com o pai. Ela costumava ficar supervisionando muito de perto, separando as sobras de verdade daquilo que renderia outra refeição. Ele danificou a comida o quanto pôde, separou e guardou o que conseguiu, esfregou e enxaguou as panelas, varreu o terreiro e depois foi montar guarda sentado à sombra da porta dos fundos, suspirando por causa dos fardos que precisava carregar.

Quando a mãe perguntou o que ele estava fazendo, respondeu que estava repousando. Tentou não dizer de modo pomposo, mas saiu assim, o que fez a mãe sorrir. Sem aviso ela veio na direção de Yusuf, deu-lhe um abraço e o ergueu do chão enquanto ele esperneava furioso, querendo ser libertado. Odiava ser tratado como um bebê, e ela sabia. Os pés dele buscavam a dignidade do chão de terra batida do terreiro enquanto ele se contorcia com uma fúria contida. Era por ser pequeno para a idade que ela vivia fazendo isso — pegando ele no colo e lhe dando beliscões nas bochechas, abraços e beijões babados —, e aí ria do filho como se ele fosse criança. Ele já tinha doze anos. Para seu espanto dessa vez ela não o soltou. Normalmente ela o liberava assim que a resistência ficava furiosa, dando-lhe um tapa na bunda quando ele saía em disparada. Dessa vez ficou abraçada, apertando o corpo dele contra a maciez do corpo dela, sem abrir a boca, sem rir. As costas do vestido ainda estavam molhadas de suor, e seu corpo cheirava a fumaça e cansaço. Ele parou de espernear depois de um tempo e deixou a mãe abraçá-lo.

Foi o primeiro presságio. Quando ele viu lágrimas nos olhos da mãe, seu coração bateu apavorado. Nunca vira a mãe fazer aquilo. Gritar de dor diante do sofrimento de um vizinho como se tudo estivesse indo por água abaixo, isso sim, e implorar que o Todo-Poderoso tivesse piedade dos vivos, com o rosto empapado do vigor da súplica, mas nunca vira aquelas lágrimas mudas. Pensou que alguma coisa havia acontecido com o pai, que ele tinha falado com ela de modo ríspido. Talvez a comida não estivesse à altura do tio Aziz.

"Ma", ele disse suplicante, mas ela fez que não era nada.

Talvez seu pai tivesse dito como era boa sua família anterior. Uma vez ele ouviu o pai dizer que ela era filha de um membro de uma tribo das colinas pra lá de Taita, que vivia numa tenda enfumaçada e usava roupas fedorentas de couro de bode, e achava que cinco cabras e duas sacas de feijão eram um bom preço para qualquer mulher. "Se acontecer alguma coisa com você, eles me vendem outra igualzinha lá do curral deles", disse. Não era para ela se achar importante só porque tinha crescido no litoral, entre gente civilizada. Yusuf morria de medo quando eles brigavam, sentindo as palavras cortantes penetrarem sua carne e lembrando histórias que outros meninos contavam, de violência e de abandono.

Foi a mãe quem lhe falou da primeira esposa, contando a história entre sorrisos e com a voz que reservava para as fábulas. Era uma árabe de uma família antiga de Kilwa, não exatamente uma princesa, mas uma pessoa de uma linhagem digna de respeito. O pai de Yusuf se casara com ela contra a vontade dos orgulhosos pais da moça, que não o julgavam à altura. Pois embora viesse de uma boa família, qualquer um que tivesse juízo enxergava que a mãe dele devia ser selvagem e que ele mesmo não tinha recebido as bênçãos da prosperidade. E embora um nome não pudesse ser maculado pelo sangue da mãe, o mundo em que viviam impunha certas necessidades práticas. Desejavam coisas melhores para a filha do que virar mãe de crianças com cara de selvagens. E lhe disseram: "Damos graças a Deus, meu rapaz, por sua atenção e sua bondade, mas nossa filha é jovem demais para pensar em casamento. A cidade está cheia de filhas que merecem uma proposta, muito mais do que a nossa".

Mas o pai de Yusuf tinha visto a moça, e não conseguia tirá-la da cabeça. Estava apaixonado! O afeto o tornava imprudente e irresponsável, e ele tentou chegar até ela. Era um desconhecido em Kilwa, só estava ali como agente de entrega, precisava levar uma encomenda de jarros de barro para o homem que o empregava, mas fizera amizade com um sujeito que era o mestre de navegação de um dhow, um nahodha. O nahodha ficou feliz de dar apoio à paixão dele pela moça e o ajudou com estratagemas para conquistar o coração dela. Além de tudo, aquilo magoaria um pouquinho aquela família toda cheia de si, disse o nahodha. O pai de Yusuf marcou encontros secretos com a moça e acabou fugindo com ela. O nahodha, que conhecia todas as cataratas do litoral, de Faza lá no norte a Mtwara no sul, levou os dois escondidos para Bagamoyo, no continente. O pai de Yusuf começou a trabalhar num depósito de marfim que pertencia a um mercador indiano, primeiro como vigia, depois no balcão e como mascate. Passados oito anos, a mulher com quem ele tinha se casado planejou voltar a Kilwa, depois de ter escrito uma carta a seus pais, implorando perdão. Iria acompanhada pelos dois filhinhos para eliminar qualquer vestígio de repreensão da família. O dhow em que eles embarcaram se chamava *Jicho*, o Olho. E nunca mais foi visto depois de zarpar de Bagamoyo. Yusuf também tinha ouvido o pai falar dessa família, em geral quando estava com raiva de alguma coisa, ou depois de alguma decepção. Sabia que as lembranças eram dolorosas para o pai, e que lhe causavam grandes ataques de fúria.

Durante uma das discussões mais terríveis entre eles, quando pareciam ter se esquecido de Yusuf ali sentado diante da porta aberta enquanto os dois se engalfinhavam, ele ouviu seu pai gemer, "O meu amor por ela não era abençoado. Você conhece essa dor".

"E quem não conhece?", a mãe dele perguntou. "Quem é que não conhece essa dor? Ou você acha que eu não conheço a dor de um amor que dá errado? Você acha que eu não sinto nada?"

"Não, não, não me acuse, não você. Você é a luz dos meus

olhos", ele gritou, numa voz que cresceu e se desmontou. "Não me acuse. Não comece com tudo isso de novo."

"Eu não vou começar", ela disse, numa voz que já era um sussurro, um sibilar.

Ficou pensando se eles não teriam brigado de novo. Esperou ela falar, querendo saber o que estava acontecendo, irritado por ser incapaz de forçar uma confissão e de fazer a mãe dizer o motivo das lágrimas.

"O seu pai vai te contar", ela acabou dizendo. Soltou o filho e entrou de novo em casa. Num piscar, a escuridão do corredor a engoliu.

4.

O pai veio atrás dele. Acabara de acordar da sesta e estava com os olhos vermelhos de sono. Tinha o lado esquerdo do rosto corado, talvez por ter dormido daquele lado. Levantou um canto da camisola e coçou a barriga, enquanto a outra mão alisava os pelos que já lhe apareciam no queixo. Sua barba crescia rápido e ele costumava se barbear toda tarde, depois de dormir. O pai correu para Yusuf e seu sorriso cresceu e se abriu. Yusuf ainda estava sentado junto à porta dos fundos onde a mãe o deixara. Agora o pai veio se agachar ao lado dele. Yusuf supôs que o pai estava tentando parecer despreocupado, e ficou nervoso.

"Você ia gostar de viajar, meu polvinho?", o pai lhe perguntou, puxando-o para mais perto de seu suor masculino. Yusuf sentiu o peso do braço em seu ombro, e resistiu à pressão que o fazia enfiar o rosto no torso do pai. Estava grande demais para essas coisas. Seus olhos correram para o rosto do pai, para ler o sentido do que estava sendo dito. O pai deu uma risadinha, espremendo rapidamente o corpo de Yusuf. "Não fique tão feliz assim", ele disse.

"Quando?", perguntou Yusuf, libertando-se delicadamente do abraço.

"Hoje", disse o pai, erguendo a voz animado e depois sorrindo no meio de um pequeno bocejo, tentando parecer tranquilo. "Agora mesmo."

Yusuf se pôs na ponta dos pés e dobrou os joelhos. Sentiu uma breve vontade de usar o banheiro, e encarou ansioso o pai, à espera do resto da notícia. "Aonde é que eu vou? Mas e o tio Aziz?", perguntou Yusuf. O súbito medo úmido que tinha sentido foi apagado pela ideia dos dez anna. Não podia sair dali antes de pegar sua moeda de dez anna.

"É com o tio Aziz que você vai", seu pai disse e então abriu um sorriso discreto, amargo. Ele fazia isso quando Yusuf lhe dizia alguma tolice. Yusuf esperou, mas o pai não abriu mais a boca. Depois de um momento o pai riu e fez que ia abraçá-lo. Yusuf saiu em disparada e riu também. "Você vai de trem", o pai disse. "Até o litoral. Você adora trem, não é verdade? Vai adorar ir até o mar." Yusuf ficou esperando que o pai dissesse mais, e não conseguia pensar por que não estava gostando da ideia dessa viagem. No fim, o pai lhe deu um tapa na coxa e disse para ele falar com a mãe sobre o que ia levar.

Quando chegou a hora de ir embora, aquilo mal parecia ser de verdade. Ele se despediu da mãe na porta da frente de casa e seguiu o pai e o tio Aziz até a estação. A mãe não lhe deu abraços nem beijos, e também não o cobriu de lágrimas. Tivera receio de que isso tudo fosse acontecer. Yusuf não conseguia lembrar, depois, o que a mãe fez ou disse, mas lembrava que ela parecia doente, ou entorpecida, apoiada ali exausta no batente da porta. Quando pensava no momento da partida, a imagem que lhe vinha à mente era a da trilha cintilante em que caminhavam e a dos homens que iam à frente. Diante do grupo iam cambaleantes os carregadores que levavam nos ombros a bagagem do tio

Aziz. Deixaram Yusuf carregar a própria trouxinha: dois pares de calças curtas, um kazun que ainda estava novo, do último Eid, uma camisa, um exemplar do Corão e o velho rosário da mãe. Ela tinha embrulhado tudo, menos o rosário, num xale velho que então amarrou com um nó bem grosso. Sorrindo, passou uma vara pelo nó para Yusuf poder levar a trouxa no ombro, como faziam os carregadores. O rosário de arenito ela lhe dera por último, em segredo.

Nunca lhe passou pela cabeça, nem por um instante, que talvez ficasse um longo período sem rever os pais, ou que talvez nunca mais fosse vê-los de novo. Nunca lhe passou pela cabeça perguntar quando ia voltar. Nunca lhe ocorreu perguntar por que estava indo com o tio Aziz nessa viagem, ou por que aquilo tudo teve que ser combinado tão de repente. Na estação, Yusuf viu que além da bandeira amarela com a ave negra furiosa havia outra, atravessada por uma cruz preta de bordas prateadas. Ela era içada quando os altos oficiais alemães estavam no trem. O pai se abaixou até a altura de Yusuf e lhe apertou a mão. Falou demoradamente com ele, e acabou ficando com os olhos úmidos. Depois, Yusuf não conseguia lembrar o que ele dissera, mas havia Deus na história.

O trem já estava em movimento fazia algum tempo quando a novidade da situação começou a passar para Yusuf, e aí se tornou impossível reprimir a ideia de que tinha saído de casa. Pensou no riso fácil da mãe, e começou a chorar. O tio Aziz estava no banco ao lado dele, e Yusuf lhe lançou um olhar culpado, mas ele tinha caído no sono, encaixado entre o banco e a bagagem. Depois de alguns instantes, Yusuf viu que as lágrimas não vinham mais, contudo não queria abandonar a sensação de tristeza. Enxugou as lágrimas e começou a examinar o tio. Teria muitas oportunidades para fazê-lo, mas aquela era a primeira vez desde que o conhecera que podia olhar direto para o rosto dele. O tio Aziz havia tirado o barrete assim que embarcaram no trem, e Yusuf ficou surpreso com aquela aparência severa. Sem o barrete, o rosto dele parecia mais quadrado e desproporcional. Ali deitado, dormindo e quieto, desapareciam os modos elegantes que costumavam chamar atenção. Ainda tinha um cheiro muito bom. Yusuf sempre gostara disso no tio. Disso e de seus kanzus finos e esvoaçantes, seus barretes bordados com fio de seda. Quando ele entrava num ambiente, sua presença vinha pelo ar como se estivesse apartado da pessoa, anunciando excesso e prosperidade e audácia. Agora, apoiado na bagagem, uma barriguinha redonda aparecia mais para baixo do peito do tio. Yusuf nunca tinha reparado nisso. Ficou vendo a barriga subir e descer com a respiração, e numa das vezes enxergou um movimento ondulado.

Suas bolsinhas de couro para carregar dinheiro estavam como sempre presas a um cinto em torno da cintura, passando por cima dos ossos da bacia e se encontrando numa presilha sobre a junção das coxas como se fossem uma espécie de armadilha. Yusuf nunca tinha visto o cinto de dinheiro sem que estivesse preso ao tio, mesmo quando dormia de tarde. Lembrou da rupia de prata que tinha escondido numa rachadura na base de uma parede e tremeu ao pensar que podiam encontrá-la, anunciando a culpa dele aos quatro ventos.

O trem era ruidoso. Poeira e fumaça entravam pelas janelas abertas, e com elas vinha um cheiro de fogo e de carne assada. À direita deles, a terra que atravessavam era totalmente plana com sombras longas criadas pela luz do fim do dia. Fazendas e casinhas isoladas não se destacavam muito do chão, presas com força à terra que passava voando. Do outro lado ficavam os calombos das silhuetas de montanhas cujo cimo brilhava aureolado pelo sol poente. O trem não tinha pressa, ia se arrastando e resmungando ao abrir caminho rumo ao litoral. Às vezes reduzia a velocidade dando a impressão de que ia parar, seguindo com uma velocidade quase imperceptível, e aí de repente se lançava adiante com reclamações agudas que lhe vinham das rodas. Yusuf não lembrava de o trem ter parado em nenhuma estação pelo caminho, mas depois se deu conta de que deve ter parado. Dividiu a comida que a mãe tinha preparado para o tio Aziz: maandazi, carne cozida e feijão. Seu tio desembrulhou a comida com cuidado e tranquilidade, sussurrando bismillah e sorrindo um pouco, e então com a mão semiespalmada num gesto de acolhimento ele convidou Yusuf a comer junto. Seu tio olhava para ele com carinho enquanto comia, e lhe sorria só para ver seu olhar pidão.

Ele não conseguia dormir. As ripas do banco lhe vincavam o corpo e o mantinham acordado. Na melhor das hipóteses tirava breves cochilos, ou ficava deitado semiadormecido, apertado de vontade de ir ao banheiro. Quando abriu os olhos no meio da noite, a visão do vagão escurecido e meio vazio lhe deu vontade de gritar. As trevas lá fora eram um vazio infinito, e ele temia que o trem estivesse fundo demais naquilo tudo para poder voltar em segurança. Tentou se concentrar no barulho das rodas, mas o ritmo era peculiar e só serviu para ele se distrair e ficar ainda mais acordado. Sonhou que sua mãe era um cachorro zarolho que ele um dia viu ser esmagado pelas rodas de um trem. Depois sonhou que via sua covardia reluzindo ao luar, coberta pelo muco do parto. Sabia que aquilo era sua covardia porque alguém parado ali no escuro lhe disse que era, e ele próprio viu aquela coisa respirar.

Chegaram ao destino na manhã seguinte, e o tio Aziz conduziu Yusuf com calma e firmeza por entre a multidão de mercadores que se aglomerava dentro e fora da estação. Não falou com Yusuf enquanto andavam pelas ruas, cobertas por restos de festejos recentes. Havia folhas de palmeiras ainda atadas a batentes de portas e dobradas em forma de arco. Grinaldas pisoteadas de margaridas e jasmim se desfolhavam pelas trilhas, e cascas escurecidas de frutas sujavam as ruas. Um carregador ia na frente deles com a bagagem, suando e grunhindo no calor do pico da manhã. Yusuf tinha sido forçado a desistir da trouxinha. "Deixe o carregador levar", disse o tio Aziz, apontando para o homem sorridente ali parado meio torto diante do resto da bagagem. O carregador mancava e dava pulinhos ao andar, evitando pôr o peso no lado do quadril que doía. A superfície da rua estava muito quente, e Yusuf, que ia com os pés desprotegidos, queria ele também poder dar seus pulinhos, mas não precisava nem perguntar para saber que o tio Aziz não ia gostar de uma coisa dessas. Vendo como ele era cumprimentado pelas pessoas na rua, Yusuf entendeu que o tio era uma pessoa eminente. O carregador gritava para as pessoas abrirem caminho — "Deixem o seyyid passar, waungwana" —, e apesar de ser um sujeito maltrapilho e com cara de doente ninguém discutia com ele. Vez por outra ele olhava por cima do ombro com seu sorriso torto, e Yusuf começou a achar que o carregador sabia de alguma coisa perigosa que ele nem imaginava.

    A casa do tio Aziz era uma construção comprida e baixa, quase na fronteira da cidade. Ficava a alguns metros da rua e diante dela havia uma grande clareira cercada de árvores. Havia pequenas amargosas, coqueiros, um sufi e uma mangueira enorme no canto do jardim. Havia ainda outras árvores que Yusuf não reconhecia. À sombra da mangueira um grupinho já estava sentado, mesmo assim tão cedo. Um longo muro branco com ameias contornava a casa, e do outro lado dele Yusuf entrevia o topo de mais árvores e palmeiras. Os homens ao pé da mangueira levantaram quando eles foram chegando, erguendo os braços e gritando cumprimentos.

    Foram recebidos por um rapaz chamado Khalil, que saiu

correndo da venda que ocupava a fachada do bangalô soltando alegres gritos de boas-vindas. Ele beijou com reverência a mão do tio Aziz, e teria continuado a beijar se o tio Aziz não tivesse tirado a mão. Ele disse alguma coisa irritada, e Khalil ficou parado em silêncio ali em frente, mãos juntas enquanto tentava conter o ímpeto de pegar de novo a mão do tio Aziz. Trocaram cumprimentos e notícias em árabe enquanto Yusuf ficava olhando. Khalil tinha cerca de dezessete ou dezoito anos, era magro e de aparência nervosa, com os primeiros sinais de um bigode. Yusuf soube que tinha sido mencionado na conversa, pois Khalil virou-se para olhar para ele e concordou com gestos empolgados da cabeça. O tio Aziz se afastou dali, indo na direção da lateral da casa, onde Yusuf podia ver uma porta aberta no longo muro caiado. Viu uma nesga do jardim pela porta, e achou ter visto árvores frutíferas e arbustos floridos e o brilho da água. Quando foi seguir o tio, ele, sem olhar para trás, estendeu a mão espalmada e a manteve rigidamente afastada do corpo enquanto caminhava. Yusuf nunca tinha visto esse gesto, mas sentiu a repreensão e soube que não devia acompanhar o tio. Olhou para Khalil e viu que ele o avaliava com um largo sorriso. Fez um gesto para Yusuf e se virou para voltar à venda. Yusuf pegou a trouxa com a vara, que o carregador tinha deixado para trás quando levou para dentro a bagagem do tio Aziz, e foi com Khalil. Já tinha perdido o rosário de arenito, que ficara no trem. Três velhos estavam sentados num banco na varanda em frente à venda, e seus olhares seguiram calmamente os passos de Yusuf no que ele se abaixou para passar por baixo da aba do balcão e entrar na venda.

5.

"Esse é o meu irmãozinho, que veio trabalhar com a gente", disse Khalil aos fregueses. "Ele é pequeno e parece fraquinho desse jeito só porque veio lá do meio do mato, depois das montanhas. Lá eles só têm mandioca e verdura pra comer. Por isso que ele parece a encarnação da morte. Ei, kifa urongo! Olha o coitadinho. Olha esses bracinhos fracos e essa cara de pidão. Mas a gente vai encher o camarada de peixe e de docinhos e de mel, e daqui a pouquinho ele já vai estar no ponto para ficar com a filha de um de vocês. Diga oi pros fregueses, menininho. Dê um sorrisão pra eles."

Nos primeiros dias todo mundo sorria para ele, menos o tio Aziz, que Yusuf via só uma ou duas vezes ao dia. As pessoas corriam atrás do tio Aziz quando ele passava, para lhe beijar a mão se ele permitisse ou se curvar em reverência a um ou dois metros de distância se desse a impressão de não querer ser abordado. Mantinha-se impassível diante das saudações, prostrações e orações, e quando já tinha dado ouvidos a elas por tempo suficiente para não parecer deselegante, seguia o caminho, dando um punhado de moedas aos mais miseráveis dos cortesãos.

Yusuf ficava o tempo todo com Khalil, que lhe dava instruções quanto à nova vida e fazia perguntas sobre a antiga. Khalil tomava conta da venda, morava na venda e aparentemente não ligava para mais nada no mundo. Toda a energia e toda a força de seu ser pareciam dedicadas àquilo enquanto ele seguia a passos largos de uma tarefa para a outra com uma cara angustiada, falando rápido e de maneira empolgada das catástrofes que podiam se abater sobre a venda se ele parasse para respirar. *Você vai acabar vomitando de tanto falar*, os fregueses avisavam. *Não corra tanto, rapazinho, você vai secar antes da hora*. Mas Khalil sorria e seguia inabalável. Falava com o sotaque forte dos falantes de árabe, ainda que fosse fluente em kiswahili. Conseguia fazer com que as liberdades que tomava com a sintaxe parecessem, além de excêntricas, frutos de inspiração. Quando se exasperava ou estava angustiado demais, irrompia num jorro vigoroso de palavras árabes que forçava os fregueses a bater em retirada muda, mas tolerante. Quando Yusuf viu isso pela primeira vez, riu de sua veemência, e Khalil deu um passo à frente e lhe soltou um tabefe exatamente na parte carnuda da bochecha esquerda. Os velhos da varanda riram, gargalhando e se balançando e trocando olhares, como se soubessem desde sempre que aquilo uma hora ia acontecer. Eles vinham todo dia e ficavam sentados no banco, conversando entre si e sorrindo das esquisitices de Khalil. Quando não havia fregueses Khalil concentrava toda a atenção neles, fazendo com que se transformassem num coro que reagia ao seu falatório enfurecido, interrompendo aquelas conversas em voz baixa sobre notícias e boatos da guerra com perguntas inevitáveis e sacadas perspicazes.

O novo professor não perdeu tempo, e logo muitas das opiniões de Yusuf já estavam corrigidas. O dia começava com o nascer do sol e não acabava sem o aval de Khalil. Pesadelos e aquilo de chorar à noite eram uma coisa boba, então era hora de parar. Alguém podia pensar que ele estava enfeitiçado e ia acabar sendo mandado para o massagista para ser tratado com ferros quentes nas costas. Cochilar encostado nas sacas de açúcar armazenadas era o pior tipo de traição. E se ele se mija e estraga o açúcar? Quando um freguês faz uma piada, sorria até peidar se for necessário, mas sorria e não ouse ficar com cara de tédio. "Quanto ao tio Aziz, pra começo de conversa ele não é seu tio", ele lhe disse. "Isso é o mais importante pra você. Escute aqui, ei, kifa urongo. Ele não é seu tio." Era como Khalil o chamava naqueles dias, kifa urongo, morte encarnada. Eles dormiam na varanda de terra batida na frente da venda, balconistas de dia e vigias de noite, e se cobriam com panos grosseiros de chita. A cabeça dos dois ficava bem próxima, e os corpos bem afastados, para poderem conversar baixinho sem se aproximar muito um do outro. Sempre que Yusuf chegava perto demais, Khalil o espantava com pontapés doloridos. Mosquitos esvoaçavam em torno deles, pedindo sangue com seu vozerio agudo. Se os panos escorregavam de cima do corpo deles os mosquitos imediatamente faziam seu banquete pecaminoso. Yusuf sonhava que podia ver seus sabres de bordas serrilhadas lhe rasgando a carne.

Khalil lhe disse, "Você está aqui porque o seu Ba deve dinheiro pro seyyid. Eu estou aqui porque o meu Ba deve dinheiro — só que o meu Ba já morreu, Deus tenha piedade da alma dele".

"Deus tenha piedade da alma dele", disse Yusuf.

"O seu Ba deve ser um mau negociante..."

"Não é não", Yusuf gritou, sem ter a menor ideia, mas nada pronto a aceitar essas liberdades.

"Mas ele não pode ser tão ruim como marehemu quanto o meu pai, Deus tenha piedade da alma dele", Khalil continuou sem se deixar abalar pela reclamação de Yusuf. "Ninguém pode ser tão ruim assim."

"Quanto é que o seu pai devia a ele?", perguntou Yusuf.

"Não é honroso perguntar", Khalil disse bem-humorado e depois lhe deu mais um tabefe por essa estupidez. "E não diga *ele*, diga seyyid." Yusuf não entendia todos os detalhes, mas não enxergava o que havia de errado em trabalhar para o tio Aziz para pagar as dívidas do pai. Quando tivesse terminado de pagar ele podia voltar para casa. Só que talvez eles pudessem ter mencionado isso antes de ele ir embora. Ele não lembrava de nenhuma menção a dívidas, e eles pareciam viver muito bem, em comparação com os vizinhos. Disse isso a Khalil, que ficou bastante tempo calado.

"Uma coisa eu te digo", ele falou por fim, sem levantar a voz. "Você é um menino estúpido e não entende nada. Você chora de noite e berra no meio dos pesadelos. Onde foi que você deixou os olhos e os ouvidos quando eles estavam combinando tudo? O seu pai deve muito dinheiro a ele, senão você não ia estar aqui. O seu Ba bem que ia pagar a dívida pra você poder ficar em casa comendo malai e mofa toda manhã, né? E pra fazer pequenas coisas pra ajudar a sua mãe e sei lá mais o quê. Ele nem precisa de você aqui, o seyyid. Não tem tanto trabalho assim..."

Depois de um instante ele continuou, mas com uma voz tão baixa que Yusuf entendeu que não devia ouvir nem entender. "Talvez você não tenha irmã, senão ele ia ter pegado ela."

Yusuf ficou calado, tempo suficiente para deixar claro que o último comentário de Khalil não tinha despertado nenhum interesse indecente, apesar de ter. Mas a mãe muitas vezes brigava com ele por ser enxerido, por fazer perguntas a respeito dos vizinhos. Ficou pensando o que a mãe estaria fazendo. "Quanto tempo você vai ter que trabalhar pro tio Aziz?"

"Ele não é seu tio", Khalil disse ríspido, e Yusuf se encolheu, esperando outra pancada. Depois de um instante Khalil riu baixo, e então tirou uma mão de sob o lençol para dar um tabefe na orelha de Yusuf. "Melhor você aprender isso rapidinho, zuma. É importante pra você. Ele não gosta que um mendiguinho igual você fique chamando ele de tio, tio, tio. Ele gosta que você beije a mão dele e chame de seyyid. E se você não sabe o que isso quer dizer, quer dizer mestre. Está me ouvindo, kipumbu we, seu testiculozinho? Seyyid, é assim que você se dirige a ele. Seyyid!"

"Tá bom", disse Yusuf imediatamente, com a orelha ainda zumbindo da última pancada. "Mas quanto tempo você tem que trabalhar pra ele antes de poder ir embora? Quanto tempo eu vou ter que ficar?"

"Até o seu Ba não estar mais devendo, ou até ele ter morrido, quem sabe", Khalil disse animado. "Qual o problema? Não está gostando daqui? Ele é um bom sujeito, o seyyid. Ele não vai bater em você nem nada. Se você não faltar com o respeito ele vai cuidar de você e nunca vai deixar você se dar mal. A vida toda. Mas se você chorar de noite e ficar com esses sonhos ruins... Você tem que aprender árabe, aí ele vai gostar mais de você."

6.

Às vezes as noites dos dois eram atormentadas por cachorros que viviam soltos pelas ruas escuras. Os cachorros andavam em matilhas, num passo largo e atento enquanto brigavam em cantos escuros e capões fechados. Yusuf acordava com o barulho das patas atravessando a rua, e então via a forma impiedosa que os corpos adotavam ao passar correndo. Certa noite ele abriu os olhos, acordando de um sono profundo, e viu quatro cachorros parados do outro lado da rua. Yusuf sentou aterrorizado. O que lhe dava mais medo eram os olhos, que o faziam perder o sono. Aquele brilho sob a luz fraca de uma meia-lua era desprovido de vida e expressava um único tipo de conhecimento. Concentrada ali, ele via uma paciência dura e calculista cujo objetivo era eliminar a sua vida. Seu gesto súbito de se sentar fez os cachorros correrem ganindo. Mas eles reapareceram na noite seguinte, parados ali em silêncio por um tempo, e depois foram embora como quem tivesse um plano. Por noites a fio eles vieram, com uma avidez que crescia e ficava mais clara com o crescer da lua. A cada noite eles se aproximavam mais, rondando a clareira e uivando sob a proteção dos arbustos. Eles enchiam a cabeça de Yusuf de pesadelos. Seu terror se misturava à vergonha, pois ele via que Khalil nem percebia os cachorros. Se percebia que estavam espreitando, tacava uma pedra e eles saíam correndo. Se estivesse perto o suficiente, jogava punhados de terra nos olhos deles. Parecia que quando vinham à noite eles vinham atrás de Yusuf. Em seus sonhos ficavam empinados em duas patas sobre ele, com a boca comprida semiaberta e babando, olhos impiedosos percorrendo-lhe o corpo macio e horizontal.

Certa noite vieram correndo, como ele sabia que um dia fariam, mantendo grande distância uns dos outros e forçando os olhos de Yusuf a pular de um para outro. A luz estava clara como se fosse dia. O maior dos cachorros foi o que chegou mais perto, parado na clareira diante da venda. Um longo rosnado grave surgiu do corpo tenso, no que foi respondido por passos abafados enquanto os outros cachorros tomavam posição num arco que atravessava o terreno. Yusuf podia ouvir a respiração arfante deles, e via as bocas que se abriam em grunhidos mudos. Sem premeditação e sem aviso seu intestino funcionou. Ele gritou de surpresa e viu o cão líder saltar espantado. Seu grito acordou Khalil, que sentou em pânico e viu como os cachorros tinham se aproximado. Rosnavam enfurecidos, criando um estado de frenesi cada vez maior na matilha, pronta para o ataque. Khalil saiu correndo para o terreno diante da venda, gritando e balançando os braços para os cachorros ensandecidos, jogando pedras e punhados de terra neles, e o que mais conseguisse pegar. Os cachorros saíram correndo, ganindo e tentando morder uns aos outros como bichos assustados. Por um longo minuto, Khalil ficou de pé no terreno, sob a luz da lua cheia, gritando pragas em árabe contra os cães que fugiam, e sacudindo o punho cerrado. Ele voltou correndo, e Yusuf viu que suas mãos tremiam. Parou diante de Yusuf e sacudiu os dois punhos cerrados na cara dele, falando velozmente em árabe e deixando claro o sentido das palavras com vários gestos de raiva. Então se virou e apontou um dedo de acusação na direção dos cachorros.

"Você quer que eles te mordam? Você acha que eles vieram aqui pra brincar com você? Você é pior que um kifa urongo, você é uma criancinha burra sem um fiapo de coragem. Estava esperando o quê? Fala, seu maluun."

Khalil acabou se calando quando sentiu o cheiro e foi ajudar Yusuf a ir tateante até o muro do jardim proibido. Havia ao lado da casa uma pequena construção que eles usavam de banheiro, mas Yusuf se recusava a usar aquele lugar no escuro por medo de pisar no lugar errado e cair no poço sem fundo da latrina monstruosa. Khalil fez ele se calar colocando um dedo sobre os lábios e lhe dando tapinhas delicados na cabeça, e quando viu que Yusuf ainda não conseguia parar, ele lhe fez cafuné e enxugou as lágrimas que escorriam pelo rosto. Ajudou Yusuf a se despir e ficou ali por perto enquanto ele fazia o que podia para se limpar com a água da torneira.

Os cachorros voltaram várias vezes nas noites seguintes, parando a certa distância do terreiro, uivando e latindo na sombra. Mesmo nas noites em que não os viam, eles podiam sentir a presença dos cachorros espreitando a casa, e ouviam seus barulhos nos arbustos. Khalil contou a Yusuf histórias de lobos e chacais que roubavam bebês humanos e os criavam como bichos, alimentados com leite de cadela e carne regurgitada. Eles ensinavam as crianças a falar a sua língua e a caçar. Quando elas cresciam, eram obrigadas a cruzar com eles, para produzir os homens-lobos que viviam no mato mais fechado e só comiam carne podre. Os espíritos maus também comem carne morta, de preferência carne humana, mas só das pessoas pelas quais ninguém rezou depois da morte. De qualquer maneira, eles são jinns criados do fogo e não devem ser confundidos com os homens-lobos, que são feitos de terra como todos os animais. Os anjos, caso você esteja interessado, foram feitos de luz, e esse é um dos motivos de eles serem invisíveis. Enfim, os homens-lobo às vezes apareciam no meio das pessoas de verdade.

"E você já viu um?", perguntou Yusuf.

Khalil pareceu pensar antes de responder. "Não sei direito", disse. "Mas acho que pode ser que sim. Eles vêm disfarçados, como você sabe. Certa noite eu vi um sujeito muito alto encostado ali no pé de sufi, alto que nem uma casa e todinho branco. Brilhando como luz... mas como fogo, não luz."

"Talvez fosse um anjo", sugeriu Yusuf, torcendo que fosse.

"Que Deus te perdoe. Não dá pra ver os anjos. Ele estava rindo, apoiado na árvore e rindo de fome."

"De fome?", perguntou Yusuf.

"Eu fechei os olhos e rezei. Você não pode olhar bem nos olhos de um homem-lobo, senão tchau-tchau, nhac-nhac. Quando abri os olhos de novo ele tinha desaparecido. Outra vez uma cesta vazia ficou uma hora inteira me seguindo. Se eu parava ela parava, se eu virava a esquina ela virava também. Quando eu andava, ouvia um cachorro uivando. Quando olhava em volta eu via a cesta vazia atrás de mim."

"Por que você não saiu correndo?", perguntou Yusuf com a voz cheia de fascínio.

"Não ia adiantar. Os homens-lobo correm mais que as zebras, mais que o pensamento. A única coisa mais rápida que um homem-lobo é uma oração. Se você correr, eles te transformam em bicho ou escravo. Depois do kiyama, depois do dia em que o mundo acabar e Deus chamar todo mundo.... depois do kiyama os homens-lobo vão viver na primeira camada do inferno, milhares e milhares de homens-lobo, e eles vão comer os pecadores que não obedecem a Alá."

"Os espíritos maus vão viver ali também?"

"Pode ser", disse Khalil depois de pensar longamente.

"Quem mais?"

"Não sei", disse Khalil. "Mas pode apostar que é melhor não estar ali. Por outro lado, as outras camadas são até piores, então talvez seja melhor ficar bem longe de tudo aquilo. Agora vai dormir, senão você vai cair no sono quando devia estar trabalhando."

Khalil lhe ensinava o funcionamento da venda. Mostrou como levantar as sacas sem se machucar e como verter os grãos nos tonéis sem derrubar. Ensinou-o a contar o dinheiro bem rápido e a calcular o troco, dar nome às moedas, diferenciar as maiores das menores. Yusuf aprendeu como se recebia dinheiro de um freguês, e como segurar uma nota com firmeza entre os dedos. Khalil segurava sua mão para que ela não tremesse enquanto o ensinava a medir o óleo de coco com uma concha e a cortar pedaços da longa barra de sabão com um pedaço de fio de arame. Sorria em aprovação quando Yusuf aprendia bem, e lhe dava pancadas doloridas quando ele errava, às vezes na frente dos fregueses.

Os fregueses riam de tudo o que Khalil fazia, mas ele não parecia se incomodar com essas risadas. Ficavam o tempo todo brincando com o sotaque dele, fazendo imitações e rolando de rir. O seu irmãozinho estava lhe dando aulas e logo ele ia falar melhor, dizia. E quando soubesse falar bem, ia conseguir uma esposa mswahili bem gordinha e viver como um temente a Deus. Os velhos da varanda adoravam falar de esposas gordinhas, e Khalil não se incomodava de entrar na brincadeira deles. Os fregueses pediam para ele repetir palavras e expressões que esperavam lhe ser difíceis, e Khalil repetia da maneira mais desleixada que conseguia, e aí ria com eles, os olhos brilhando de alegria.

Os fregueses eram moradores da vizinhança, ou gente do interior que estava saindo da cidade. Reclamavam da pobreza e do preço de tudo, e mantinham silêncio quanto a suas mentiras e suas crueldades, como todo mundo. Se os velhos estivessem sentados no banco deles, os fregueses paravam para jogar conversa fora ou chamar o vendedor de café para servir uma xícara aos paizinhos. As freguesas gostavam de Yusuf, aproveitando cada oportunidade para dar uma de mães e rir deliciadas de suas pequenas cortesias e de sua boa aparência. Uma das mulheres, pele de um preto luminoso e rosto sempre tomado de um movimento sutil, ficou encantada por ele. Seu nome era Ma Ajuza, uma mulher grande e de aparência vigorosa, com uma voz que se destacava mesmo na multidão. Ela parecia muito velha aos olhos de Yusuf, pesada, corpulenta e com uma cara sofrida quando não sabia que estavam olhando. O corpo dela estremecia e se enrijecia com uma descarga elétrica involuntária quando ela via o menino, e um gritinho lhe escapava. Se Yusuf não a tivesse visto, ela ficava à espreita até chegar perto o suficiente para lhe dar um abraço bem forte. Então, enquanto ele esperneava e tentava se soltar ela soltava ululos de triunfo e de alegria. Quando não conseguia pegá-lo de surpresa ela ia chegando perto com gritos extáticos em que o chamava de *meu marido, meu mestre*. Então ela o enchia de elogios e de promessas, vinha com a tentação dos docinhos e lhe oferecia prazeres maiores que os dos seus sonhos mais loucos se ele fosse para casa com ela. *Tenha piedade de mim, meu marido*, ela gritava. Outros homens que por acaso estivessem por ali se ofereciam para ir no lugar dele por não conseguirem mais suportar a visão do sofrimento dela, mas ela os descartava com um olhar de desdém. Yusuf desaparecia assim que a via, indo se esconder nos cantos escuros da venda enquanto ela urrava pedindo sua presença. Khalil não media esforços para auxiliar a mulher. Às vezes ele sem querer deixava a aba do balcão destrancada para ela poder entrar na venda por conta própria e ir à cata de Yusuf entre as sacas e latões. Ou Khalil o mandava pegar alguma coisa num dos armazéns que ficavam ao lado da venda onde a mulher estaria de tocaia. Toda vez que o encurralava, ela o pegava do chão com gritos doidos enquanto seu corpo todo tremia num paroxismo de tremores e espirros. Ela tinha o cheiro do tabaco que mascava, e seus abraços e berros eram constrangedores. Parecia que todo mundo achava aquilo engraçado — embora Yusuf não conseguisse ver graça — então eles sempre diziam a Ma Ajuza onde ele estava escondido.

"Ela é tão velha", ele reclamou com Khalil.

"Velha!", disse Khalil. "O que é que o amor tem a ver com a idade? E aquela mulher te ama, e mesmo assim você só faz ela sofrer. Você não vê que ela está de coração partido? Você não enxerga? Você não tem sentimentos? Seu kifa urongo imbecil, seu covardezinho de nada. Como assim, velha? Olha aquele corpo, olha aquelas cadeiras... Aquilo ali é tudo boa notícia. Ela é perfeita pra você."

"Ela tem cabelo branco."

"Um punhadinho de henna... e tchau cabelo branco. E que diferença faz o cabelo? A beleza mora no fundo da pessoa, na alma", disse Khalil. "Não só na superfície."

"Os dentes dela são vermelhos de tabaco, que nem os dos velhos. Por que ela não quer um deles?"

"Compre uma escova de dentes pra ela", Khalil sugeriu.

"A barriga dela é tão grande", Yusuf disse lamurioso, querendo escapar das provocações.

"Buá buá", Khalil ridicularizou. "Quem sabe um dia

uma princesa linda e magrela da Pérsia passe aqui na venda e te convide pro palácio dela. Meu irmãozinho, aquela bela mulher bem grandona está apaixonada por você."

"Ela é rica?", Yusuf perguntou.

Khalil riu e deu um abraço repentino e encantado em Yusuf. "Não o bastante pra te tirar aqui desse buraco", ele disse.

7.

Eles viam o tio Aziz ao menos uma vez ao dia quando no fim da tarde ele vinha recolher o caixa do dia. Ele espiava a sacola de lona cheia de dinheiro que Khalil lhe dava e verificava o caderno em que Khalil registrava as transações do dia, antes de ir embora com as duas coisas para um exame mais detido. Às vezes o viam com mais frequência, mas só de passagem. Ele estava sempre ocupado, passando na frente da venda de manhã a caminho da cidade, com uma cara pensativa, voltando com uma cara pensativa, e quase sempre dava a impressão de ponderar questões importantes. Os velhos da varanda olhavam calmos enquanto o tio Aziz sofria com seus pensamentos. Yusuf agora sabia o nome deles: Ba Tembo, Mzee Tamim, Ali Mafuta, mas ainda os considerava um fenômeno único. Imaginava que se fechasse os olhos enquanto eles falavam não conseguiria separar um do outro.

Não conseguia passar a chamar o tio Aziz de seyyid, embora Khalil lhe desse uma pancada toda vez que ele o chamava de tio. "Ele não é seu tio, seu mswahili idiota. Mais cedo ou mais tarde você vai ter que aprender a puxar o saco do sujeito. Seyyid, seyyid, não tio, tio. Vamos, repita o que eu digo, seyyid." Mas ele não repetia. Se era forçado a falar do tio Aziz dizia Ele, ou deixava surgir um tempo morto, que Khalil preenchia, irritado.

Meses depois da chegada de Yusuf — ele tinha aprendido sozinho a perder a conta, e esse sucesso perverso o ajudou a compreender que um único dia que você não desejava podia ser tão longo quanto uma semana — eles estavam se preparando para uma viagem ao interior. O tio Aziz tinha longas conversas com Khalil no fim da tarde, sentado no banco diante da venda que os velhos ocupavam durante o dia. Um candeeiro ardia entre os dois, achatando-lhes o rosto, que virava uma máscara de honestidade. Yusuf achava que entendia um pouco do árabe que eles falavam, mas não se importava. Discutiam o livrinho em que Khalil anotava os negócios de cada dia, iam e voltavam pelas páginas e somavam as cifras. Yusuf ficava agachado perto deles, ouvindo a conversa dos dois com seus tons de ansiedade, como se estivessem sentindo alguma ameaça. Khalil ficava inquieto durante essas conversas, falando com uma intensidade que não sabia conter enquanto seus olhos brilhavam de maneira febril. Às vezes o tio Aziz ria inopinadamente, fazendo Khalil se assustar, contrariado. No geral ele ficava ouvindo à sua maneira tranquila, inabalado e vagamente apreensivo. Se falava, era numa voz calma que sem maiores esforços endurecia quando necessário.

E então os preparativos ficaram mais intensos, e geraram desordem. Embrulhos e carregamentos eram entregues em horários inesperados e levados aos armazéns que ficavam na lateral da casa. Sacas e cestos se acumulavam empilhados na venda. Fardos de formatos e cheiros variados começaram a surgir em cantos da varanda, cobertos de aniagem e de lona para não pegarem pó. Com os fardos vinham criados silenciosos que ficavam sentados montando guarda, tomando o lugar dos velhos no banco e espantando crianças e fregueses que achavam as mercadorias cobertas irresistíveis. Os criados eram wasomali e wanyamwezi, armados com varas e chicotes. Não ficavam calados na verdade, mas diziam palavras que só eles entendiam. Para Yusuf eles pareciam duros e maus, homens bem preparados para a guerra. Não ousava olhar abertamente para eles, que nem queriam vê-lo. O mnyapara wa safari, o líder da jornada, estaria à espera da expedição em algum ponto do interior, Khalil lhe disse. O seyyid era um mercador rico demais para organizar e tocar sozinho a expedição. Normalmente o mnyapara estaria na jornada desde o começo, contratando carregadores e se abastecendo de víveres, mas ele tinha coisas que precisava resolver. Khalil revirou os olhos ao dizer isso. As coisas não eram das mais simples, senão ele estaria ali. O mais provável é que fosse algo desonroso. Consertar alguma situação, organizar contrabando ou acertar contas com alguém — algum tipo de coisa baixa. Tem sempre alguma coisa fora dos eixos quando aquele sujeito está por perto. O nome do mnyapara era Mohammed Abdalla, Khalil disse, tremendo de maneira melodramática quando disse esse nome. "Um demônio!", disse. "Um torturador de almas, sem coração, sem sabedoria e sem misericórdia. Mas o seyyid tem muita consideração por ele, apesar de todos os defeitos."

"Aonde é que eles vão?", Yusuf perguntou.

"Fazer negócios com os selvagens", disse Khalil. "É a vida do seyyid. É o que ele faz aqui. Ele vai ver os selvagens e vende essas coisas todas e aí compra deles também. Ele compra de tudo... a não ser escravos, isso mesmo antes de o governo dizer que esse comércio tinha que acabar. O mercado de escravos é uma coisa perigosa, e não é honrosa."

"Quanto tempo eles ficam lá?"

"Meses, às vezes anos", disse Khalil, sorrindo com uma espécie de orgulho e de admiração. "É comércio. Eles não dizem quanto a jornada vai durar. Eles só passam pelas montanhas, vão pra todo lado, e não voltam antes de fechar os negócios. O seyyid é um campeão, então ele sempre sai lucrando e volta cedo. Eu não acho que essa vá demorar, é só coisa de uns trocados."

Durante o dia apareciam homens em busca de trabalho, querendo barganhar condições de emprego com o tio Aziz. Alguns vinham com cartas de recomendação, entre eles uns velhos que imploravam com olhos estanhados, no desespero causado pela recusa.

E então, num dia de manhã, quando o caos em torno deles tinha se tornado quase insuportável, eles partiram. Um tambor, um corno e um tamburi, todos tocados com um vigor e um ânimo irresistíveis, conduziam os homens. Atrás dos músicos uma fileira de carregadores levava os embrulhos e as sacas, trocando xingamentos alegres que dirigiam também aos passantes que assistiam à partida. Com os carregadores iam também os wasomali e os wanyamwezi, estalando varas e tiras de couro para manter os curiosos à distância. O tio Aziz estava parado vendo a passagem dos homens à sua frente, com um sorriso de diversão e de amargura no rosto. Quando a procissão já tinha quase desaparecido, ele se virou para Khalil e Yusuf. Por um breve momento, mais gesto do que ato, ele espiou por cima do ombro na direção da porta mais afastada bem no fundo do jardim, como se tivesse ouvido alguém chamar. Então sorriu para Yusuf e lhe deu a mão para ele beijar. No que Yusuf se curvou para a mão, mergulhando numa nuvem de perfume e de incenso, a outra mão do tio Aziz veio até ele e lhe afagou o pescoço. Yusuf pensou na moeda de dez anna e se viu tomado pelos cheiros do galinheiro e do depósito de lenha. No último minuto, como se aquilo não tivesse importância para ele, o tio Aziz respondeu aos ruidosos cumprimentos de Khalil. Estendeu a mão para ele beijar e então lhes deu as costas para ir embora.

Eles ficaram olhando o mestre que se afastava até ele desaparecer no horizonte. Khalil então olhou em torno e sorriu para Yusuf. "Quem sabe ele traga outro menininho na volta. Ou uma menininha", ele disse.

Na ausência do tio Aziz, o frenesi de Khalil diminuiu a olhos vistos. Os velhos voltaram à varanda, resmungando retalhos de sabedoria uns para os outros e provocando Khalil novamente com a ideia de virar mestre. Ele cuidava dos negócios da casa e entrava todo dia, embora não dissesse muito a respeito disso quando Yusuf demonstrava interesse. Pagava o velho verdureiro que passava todo dia e entrava pela porta do jardim, ombros curvados sob o peso da cestaria. Em algum momento da manhã dava dinheiro a um dos meninos da vizinhança com instruções sobre o que comprar no mercado. O nome do menino era Kisimamajongoo e ele assoviava melodias pelo nariz enquanto ia cumprindo uma e outra tarefa, sempre a serviço de alguém. Esse ar de durão era uma paródia grotesca, que fazia todo mundo rir, pois ele era fraquinho e adoentado, vestia andrajos e vivia apanhando dos outros meninos na rua. Ninguém sabia onde ele dormia, pois não tinha casa. Khalil o chamava de *kifa urongo* também. "Mais um. O original", ele dizia.

Todo dia, de manhã, Hamdani, o velho jardineiro, vinha cuidar das árvores e dos arbustos secretos, além de limpar o lago e os canais. Ele nunca trocava palavras com ninguém e fazia seu trabalho sem sorrir, sussurrando poemas e qasidas. Ao meio-dia, fazia suas abluções e orações no jardim, e logo depois ia embora, calado. Os fregueses falavam dele como se fosse um santo que tinha um conhecimento secreto da medicina e dos remédios.

Na hora das refeições Khalil entrava na casa e saía com dois pratos de comida para eles, e depois levava os pratos vazios de volta. No fim da tarde trazia a sacola de dinheiro e o caderno para dentro da casa. Às vezes, no meio da noite, Yusuf ouvia vozes falando em tom agressivo. Sabia que havia mulheres escondidas na casa. Sempre houve. Nunca tinha ido além da torneira que ficava no muro do jardim, mas dali tinha visto a roupa no varal, túnicas e lençóis de cores vivas, e ficara imaginando que as vozes da casa saíam para pendurar aquela roupa. Visitas femininas chegavam, cobertas da cabeça aos pés com seus buibui pretos. Elas cumprimentavam Khalil em árabe ao passar, e faziam perguntas sobre Yusuf que Khalil respondia sem olhar nos olhos delas. Às vezes uma mão decorada com henna saía de sob as dobras do pano e fazia um carinho no rosto de Yusuf. As mulheres cheiravam a um perfume pesado que fazia Yusuf lembrar do baú de roupas da mãe. Ela chamava aquele perfume de udi, e lhe dizia que era um incenso feito de aloe, âmbar e almíscar. Nomes que faziam o coração de Yusuf bater com uma força inesperada.

"Quem mora lá dentro?", Yusuf acabou perguntando a Khalil. Ele não tinha coragem de fazer perguntas enquanto o tio Aziz estava ali. Até ali não tinha pensado em ter desejos que fossem além do que a vida deles exigia, e que lhe parecia acidental e capaz de mudanças repentinas. Era o tio Aziz quem constituía o centro e o sentido daquela vida, era em torno dele que tudo girava. Yusuf ainda não tinha como descrever o tio Aziz fora desse ambiente, e apenas agora na ausência dele é que podia começar a senti-lo em separado outra vez.

"Quem mora lá dentro?", ele perguntou. Eles já tinham

fechado a venda mas ainda estavam lá dentro, medindo e embalando cones de açúcar. Yusuf usava uma concha para colocar o açúcar na balança enquanto Khalil ia enrolando os cones de papel que depois enchia. Por um instante pareceu que Khalil não tinha ouvido a pergunta que Yusuf repetira, e então ele parou e olhou para Yusuf com um leve ar de suspeita. Era uma pergunta que não devia ter feito, ele percebeu, encolhendo-se à espera da pancada que ainda se seguia a muitos dos seus equívocos, mas Khalil sorriu e desviou os olhos do rosto apreensivo de Yusuf. "A Senhora", disse Khalil, e então pôs um dedo na frente da boca para evitar que Yusuf fizesse mais perguntas. Deu uma espiada significativa para a parede dos fundos da venda. Eles depois disso ficaram preparando cones de açúcar em silêncio.

Mais tarde, ficaram sentados embaixo do pé de sufi do outro lado da clareira, na caverna de luz que seu candeeiro criava. Insetos se arremessavam contra o vidro, enlouquecidos pela incapacidade de se arremessarem sobre a chama. "A Senhora é louca", Khalil disse de repente, e então riu quando ouviu a pequena exclamação de Yusuf. "A sua titia. Por que é que você não chama ela de titia? Ela é muito rica, mas é uma velha doente. Se você cumprimentar bem direitinho quem sabe ela te deixa todo o dinheiro que tem. Quando o seyyid casou com ela, muito tempo atrás, ele de repente ficou rico. Mas ela é muito feia. Ela tem uma doença. Por muitos anos vieram médicos, sábios hakim com longas barbas grisalhas leram orações pra ela, e mganga lá do outro lado das montanhas trouxeram remédios, mas não adianta. Vieram até médicos de vacas e de camelos. A doença dela é como uma ferida no coração. Não uma ferida causada por mão humana. Está entendendo? Alguma coisa ruim tocou nela. Ela se esconde de todo mundo."

Khalil parou e não quis mais ir além disso. Yusuf sentiu a zombaria de Khalil virar tristeza enquanto ele ia falando, e tentou pensar em alguma coisa que pudesse dizer para deixá-lo mais alegre. A velha louca dentro da casa não lhe pareceu uma grande surpresa. Era exatamente como seria nas histórias que sua mãe lhe contava. Naquelas histórias a loucura seria causada por um amor que deu errado, ou um feitiço para roubar uma herança, ou uma vingança não realizada. Não havia o que se fazer a respeito da loucura até as coisas serem corrigidas, até a maldição ser suspensa. Ele queria dizer isso a Khalil. Não se preocupe tanto com isso, vai ficar tudo em ordem antes do fim da história. Já tinha decidido que se um dia acabasse topando com a Senhora louca ia olhar para o outro lado e fazer uma oração. Não queria pensar na sua mãe, nem que ela lhe contava histórias. A tristeza de Khalil o deixava infeliz, e ele disse a primeira coisa que lhe veio à cabeça, só para que ele falasse de novo. "A sua mãe te contava histórias?", perguntou.

"A minha mãe!", disse Khalil, desprevenido.

Depois de um breve momento, quando Khalil ainda não tinha dito mais nada, Yusuf perguntou, "Contava?".

"Não me venha falar dela. Ela foi embora. Que nem todo mundo. Todo mundo foi embora", disse Khalil. E então falou alguma coisa rápida em árabe e fez cara de quem estava prestes a bater em Yusuf. "Foi embora, sua besta, seu kifa urongo. Todo mundo foi pra Arábia. Eles me deixaram aqui. Os meus irmãos, a minha mãe... todo mundo."

Os olhos de Yusuf se encheram de água. Sentiu saudade e abandono, mas fez força para não chorar. Depois de um instante Khalil suspirou e então deu um tabefe na parte de trás da cabeça de Yusuf. "Fora o meu irmãozinho", ele disse, e aí riu enquanto Yusuf caía num choro desesperado, com pena de si próprio.

Eles costumavam fechar a venda por uma ou duas horas nas tardes de sexta-feira. Mas na ausência do tio Aziz Yusuf perguntou a Khalil se eles podiam passar a tarde toda na cidade. Vira o mar só de relance no calor do dia, e ouvira os fregueses falando das maravilhas que chegavam quando os barcos voltavam. Khalil disse que não conhecia ninguém na cidade, e que só tinha visto o porto uma vez depois da primeira, quando foi desembarcado no meio da noite, direto para os braços do seyyid.

Mesmo depois de tanto tempo não conhecia alguém que pudesse visitar, ele disse. Não tinha entrado na casa de ninguém. Em todo Idd ia com o seyyid até a mesquita Juma'a para as orações, e uma vez foi levado a um enterro, mas não sabia quem era o morto.

"Então a gente devia ir dar uma olhada por lá", disse Yusuf. "A gente pode passar no porto."

"A gente vai se perder", disse Khalil, com um riso nervoso.

"Não vai não", disse Yusuf com firmeza.

"Shabab! Que irmãozinho mais corajoso que você é", disse Khalil, dando um tapa nas costas de Yusuf. "Você vai cuidar de mim, então."

Logo depois de sair da venda eles toparam com alguns de seus fregueses e os cumprimentaram. Misturaram-se ao rio de corpos que corria pelas ruas e foram levados de roldão até a mesquita para a oração do Juma'a. Yusuf não pôde deixar de notar que Khalil não sabia bem como agir e o que dizer. Depois foram até a praia para ficar vendo os dhows e os barcos. Yusuf nunca estivera assim tão perto do mar, e ficou sem palavras diante daquela imensidão. Imaginava que o ar seria fresco e picante na praia, mas os cheiros eram de esterco e tabaco e madeira crua. Havia também um cheiro forte e corrosivo que depois ele descobriu ser de algas. Estendidas sobre a areia havia as cores dos catamarãs, e, mais além, os pescadores donos das embarcações matavam tempo sob toldos e à roda de fogueiras. Estavam esperando a virada da maré, disseram. Aconteceria cerca de duas horas depois do pôr do sol. Abriram espaço para os dois e Khalil sentou com eles sem se incomodar, puxando Yusuf para sentar ao lado dele. A refeição que estava sendo preparada em duas panelas enegrecidas era de arroz com espinafre. Foi servida numa salva redonda toda amassada em que todos comeram juntos.

"Eu morava num vilarejo de pescadores no litoral sul", Khalil disse depois que eles foram embora.

Passaram a tarde passeando, rindo de tudo de que ousavam rir. Em suas andanças, compraram uma bengala de açúcar e um cone de nozes, depois pararam para ver uns meninos jogando kipande. Yusuf perguntou a Khalil se podiam jogar também, e Khalil concordou com ares de pessoa importante. Não sabia direito como jogar, mas naqueles poucos minutos já tinha visto o suficiente para pegar o espírito geral do jogo. Enrolou seu saruni até virar uma tanga e correu como um maluco atrás do kipande. Os meninos riram, gritando apelidos novos para ele. Ele se esforçou para logo conquistar o direito de rebater e deu o taco para Yusuf, que acertava tacadas e mais tacadas com a tranquilidade de um virtuose. Khalil aplaudia cada ponto marcado, e quando acabaram pegando Yusuf, ele o tirou dali nos ombros, enquanto Yusuf se debatia para descer.

Na volta para casa viram os cachorros, que começavam a se movimentar pelas ruas do fim da tarde. À luz do sol, o corpo deles parecia ulcerado e esquálido, e o pelo era sarnento. Os olhos, tão cruéis sob o luar, eram escorridos e cobertos de uma gosma esbranquiçada quando vistos à luz do dia. Nuvens de moscas zumbiam em torno das feridas abertas que ostentavam.

Depois da partida de kipande, o desempenho heroico de Yusuf foi descrito aos fregueses. Khalil exagerava os feitos de Yusuf a cada vez que contava de novo a história, e fazia seu papel parecer cada vez mais ridículo. Como sempre, com os fregueses, ele fazia tudo para ganhar risadas, especialmente se houvesse garotas ou moças jovens por ali. Então, quando Ma Ajuza chegou a ouvir a narrativa, o jogo já tinha virado uma carnificina e um massacre de que Yusuf saíra triunfante enquanto seu palhaço saltitava ao lado dele cantando seus sucessos. Yusuf o Magnífico, abençoado por Deus, o novo Dhul Qurnain, matador de Gog e Magog! Ma Ajuza dava gritinhos e aplaudiu nas horas certas enquanto os inimigos imaginários iam sendo derrubados um a um pela lâmina reluzente que Yusuf brandia. Aí, no fim da récita, como Yusuf poderia ter previsto, Ma Ajuza emitiu gritos de júbilo e veio atrás dele. Os fregueses e os velhos da varanda gritaram e riram, torcendo por Ma Ajuza. Não havia escapatória. Ela o capturou e arrastou até o pé de sufi, estremecendo de paixão, antes de ele conseguir se libertar.

"Quem são aqueles Majogs que você mencionou pra Ma Ajuza? Que história é essa?", Yusuf perguntou depois.

De início Khalil não lhe deu bola, ocupadíssimo depois de ter entrado na casa naquela tarde. Então ele disse, "Dhul Qurnain é um cavalinho voador. Se você conseguir pegar o cavalo e assar em brasas de madeira, e aí comer um pedacinho de cada membro, inclusive das asas, ele te dá força pra vencer bruxas e demônios e espíritos maus. Aí, se você quiser, pode mandar eles irem te buscar uma linda princesa magrinha lá da China, da Pérsia ou da Índia. Mas o preço que você paga é virar prisioneiro de Gog e Magog. Pelo resto da vida."

Yusuf ficou esperando, quieto, sem se convencer.

"Tudo bem, eu te digo a verdade", disse Khalil, com um

sorriso largo. "Sem brincadeira. Dhul Qurnain quer dizer aquele que tem dois chifres... Iskander o Conquistador, que derrotou o mundo todo em batalhas. Você já ouviu falar de Iskander o Conquistador? Enquanto estava conquistando o mundo, uma vez ele estava viajando pelas bordas do mundo quando encontrou umas pessoas que disseram que ali ao norte viviam Gog e Magog, uns monstros que não tinham linguagem e que destruíam a terra dos vizinhos o tempo todo. Então Dhul Qurnain construiu uma muralha que Gog e Magog não conseguiam nem escalar nem atravessar nem passar por baixo. É essa muralha que marca a beira do mundo. Do outro lado moram os bárbaros e os demônios."

"A muralha era feita de quê? Gog e Magog ainda estão lá?", Yusuf perguntou.

"E como é que eu vou saber?", Khalil disse irritado. "Você não me dá folga nunca? Só quer saber de histórias. Deixa eu dormir um pouco agora."

Na ausência do tio Aziz, Khalil ficava menos interessado na venda. Entrava na casa com uma frequência cada vez maior, e não ficava bravo com Yusuf se ele perambulava pelo jardim. O jardim era totalmente fechado, fora a porta larga perto da varanda na parte da frente da casa. O silêncio e o frescor do jardim, que eram nítidos mesmo de longe, tinham encantado Yusuf desde a chegada. Na ausência do tio ele passou para o outro lado do muro e viu que o jardim era dividido em quatro partes, com um lago no centro e canais que saíam dele nas quatro direções. Os quadrantes eram cobertos de árvores e arbustos, alguns deles floridos: lavanda, henna, alecrim e aloe. No terreno aberto entre os arbustos havia trevos e gramíneas, além de grupos isolados de lírios e íris. Do outro lado do lago, na outra ponta do jardim, o terreno era elevado e formava um terraço coberto de papoulas, rosas amarelas e jasmins, espalhados para darem a impressão de serem plantas que cresceram naturalmente. Yusuf sonhava que à noite o aroma subia pelo ar e o deixava tonto. O enlevo era tal que ele pensava estar ouvindo música.

Laranjeiras e pés de romã ficavam espalhados por certas partes do jardim, e quando caminhava à sombra das árvores Yusuf se sentia um intruso, e sentia o perfume de suas flores com uma sensação de culpa. Havia espelhos pendurados no tronco das árvores, mas estavam altos demais para que Yusuf se enxergasse neles. Deitados na varanda de terra batida da frente da venda, eles falavam do jardim e de sua beleza. Apesar de não dizer, quando conversavam dessa maneira Yusuf desejava apenas ser condenado a passar um longo período entre a vegetação silenciosa. A romã, Khalil lhe disse, era a suma de todas as frutas. Nem laranja, nem pêssego nem damasco, mas com um pouco de cada uma. Era a própria árvore da fertilidade, com um tronco e um fruto robustos e firmes como a própria vida que nasce. As sementes duras e sem sumo que Yusuf recebeu como confirmação dessa doutrina, de uma fruta corajosamente roubada do jardim, não tinham o menor gosto de laranja, uma fruta de que Yusuf nem gostava mesmo. Nunca tinha ouvido falar de pêssegos. "O que é um damasco?", perguntou.

"Não é bom que nem romã", disse Khalil, com cara de irritado.

"Nesse caso eu não gosto de damasco", disse Yusuf com firmeza. Khalil o ignorou.

Mas não havia como ignorar o fato de que ele passava muito tempo dentro da casa. Sempre que podia, Yusuf ia até o jardim, embora soubesse quando devia sair. Ouvia a voz que reclamava mais alto dentro do terreiro da casa e sabia que por sobre o muro ela se dirigia a ele. A Senhora.

"Ela te viu", Khalil lhe disse. "Diz que você é um menino lindo. Ela fica te observando nos espelhos das árvores quando você anda pelo jardim. Você viu os espelhos?"

Yusuf esperava que Khalil fosse rir dele, como fazia com Ma Ajuza, mas ele estava sério e infeliz, preocupado.

"Ela é muito velha?", perguntou a Khalil, tentando fazer ele começar com as provocações. "A Senhora. Ela é muito velha?"

"É."

"E feia?"

"É."

"E gorda?"

"Não."

"Ela é louca?", perguntou Yusuf, percebendo meio fascinado o quanto Khalil ia ficando distraído. "Ela tem uma criada? Quem é que cozinha?"

Khalil lhe deu vários tabefes, e então um soco forte na cabeça. Meteu a cabeça de Yusuf entre os joelhos e a segurou ali por um tempo antes de afastá-lo com um empurrão. "Você é criado dela. Eu sou criado dela. Escravos dela. Você não sabe usar a cabeça? Seu mswahili imbecil, seu idiota fracote... Ela é doente. Você não sabe usar os olhos? Você vale mais morto do que vivo. Será que você vai deixar tudo acontecer com você o tempo todo? Some daqui!", Khalil gritou, com os cantos da boca espumando e seu corpo magro tremendo com a raiva que tentava conter.

A CIDADE NAS MONTANHAS

1.

Sua primeira viagem ao interior aconteceu de maneira inesperada. Estava ficando acostumado com esse tipo de acidente. Os preparativos já tinham sido bem encaminhados quando Yusuf descobriu que também ia na viagem. Os víveres para a jornada estavam acumulados nos fundos da venda e na varanda. Num dos armazéns laterais havia sacas cheirosas de tâmaras e sacos de frutas secas empilhados. Abelhas e vespas conseguiam entrar pelas janelas gradeadas, atraídas pelo perfume e pela umidade doce que escorria das sacas de palha trançada. Certos fardos, cheirando a casco e couro, foram entregues apressadamente na própria casa. Tinham formatos estranhos e estavam cobertos de juta. *Magendo*, Khalil sussurrou. *Contrabando para a fronteira. Um dinheirão.* Fregueses assistiam à chegada dos fardos cobertos de juta com sobrancelhas erguidas, e trocavam satisfeitos olhares conspiratórios com os velhos que, apesar de terem sido desalojados do banco na varanda ainda estavam calmamente olhando tudo lá da sombra das árvores, e sacudiam a cabeça e sorriam como se soubessem muito bem o que estava acontecendo. Toda vez que Yusuf era encurralado por um dos velhos, tinha que escutar uma conversa cautelosa e elaborada sobre hemorroidas e intestinos e constipações, dependendo de quem o prendesse num canto. Mas se conseguisse aguentar aquelas conversas sobre a tortura que era um corpo que envelhecia, ele ouvia histórias de outras jornadas, e via como os velhos se deixavam levar pela empolgação ao falar desses novos preparativos.

O ar estava carregado de um cheiro que trazia a marca de viagens a outros lugares, e ressoava as ordens. Conforme o dia da partida ia se aproximando o caos foi diminuindo de maneira relutante. O sorriso calmo e confuso do tio Aziz e seu rosto duro, impassivo, insistiam que todos deviam se comportar de maneira digna. Ao fim e ao cabo a expedição partiu num clima de serenidade, conduzida pela melodia alegre do tocador de corno e pelo ritmo satisfeito do percussionista. Pelas ruas as pessoas ficavam em silêncio para vê-los passar, sorrindo e acenando com ar contido. Nenhum deles teria pensado em negar que era para essa procissão rumo ao interior que eles serviam, e todos conheciam as formas das palavras que fariam essas jornadas parecerem necessárias.

Yusuf já tinha visto muitas dessas partidas, e passou a apreciar a urgência e o frenesi dos preparativos. Ele e Khalil tinham que ajudar os carregadores e os guardas, indo buscar coisas e carregando fardos, vigiando, contando itens. O próprio tio Aziz participava pouco da atividade. Os detalhes ficavam nas mãos do seu mnyapara, Mohammed Abdalla. O demônio! Sempre que o tio Aziz estava pronto para uma de suas longas jornadas, ele mandava buscar o mnyapara em algum lugar do interior. Ele sempre vinha, pois o tio Aziz era um mercador de posses que conseguia abastecer sozinho suas expedições, sem ter que pedir dinheiro emprestado a um mukki indiano. Era uma honra trabalhar para um homem assim. Era Mohammed Abdalla quem contratava carregadores e guardas, e combinava com eles sua parte dos lucros. Era ele também quem os controlava. Em geral eram pessoas do litoral, que às vezes vinham até de Kilifi e Lind e Mrima. O mnyapara deixava todos eles com medo. As carrancas, os olhares ríspidos e a luz impiedosa que tinha nos olhos prometiam apenas dor a quem ousasse ficar no seu caminho. Os gestos mais simples e mais comuns eram realizados com a consciência e o prazer de exercer esse poder. Era um homem alto, de aparência forte, que andava a passos largos com a coluna muito ereta, esperando ser desafiado. Seu rosto tinha zigomas altos e era calombudo, fervilhando de desejos irrequietos. Carregava um gravetinho fino com que enfatizava as palavras, usando-o para cortar o ar quando estava exasperado e acertar uma nádega preguiçosa quando a ira era maior. Tinha a reputação de ser um sodomizador impiedoso e com frequência era visto distraído com a mão na virilha. Diziam, e muitas vezes quem dizia eram as pessoas que Mohammed Abdalla tinha se recusado a empregar, que ele escolhia carregadores dispostos a se pôr de quatro para ele durante a viagem.

Às vezes ele olhava para Yusuf com um sorriso assustador, sacudindo a cabeça num pequeno gesto de deleite. *Mashaallah*, ele dizia. Uma bênção de Deus. Seu olhar se suavizava com o prazer dessas ocasiões, e a boca se abria num sorriso raro, revelando dentes manchados pelo tabaco que mascava. Quando essa angústia o abatia ele soltava pesados suspiros de luxúria e sorrindo resmungava versos de uma canção sobre a natureza da beleza. Foi ele quem disse a Yusuf que também iria participar da jornada, fazendo com que mesmo uma instrução simples como essa soasse ameaçadora.

Para Yusuf aquilo foi uma interrupção desagradável da

equanimidade que a vida de cativo havia adquirido com o passar dos anos. Apesar de tudo, não tinha sido infeliz na venda do tio Aziz. Tinha entendido plenamente que estava ali como rehani, penhorado junto ao tio Aziz como garantia das dívidas de seu pai com o mercador. Não era difícil supor que seu pai exagerara nos empréstimos ao longo dos anos, a ponto de a venda do hotel não conseguir cobrir esse dinheiro. Ou ele teve azar. Ou gastou de maneira estúpida um dinheiro que não tinha. Khalil lhe disse que era assim que o seyyid agia, para que quando precisasse de alguma coisa ele tivesse pessoas a quem podia pedir que fizessem o que devia ser feito. Se o seyyid estivesse precisando desesperadamente de dinheiro, sacrificava um punhado dos credores para levantar a soma devida.

Talvez um dia, quando seu pai tivesse ganhado alguma coisa, viesse recuperá-lo. Ele chorava pela mãe e pelo pai quando podia. Às vezes entrava em pânico com a sensação de que a imagem deles estava se apagando na memória. O som da voz deles ou uma qualidade particular de cada um — a risada da mãe, o sorriso relutante do pai — voltavam para deixá-lo mais tranquilo. Não era que morresse de saudade deles, e de todo modo isso acontecia cada vez menos à medida que os momentos iam se acumulando, era mais o fato de a separação ter sido o acontecimento mais marcante de sua existência. Então ele não esquecia, e sofria com a perda. Pensava em coisas que devia saber a respeito dos dois, ou que podia ter lhes perguntado. As brigas violentas que o deixavam apavorado. O nome dos dois meninos que morreram afogados depois de sair de Bagamoyo. Nomes de árvores. Se pelo menos tivesse lembrado de perguntar essas coisas talvez não se sentisse tão ignorante e tão perigosamente à deriva. Fazia o que mandavam, cumpria as ordens que Khalil lhe dava e passou a confiar no "irmão". Quando deixavam, trabalhava no jardim.

Seu amor pelo jardim tinha impressionado o velho que vinha cuidar das plantas de manhã e no começo da tarde, Mzee Hamdani. O velho pouco falava, e ficava irritado quando era forçado a parar de cantar os versículos em louvor de Deus, alguns deles de autoria própria, e era obrigado a ouvir o que alguém lhe dizia. Todo dia, de manhã, começava a trabalhar sem cumprimentar ninguém, enchia seus baldes e ia tirando a água com as mãos em concha ao caminhar pelas trilhas, como se nada mais existisse além daquele jardim e daquele trabalho. Quando o sol estava muito forte, ele sentava à sombra de uma das árvores e lia trechos de um livrinho, resmungando e se balançando de leve, perdido no êxtase de sua fé. À tarde, depois das orações, lavava os pés e ia embora. Mzee Hamdani deixava Yusuf ajudar sempre que o garoto pedia, não tanto o mandando fazer certas coisas mas simplesmente não mandando ir embora. No fim da tarde, quando o sol se punha, Yusuf ficava com o jardim inteirinho para si. Podava e regava e passeava à sombra das árvores e entre os arbustos. A voz ranzinza do outro lado do muro ainda se erguia para expulsá-lo quando ia escurecendo, embora em outras ocasiões ele também ouvisse suspiros e pedaços de canções nos primeiros momentos de escuridão. A voz o deixava tomado de tristeza. Uma vez ouviu um longo grito insatisfeito que o fez pensar na mãe, e que o fez parar ao pé do muro e ficar ouvindo com um arrepio de medo.

Yusuf tinha desistido de perguntar da Senhora. Aquilo deixava Khalil irritado. *Não é problema seu e você não tem que ficar fazendo perguntas à toa.* Ele sabia que a raiva de Khalil exigia que não falasse mais dela, embora não pudesse deixar de perceber os olhares que os fregueses trocavam quando pediam notícias da casa, por questão de educação. Nos passeios vespertinos pela cidade Khalil e Yusuf tinham visto as imensas casas silenciosas com fachadas nuas em que viviam as ricas famílias de omanis. "Eles só deixam as filhas casarem com os filhos dos irmãos deles", um dos fregueses lhes disse. "Em algumas daquelas fortalezas imensas moram rebentos doentes que ficam trancafiados e de quem ninguém fala. Às vezes dá pra ver a cara dos coitadinhos apertada contra as grades das janelas no alto da casa. Sabe Deus o quanto eles devem ficar confusos olhando o nosso mundinho desgraçado. Ou talvez eles entendam que é castigo de Deus pelos pecados dos pais deles."

Eles visitavam o vilarejo toda sexta-feira para fazer as orações na mesquita do Juma'a, e jogar kipande e futebol na rua. Os passantes gritavam coisas a Khalil, dizendo que ele já era quase pai e não devia estar brincando com crianças. As pessoas vão ficar falando de você e te xingando, eles gritavam. Um dia uma velha parou para ficar um tempo olhando o jogo, até que Khalil se aproximou, quando então ela cuspiu no chão e se afastou. Ao pôr do sol eles iam até a beira do mar e conversavam com os pescadores se por acaso algum deles tivesse ficado sem ir para o mar. Eles lhes ofereciam cigarros, que Khalil aceitava mas proibia para Yusuf. *Ele é bonito demais pra fumar*, os pescadores diziam. *Vai ficar mimado. Fumar é coisa do diabo, é pecado. Mas como é que os pobres iam viver sem isso?* Yusuf lembrava as histórias trágicas que Mohammed, o pedinte, lhe contava, sobre ter perdido o amor da mãe e a sua fazenda irrigada lá ao sul de Witu, e não lamentava a proibição. Os pescadores contavam histórias de suas aventuras, e das aparições e tribulações que enfrentavam no mar. Com calma cerimônia falavam de demônios que desciam até eles, vindos do céu mais azul e disfarçados de tempestades inesperadas, ou que se erguiam da escuridão dos mares noturnos na forma de gigantescas arraias reluzentes. Tolerantes uns com os outros, eles trocavam histórias de batalhas memoráveis que tinham travado contra inimigos poderosos e corajosos.

Depois eles iam assistir a um jogo de cartas na frente de um café qualquer, ou compravam alguma coisa que comiam na rua. Às vezes havia festas e concertos a céu aberto que viravam a noite, para marcar algum período do ano ou para celebrar a boa sorte. Yusuf se sentia bem no vilarejo, e gostaria de ir mais vezes até lá, mas percebia que Khalil não ficava à vontade. Khalil gostava mesmo era de estar atrás do seu balcão, trocando provocações com os fregueses no seu sotaque pesado. Sua felicidade quando estava com eles não era fingida. Quando zombavam dele e o ridicularizavam, ria com o mesmo entusiasmo deles, e ouvia com atenção e cordialidade as histórias de dificuldades e de infindáveis dores e suplícios. Ma Ajuza lhe dizia que se já não tivesse sido escolhida por Yusuf, ela teria pensado em Khalil, apesar do ar de nervosismo e do corpo mirrado.

Certa noite foram assistir à celebração de um casamento indiano no coração da cidade velha, não como convidados mas como parte da multidão de maltrapilhos que se reuniu para ficar olhando aquela próspera demonstração e registro de afeto. Ficaram espantados com a eloquência dos vestidos de brocado e dos ornamentos de ouro dos convidados, e aplaudiram os turbantes coloridos que os homens usavam. Fragrâncias fortes de uma origem muito antiga impregnavam o ar, e uma pesada fumaça de incenso subia de potes de latão colocados na rua que passava na frente da casa. Eles disfarçavam um pouco o cheiro das valas cobertas que corriam pelo meio da estrada. A procissão que acompanhava a noiva era puxada por dois sujeitos que carregavam uma grande lanterna verde que lembrava um palácio em forma de cebola, com inúmeras cúpulas. Flanqueando a noiva, duas fileiras de rapazes entoavam cânticos e espirravam água de rosas nas multidões perfiladas pela rua. Alguns dos rapazes estavam um pouco constrangidos.

A multidão percebia isso e gritava palavras de zombaria e palavrões para aumentar o desconforto deles. A noiva parecia muito jovem, um fiapo de menina. Estava coberta da cabeça aos pés por véus de seda bordados de ouro, que reluziam e cintilavam a cada movimento. Braceletes pesados nos pulsos e nos tornozelos dela brilhavam como era de esperar, e grandes brincos esvoaçavam como sombras luminosas por trás do véu. No que ela entrou pelo portão estreito da casa do noivo o contorno do rosto voltado para o chão se transformou em silhueta graças ao brilho forte da lanterna.

Depois, bandejas de comida foram levadas à rua para alimentar os espectadores: samosa e ladhoo e halwa badam. A música durou a noite toda, cordas e percussão acompanhando vozes que se erguiam com uma precisão e uma clareza maravilhosas. Nenhuma das pessoas reunidas diante da casa compreendia o que as músicas diziam, mas mesmo assim elas ficaram para ouvir. As canções foram se tornando mais melancólicas noite adentro, até que no fim as pessoas da rua começaram a se dispersar em silêncio, expulsas pela tristeza anunciada pelas canções.

2.

"Kijana mzuri." Menino lindo, Mohammed Abdalla disse, parado na frente de Yusuf e segurando-lhe o queixo com uma mão que parecia manchada e escamosa. Yusuf liberou a cabeça e sentiu o queixo latejar. "Você vem junto. O seyyid quer você prontinho de manhã. Você vem fazer as vendas com a gente, e vai aprender a diferença entre os hábitos da civilização e os dos selvagens. Está na hora de você crescer e ver que cara tem o mundo... em vez de ficar à toa numa vendinha suja qualquer." Um sorriso foi se abrindo no rosto enquanto ele falava, um esgar predatório que fez Yusuf pensar nos cachorros que nos seus pesadelos andavam à espreita pelas ruelas.

Khalil, que Yusuf foi procurar em busca de compreensão, se recusou a ter pena, ou a se juntar a ele lamentando o destino. Ele riu e lhe deu um soco no braço de um jeito que parecia jocoso mas machucou Yusuf. "Quer ficar sentado aqui brincando no jardim? E cantar qasidas que nem o doido do Mzee Hamdani? Lá não falta jardim. Você pode pedir pro seyyid te emprestar uma enxada. Ele vai levar dúzias de enxadas pra trocar com os selvagens. Eles adoram uma enxada, aqueles selvagens. Vai entender. Dizem que eles adoram brigar também. Mas você sabe tudo disso, eu não preciso ficar te dizendo. Você é parte lá daquela área selvagem. Está com medo de quê? Você vai se divertir. É só dizer que você é um dos príncipes lá deles, que está voltando pra casa atrás de uma esposa." Naquela noite Khalil o evitou, ocupado com a venda e metido em conversas alucinadas com os carregadores. Quando não podia mais evitá-lo, porque estavam deitados nas esteiras para dormir, ele tirava sarro de qualquer pergunta que Yusuf tentasse fazer. "Quem sabe você encontra um dos seus antepassados na viagem. Vai ser empolgante... e as coisas estranhas que você vai ver, e os animais selvagens. Ou você está com medo de alguém te roubar a Ma Ajuza quando você estiver longe? Não se preocupe, meu irmão mswahili, ela é sua pra sempre. Eu vou dizer pra ela que você chorou por ela antes de partir porque estava com medo de não ter ninguém pra apertar o teu zub lá no meio dos selvagens. Ela vai ficar te esperando, e quando você voltar ela vai cantar pra você. Você logo vai ser um mercador rico, e vai usar sedas e perfumes que nem o seyyid, e usar bolsas de dinheiro na cintura e um rosário enrolado no braço", ele disse.

"Qual que é o seu problema?", Yusuf perguntou exasperado, com uma voz que tremia de mágoa e de pena de si próprio.

"Quer que eu faça o quê? Chorar?", Khalil perguntou, rindo.

"Eu vou embora amanhã, viajar com aquele sujeito e os ladrões dele..."

Khalil tapou a boca de Yusuf com a mão. Eles estavam no fundo da venda, dormindo ali porque a varanda da frente tinha sido tomada havia tempos por Mohammed Abdalla e seus homens, que também tinham transformado os arbustos em volta da clareira em latrinas a céu aberto. Khalil pôs um dedo na frente dos lábios dele e soltou um leve sibilo, um aviso. Quando Yusuf deu a entender que não ia mais falar, Khalil lhe deu um soco forte na barriga, que o fez gemer em agonia. Sentia que estava sendo expulso, e se sentia acusado de uma traição que não compreendia. Khalil o puxou para mais perto e lhe deu um abraço demorado antes de soltá-lo. "É melhor pra você", ele disse.

    De manhã, os embrulhos cobertos de juta foram todos levados a um velho caminhão para fazerem sozinhos uma parte da jornada rumo ao interior. Os outros iriam juntar-se a eles depois. O motorista do caminhão era um sujeito metade grego e metade indiano chamado Bachus. Tinha longos cabelos pretos e um bigodinho bem aparado. Seu pai era dono de uma pequena engarrafadora e fábrica de gelo na cidade, e às vezes alugava o caminhão e o filho aos mercadores. Bachus estava sentado ao volante com a porta aberta, o corpo redondo e mole confortavelmente reclinado no assento. Da boca dele jorrava um fluxo interminável de obscenidades, pronunciadas por uma voz delicada e um rosto que não sorria. Intercalava também trechos de canções de amor, e soltava baforadas de um biri. "Sejam bonzinhos comigo, por favor, pra variar, seus comedores de cabra. Eu ia adorar passar o dia sentadinho aqui fazendo carinho no cu de vocês, mas tenho mais cargas pra pegar, bob. Então vamos fazer uma forcinha aí e parar de ficar cheirando a merda um do outro.

> Se penso na verdade, vejo você na imaginação,
> Os outros rostos todos são só falsidade.
> Se sonho com felicidade sinto o afago da tua mão
> E vejo a inveja em chamas nos olhos da cidade.

Wah, wah, janab! Se um marajá me ouvisse cantar ia me oferecer seu corte de carne preferido por uma noite. Isso aqui está cheirando esquisito. Eu nunca vou deixar de perceber o cheiro de um caralho podre, mas pode ser só a comida que servem pra vocês aqui. Ei, baba! O que é que eles te dão aqui? Tem muita gordura nesse suor que está escorrendo pelas costas de vocês. Eles adoram carne gorda lá aonde vocês estão indo, bob, então olha bem onde você vai sentar. Anda, meu irmão, para de se coçar aí. Pede pra alguém fazer isso por você. E nem vai adiantar mesmo. Esse tipo de ferida só tem um remédio. Vem atrás do murinho me fazer uma massagem. Que eu te dou cinco anna." Os carregadores rolavam de rir com a boca suja do motorista. Dizer essas coisas na frente do mercador! Quando ele hesitava, eles o provocavam xingando sua mãe e seu pai, e com insinuações grosseiras sobre os filhos dele. "Vem chupar o meu pau", ele dizia, com a mão na virilha. E aí começava tudo de novo.

O resto das mercadorias que levariam naquela jornada chegaria à estação de trem num rikwama, um longo carrinho de mão levado pelos carregadores. Até o último momento, o tio Aziz ficou falando baixinho com Khalil, que o rodeava de maneira respeitosa, recebendo instruções. Os carregadores ficavam parados, em grupos preguiçosos, conversando e discutindo, e explodindo em súbitos surtos de gargalhadas e de cumprimentos de mãos espalmadas.

"Haya, vamos para o interior", o tio Aziz disse por fim, dando o sinal da partida. Os tocadores de tambor e de corno começaram ao mesmo tempo e foram seguindo, ansiosos, na frente da coluna. Mohammed Abdalla ia poucos passos atrás deles, cabeça erguida enquanto seu gravetinho riscava uma parábola grandiosa pelo ar. Yusuf deu uma mão para empurrar o carrinho, sem tirar os olhos das rodas de madeira quem eram capazes de esmagar pés distraídos, e se juntou aos gemidos ritmados dos carregadores. Tinha ficado com vergonha de ver Khalil babando na mão do tio Aziz no último momento, dando impressão de que seria capaz de engolir a mão inteira se tivesse chance. Ele sempre fazia assim, mas Yusuf odiou mais naquela manhã. Yusuf ouviu Khalil gritar alguma coisa sobre um *mswahili*, mas não olhou para trás.

O tio Aziz fechava a coluna, vez por outra parando para trocar palavras de despedida com os conhecidos mais dignos de nota entre as pessoas que assistiam a tudo na rua.

3.

Os carregadores e os guardas viajavam no vagão de terceira classe, e se espalharam pelos bancos feitos de ripas fininhas como se fossem donos daquilo tudo. Yusuf estava com eles. Os demais passageiros foram para outros vagões ou se recolheram aos cantos daquele, intimidados pelo barulho e pela grosseria deles. Mohammed Abdalla veio de outra parte do trem para fazer uma visita, reagindo com uma careta àqueles resmungos disparatados e àquele falatório ignorante. O vagão estava lotado e escuro, e cheirava a terra grudenta e fumaça de madeira. Quando fechou os olhos, Yusuf lembrou de sua primeira viagem de trem. Eles tinham seguido por dois dias e uma noite, fazendo muitas paradas e raramente ganhando velocidade. De início a terra era coberta de palmeiras e árvores frutíferas, e do outro lado da vegetação da beira dos trilhos eles enxergavam pequenas fazendas e plantações. Toda vez que o trem parava, os carregadores e os guardas iam todos até a plataforma para ver o que estava acontecendo. Alguns já tinham feito esse trajeto e conheciam empregados da estação ou gente que vendia coisas nas plataformas, e corriam para renovar essas relações. Recebiam mensagens e presentes a serem entregues mais adiante. Numa das paradas, na imobilidade do calor do começo da tarde, Yusuf pensou ter ouvido o som de uma queda-d'água. No meio da tarde o trem parou em Kawa, e ele ficou sentado no chão do vagão, num silêncio tenso, para não correr o risco de ser visto e fazer seus pais passarem vergonha. Depois, conforme o terreno ficava mais elevado e o trajeto deles se dirigia ao leste, as árvores e fazendas se tornavam mais raras. A savana de vez em quando se adensava em intermitentes capões de mata fechada.

Os carregadores e os guardas rosnavam e brigavam entre si. Viviam falando de comida, discutindo a respeito de todos os pratos maravilhosos que naquele momento não estavam à disposição, e contestavam a excelência da culinária da região de cada um deles. Quando tinham se deixado famintos e irritados, mudavam o tema das discussões: o significado verdadeiro de alguma palavra, o dote recebido pela filha de um lendário mercador, a coragem de um famoso capitão naval, a explicação para a pele crua dos europeus. Por uma meia hora animada não conseguiram chegar a um acordo quanto ao peso dos testículos de diferentes animais: touros, leões, gorilas, cada um tinha seu defensor. Arranjavam briga por causa do espaço para dormir, que alguém estaria roubando. Com palavrões e grunhidos, eles se empurravam para ganhar espaço. Ao ficarem mais irritados, os corpos exalavam um penetrante almíscar de suor aromatizado com urina e tabaco rançoso. Não demorou muito para eles saírem no braço. Yusuf cobria a cabeça com os braços, apoiando as costas na parede do vagão e chutando com toda força quando alguém se aproximava dele. Na noite mais funda ele ouvia murmúrios, e depois pequenos movimentos. Depois de um tempo reconheceu o som de carícias furtivas, e depois ouviu risadinhas baixas e abafados sussurros de prazer.

À luz do dia ele olhava pela janela, inspecionando a paisagem e percebendo as mudanças. À direita deles morros distantes se erguiam outra vez, parecendo verdejantes e escuros. O céu sobre os morros era pesado e opaco, ocultando uma promessa. Na terra calcinada que o trem lutava para cortar, a luz era clara. Com o sol mais alto o ar ia ficando pesado de poeira. A planície tórrida e seca ainda estava coberta por trechos de capim morto que as chuvas transformariam em savanas exuberantes. Capões de espinheiros retorcidos pontuavam a planície, que era escurecida por rochedos negros isolados. Ondas de calor e de vapor subiam da terra queimada, entupindo a boca de Yusuf, que puxava o ar angustiado. Numa estação, onde passaram muito tempo parados, um jacarandá solitário estava em flor. Pétalas rosadas e roxas cobriam o chão como um tapete iridescente. Junto à árvore ficava um depósito ferroviário com duas portas. Delas pendiam imensos cadeados enferrujados, e suas paredes caiadas tinham respingos de lama laterítica.

Várias vezes ele pensou em Khalil, e ficou entristecido pela lembrança da amizade que tinham e da partida abrupta e emburrada. Mas Khalil parecia quase satisfeito por vê-lo partir. Pensou em Kawa e nos seus pais, que estavam lá, e ficou se questionando se podia ter agido de outra forma.

Eles desceram do trem no fim da tarde, num vilarejo que ficava no sopé de uma montanha coberta de neve. O ar era fresco e agradável, e a luz tinha a suavidade dos primeiros momentos do poente refletido num corpo de água sem fim. Ao chegar, o tio Aziz cumprimentou o indiano que era chefe da estação como se fosse um velho amigo.

"Mohun Sidhwa, hujambo bwana wangu. Espero que esteja bem de saúde, e que seus filhos e a mãe dos seus filhos estejam todos bem. Alhamdulillahi rabi-l alamin, quem precisa de mais do que isso?"

"Karibu, Bwana Aziz. Bem-vindo, bem-vindo. Espero que esteja todo mundo bem na sua casa. O que você me conta? Como é que vão os negócios?", disse o chefe falando baixinho, apertando vigorosamente a mão do tio Aziz, com uma empolgação e um prazer que mal conseguia conter.

"Damos graças a Deus por tudo com que ele decida nos abençoar, meu velho amigo", disse o tio Aziz. "Mas não se incomode comigo, me diga como andam as coisas por aqui. Eu rezo pelo sucesso de tudo em que você se envolva."

Os dois se enfurnaram na construção baixa, que parecia um barracão e abrigava o escritório do chefe da estação, e sorriam e conversam enquanto disputavam para ver quem era mais cortês com o outro antes de começarem a falar de negócios. Uma imensa bandeira amarela estava desfraldada sobre a construção, ondulando e estalando com a brisa, o que fazia a feroz ave negra estampada nela parecer tomada de uma raiva histérica. Os carregadores sorriam entre si, sabiam que seu seyyid fora combinar a propina do ferroviário para que eles não precisassem pagar todas as taxas do frete. Num instante o funcionário do chefe da estação apareceu e ficou encostado na parede com a aparência despreocupada de alguém que para no meio de um passeio para admirar a paisagem. Ele também era indiano, um sujeito baixo e magro que fazia questão de não olhar ninguém nos olhos. Os carregadores trocavam piscadelas ao perceber essa atitude e lhe dirigiam comentários sarcásticos. Enquanto isso, iam descarregando as mercadorias, sob os olhos atentos de Mohammed Abdalla e dos guardas, e empilhando tudo na plataforma.

"Vamos com isso, seus boquirrotos indecentes", disse Mohammed Abdalla, gritando pelo prazer de gritar e sacudindo o gravetinho de um jeito ameaçador. Manifestava num sorriso o desprezo por todos que o cercavam enquanto se massageava distraído por cima do tecido do kikoi, as pernas bem abertas. "Eu estou avisando, não me roubem nada. Se eu pegar alguém, eu retalho a bunda do infeliz. Depois eu canto uma cantiga de ninar pra vocês, mas agora é sem cochilo. A gente está na terra dos selvagens. Eles não são feitos da mesma lama covarde de vocês. Eles roubam qualquer coisa, até a virilidade de quem não deixar a roupa bem amarradinha. Haya, haya! Eles estão esperando."

Quando tudo estava pronto, eles saíram marchando em procissão, carregando o que tinha sido entregue a cada um. Quem puxava a marcha da caravana era o altivo capitão de todos eles, balançando o gravetinho e lançando olhares cortantes para as pessoas que ficavam atônitas observando. Era um vilarejo pequeno, que parecia vazio, mas a imensa montanha sob a qual se encolhia lhe dava um ar de mistério e melancolia, como se fosse o cenário de antigas tragédias. Dois guerreiros cobertos de miçangas passaram por eles, corpos esbeltos pintados de ocre. Sandálias de couro batiam a terra no compasso das lanças que carregavam, corpos inclinados para a frente, tensos e urgentes. Eles não olhavam nem à direita nem à esquerda, e tinham nos olhos uma expressão de segurança e objetividade, quase um tipo de dedicação. Tinham o cabelo arrumado em tranças apertadas e tingido do mesmo vermelho da terra, assim como as shukas de couro macio que os cobriam diagonalmente do ombro até a cintura e que lhes desciam até os joelhos. Mohammed Abdalla se virou para observar com desdém essa procissão e então apontou o gravetinho para os guerreiros que caminhavam. "Selvagens", ele disse. "Valem dez de qualquer um de vocês."

"Imagine só, Deus fazer umas criaturas dessas! Eles parecem

um fruto do pecado", disse um dos carregadores, um rapaz que era sempre o primeiro a falar. "Eles não parecem maus?"

"Como é que eles conseguem ficar vermelhos desse jeito?", disse outro carregador. "Deve ser o sangue que eles bebem. É verdade, né? Que eles bebem sangue."

"Olha a lâmina das espadas deles!"

"E eles sabem usar", um guarda falou baixinho, atento aos olhares penetrantes do capitão. "Aquilo ali pode até parecer uma faca com um cabo comprido, mas fazem um estrago... Principalmente por causa da prática. Eles ficam o tempo todo treinando, atacando gente e caçando. Pra poder ser guerreiros de verdade eles têm que caçar e matar um leão, e aí comer o pênis do bicho. Cada vez que comem um pênis eles podem casar com mais uma esposa, e quanto mais pênis eles comem, mais importância ganham entre o seu povo."

"Yallah! Você está sacaneando a gente!", sua plateia gritou, rindo dele e se recusando a acreditar nessas lorotas.

"É verdade", o guarda se defendeu. "Eu mesmo já vi. Pergunte a qualquer um que já passou por estas terras aqui. Wallahi, não é mentira. E toda vez que matam um homem eles guardam um pedacinho numa sacola especial."

"Pra quê?", perguntou o jovem carregador mais falante.

"E você pergunta pra quê a um selvagem?", Mohammed Abdalla disse ríspido, virando-se a fim de olhar para o rapaz. "Porque ele é selvagem, pronto. Ele é o que é. Você não pergunta a um tubarão ou a uma cobra por que eles atacam. É a mesma coisa com os selvagens. É o que ele é. E é melhor você aprender a andar mais rápido com essa carga e falar menos. Vocês são um bando de mulherzinhas reclamonas."

"É coisa da religião deles", o guarda disse depois de um tempo.

"Não é honrado esse jeito de viver", disse o jovem carregador, ganhando um olhar longo e ameaçador de Mohammed Abdalla.

"Um homem civilizado sempre consegue derrotar um selvagem, mesmo que o selvagem coma cem pênis de leão", disse outro guarda, um nativo de Comoro. "Ele ganha na esperteza, e no conhecimento, na astúcia."

A caravana não demorou muito para chegar ao destino. Era uma venda no fim de uma longa trilha perto da estrada principal que saía do vilarejo. Diante da venda tinha uma clareira circular, bem varrida e cercada de pés de fruta-pão. O vendeiro era um sujeito baixo e gordinho que usava uma camisa branca bem grande e calças frouxas. Tinha um bigodinho fino bem aparado que, como o cabelo, estava ficando grisalho. Tanto a aparência como a fala o identificavam como homem do litoral. Andou agitado entre eles, dando as ordens com firmeza e autoridade, sem nem reconhecer a presença de Mohammed Abdalla, que tentava interceder e retransmitir as instruções.

4.

O ar estava cortante no pé da montanha, e a luz tinha um matiz púrpura que Yusuf nunca vira antes. Nas primeiras horas da manhã o cimo da montanha ficava escondido pelas nuvens, mas quando o sol ia ganhando força as nuvens se dissipavam e o pico revelava ser de gelo. De um lado, a planície lisa se estendia na distância. Atrás da montanha, quem lhe disse foram homens que já tinham ido até lá, morava o povo guerreiro coberto de terra que criava gado e bebia o sangue dos animais. Achavam que a guerra era uma atividade honrosa e se orgulhavam de seu histórico violento. A grandeza dos líderes era medida pelos animais que tinham obtido saqueando os vizinhos, e pelo número de mulheres que haviam raptado. Quando não estavam lutando, eles enfeitavam o corpo e o cabelo com a dedicação das rainhas dos bordéis. Entre suas vítimas tradicionais estavam os plantadores que moravam nas encostas da montanha onde a chuva empapava a terra. Esses plantadores vinham ao vilarejo várias vezes por semana para vender a safra, e pareciam broncos e lentos, não o tipo de gente capaz de se afastar muito de sua terra.

Com um pastor luterano eles tinham aprendido a usar o arado de ferro e a construir rodas. Eram dádivas de Deus, ele lhes disse, que o enviara àquela montanha para oferecer às pessoas a salvação da alma. Ele lhes anunciou que o trabalho era um decreto divino, para que os humanos pudessem se redimir da maldade. A igreja dele também era escola fora dos horários de culto, e ali ele ensinava seu rebanho a ler e escrever. E como ele insistia, o povo todo converteu sua crença a esse Deus que tinha sacerdotes assim tão práticos. O pastor proibia que eles tivessem mais de uma esposa e os convenceu de que o juramento que tinham feito ao novo Deus que ele lhes trouxe era mais sério que tudo o que pudessem dever aos costumes de seus pais e mães. Ele ensinou hinos, e contou histórias de vales verdejantes onde as frutas e o leite eram abundantes, e de florestas cheias de duendes e bichos selvagens, e de encostas cobertas de neve e cidades inteiras que patinavam em lagos congelados. Os pastores de gado agora tinham outro motivo para desprezar os plantadores que atacavam por várias gerações. Além de fuçar a terra como animais ou mulheres, também cantavam os lúgubres refrãos dos vencidos, que ecoavam e maculavam o ar da montanha.

Nas sombras empoeiradas das terras do sopé da montanha nevada, onde vivia o povo guerreiro e caía pouca chuva, morava um europeu lendário. Diziam que tinha tanto dinheiro que nem conseguia contar. Aprendera a língua dos animais e sabia conversar com eles e lhes dar ordens. Seu reino cobria um território enorme, e ele morava num palácio de ferro que ficava num penhasco. O palácio era também um ímã poderoso, de modo que quando algum inimigo se aproximava de suas fortificações as armas eram arrancadas das bainhas e das mãos deles, que assim se viam desarmados e presos. O europeu tinha poder sobre os chefes das tribos selvagens, a quem não deixava de admirar por conta da crueldade implacável. Na opinião dele eram pessoas nobres, fortes e graciosas, até lindas. Diziam que o europeu tinha um anel com o qual podia invocar os espíritos da terra a seu serviço. Ao norte do seu território espreitavam bandos de leões com um apetite insaciável por carne humana, mas eles nunca se aproximavam do europeu, a não ser que fossem chamados.

O homem do litoral que era dono da venda onde a caravana tinha parado, e onde Yusuf estava sentado à sombra dos pés de fruta-pão junto com os homens para ouvir essas histórias, se chamava Hamid Suleiman. Ele vinha de uma cidadezinha ao norte de Mombaça chamada Kilifi. Yusuf sabia que ela não ficava muito distante do sul de Witu porque Mohammed, o pedinte, tinha lhe falado de como uma vez quase se afogara enquanto atravessava o canal profundo em Kilifi. Teria sido melhor, ele dizia, se tivesse morrido, e ficado livre da vergonha que era estar escravizado pela maconha. Mas ele sorria quando disse isso, mostrando os dentes quebrados num pedido de desculpas.

Hamid Suleiman era simpático e bem-humorado e tratava Yusuf como se fosse da família. O tio Aziz tinha lhe dito alguma coisa antes de sair. Yusuf o viu falar, e tinha visto um olhar na sua direção. Não houve explicações, simplesmente um tapinha na cabeça e a ordem de ficar ali com Hamid. Ele viu o tio partir sem saber direito como se sentia. Era um alívio escapar à ameaça de Mohammed Abdalla, mas uma jornada para os lagos, no mais profundo interior, que era para onde seguia a expedição, tinha começado a lhe parecer empolgante. E ele vinha se sentindo surpreendentemente à vontade na companhia dos carregadores, e estava adorando acompanhar aquele sem-fim de histórias e piadas grosseiras.

Maimuna, a esposa de Hamid, também vinha do litoral,

de um ponto bem mais ao norte de Mombaça, da ilha de Lamu. Ela falava diferente, e dizia que o kiswahili falado em Lamu era mais puro do que em qualquer outro lugar do litoral — *kiswahili asli*, pode perguntar a quem você quiser — e a própria Lamu era praticamente perfeita aos olhos dela. Como o marido, era gordinha e simpática, e parecia incapaz de ficar quieta se alguém estivesse por perto. Tinha muitas perguntas para Yusuf. Onde ele nasceu? Onde o pai e a mãe dele nasceram? Onde morava o resto da família dele? Eles sabiam onde ele estava? Quando foi a última vez em que ele foi visitar a família? Ou os outros parentes? Ninguém tinha dito a ele o quanto essas coisas eram importantes? Ele tinha uma prometida? Por que não? Quando ele estava pensando em se casar? Ele não sabia que se esperasse demais as pessoas iam pensar que ele tinha algum problema? Ela achava que ele já tinha idade, ainda que as aparências pudessem enganar. Que idade ele tinha? Yusuf fez o possível para evitar as perguntas. Em muitos casos o melhor que podia fazer era dar de ombros, derrotado por perguntas que nunca tinha encarado, ou baixar os olhos envergonhado. Maimuna grunhia incrédula com as evasivas, e a expressão no rosto dela era uma promessa de que mais cedo ou mais tarde ele teria que abrir o jogo.

Seus deveres eram os mesmos aqui e na outra venda, só que aqui havia menos o que fazer porque os negócios não iam tão bem. Além dos deveres na venda ele tinha que varrer a clareira de manhã e no fim da tarde. Recolhia as frutas-pão que tinham caído ao pé das árvores e empilhava tudo num cesto que um sujeito da feira vinha pegar todo dia. As frutas abertas ele jogava fora, nos fundos. Eles mesmos nunca comiam a fruta-pão.

"Graças a Deus nós ainda não somos assim tão pobres", Maimuna dizia.

Aquele lugar tinha sido um ponto de parada das caravanas que vinham do interior, Hamid explicou. Isso nos dias antes de eles próprios chegarem para morar e trabalhar ali, quando o ponto prosperava. A fruta-pão era para dar de comer aos carregadores e aos escravos, que comiam qualquer coisa depois da longa caminhada pela savana. Não que ele achasse que tinha algo errado em comer fruta-pão. Eles comiam em casa, cozida no leite de coco e acompanhada de sardinhas fritas. Deus bem sabe que o que eles comiam agora no lugar da fruta-pão era coisa bem humilde, ainda que Yusuf não devesse pensar que isso fosse motivo para desprezar a comida. A questão era só que a fruta-pão fazia as pessoas pensarem em servidão, especialmente naquela parte do mundo.

Yusuf ficou num quartinho da casa, e foi convidado a comer com a família. Durante a noite toda havia candeeiros acesos pela casa, e assim que escurecia as portas eram trancadas e as janelas fechadas. Era para afastar os animais e os ladrões, eles lhe disseram. Hamid criava pombos que moravam em caixas dispostas sob os beirais da casa. Em certas noites o silêncio incômodo era interrompido por um ruflar de asas que deixava penas e sangue espalhados pelo terreiro. Os pombos eram todos brancos, com penas largas e compridas na cauda. Ele gostava de falar das aves, e dos hábitos das aves no cativeiro. Chamava seus pombos de Aves do Paraíso. Eles passeavam pelo teto e pelo terreiro com pompa e arrogância incautas, como se exibir a beleza fosse mais importante que a segurança. Mas em outros momentos Yusuf achava que via uma faísca de autoironia no olhar deles.

Às vezes marido e mulher trocavam olhares quando Yusuf dizia alguma coisa, o que o fazia pensar que sabiam mais do que ele. Ficava imaginando quanto o tio Aziz lhes contara. De início achavam que havia algo estranho nos modos dele, embora não lhe dissessem o que era. Muitas vezes tratavam com suspeita as coisas que ele dizia, como se duvidassem de suas motivações. Quando Yusuf descreveu a terra seca que percorreram na viagem até a cidade, eles ficaram irritados, e ele sentiu que tinha feito algo mal-educado ou desagradável, que tinha chamado atenção para uma limitação inevitável com a qual viviam.

"Por que você ficou surpreso com isso? Por aqui só tem lugar seco. Talvez você esperasse terraços verdejantes e pequenos riachos. Bom, não é assim", disse Hamid. "Aqui tão perto da montanha é fresco, pelo menos, e chove um pouco, ainda que não tanto quanto nas encostas. Mas as coisas são assim mesmo."

"Verdade", disse Yusuf.

"Não sei o que você estava esperando", Hamid continuou, olhando para Yusuf com a cara fechada. "Fora as semanas que vêm logo depois das chuvas de cada ano, e num terreno mais alto como aqui, é desse jeito em toda parte. Mas você tinha era que ver essas planícies secas depois das chuvas. Você tinha que ver!"

"Verdade", disse Yusuf.

"Verdade o quê?", disse Maimuna com irritação. "Verdade, hiena? Verdade, animal? Chame ele de tio."

"Mas à beira-mar tinha bastante verde", disse Yusuf após um momento. "A casa onde a gente morava tinha um lindo jardim, com um muro em volta. Com palmeiras e laranjeiras, e até romãs, e canais de água com um laguinho, e arbustos perfumados."

"Ah-ah, a gente não tem como competir com esses mercadores, esses senhores", disse Maimuna com a voz ficando muito aguda. "Nós somos só uns vendeiros pobretões. Você é que tem sorte, mas essa foi a vida que Deus escolheu pra nós. Nós vivemos aqui que nem bichos, às ordens d'Ele. Para você

Ele deu um jardim do paraíso e para nós Ele deu moitas e uns matos cheios de cobras e bichos selvagens. Então agora o que você quer que a gente faça? Quer que a gente blasfeme? Que a gente reclame que não recebeu um tratamento justo?"

"Vai ver ele só está com saudade de casa", disse Hamid, fazendo as pazes num sorriso. Maimuna não estava apaziguada e resmungava baixinho, lançando olhares cortantes com cara de quem ainda tinha mais a dizer.

"Bom, tudo tem seu preço. Espero que ele aprenda isso logo", ela disse.

Yusuf não quis fazer uma comparação com o jardim deles, mas ficou quieto. Em vez da sombra e das flores que Mzee Hamdani tinha criado, e dos laguinhos e arbustos carregados de frutas, aqui só havia a mata para além do terreiro dos fundos, que era onde eles descartavam o lixo. Toda uma vida secreta pulsava ali, de onde subiam fumos de putrefação e pestilência. No seu primeiro dia lhe disseram para ter cuidado ao passar perto dali por causa das cobras, e ele sentiu que aquele aviso era uma espécie de profecia. Agora ficaram esperando que ele dissesse alguma coisa, que explicasse, mas ele não conseguia pensar no que pudesse dizer e ficou calado diante deles, gerando mais ofensa.

"Eu trabalhava no jardim de tarde", ele disse por fim.

Eles riram, e Maimuna estendeu a mão e afagou o rosto dele. "Quem é que consegue se irritar com um menino lindo como você? Eu estou pensando em me livrar do gordo do meu marido e casar com você. Mas até lá quem sabe você possa fazer um jardim pra nós", ela disse, trocando um rápido olhar com Hamid. "A gente pode botar ele pra trabalhar de verdade enquanto está aqui."

"Aqui cresce laranjeira?", perguntou Yusuf. Eles consideraram o comentário satírico e riram de novo.

"Você pode construir fontes pra nós, e palácios de veraneio. O jardim vai ficar cheio de aves de cativeiro, de tudo quanto é tipo", disse Maimuna, mantendo o tom de provocação. "Aves canoras, não esses pombos resmungões que o Hamid adora. Espero que você também pendure uns espelhos nas árvores que nem nos jardins antigos, pra refletir a luz e a gente poder ver os pássaros desmaiarem quando virem a beleza da própria imagem. Faça um jardim assim pra nós."

"Ela é uma poetisa", disse Hamid, aplaudindo a esposa. "Como todas as mulheres da família dela. E os homens são todos uns vagabundos de uns pechincheiros."

"Que Deus te perdoe pelas tuas mentiras. Como você pode ver, quem está cheio de histórias aqui é ele. Ah, e como", ela disse, sorrindo e apontando para Hamid. "Só espera ele começar. Você vai esquecer de comer e de dormir até ele acabar. Espera só o Ramadã, que ele nem vai te deixar dormir. Ele é o piadista aqui, sem sombra de dúvida."

No dia seguinte, Hamid atacou a beira da mata com um machete, podando enfurecido os galhos que conseguia alcançar. Gritou para Yusuf vir recolher os ramos cortados e empilhar para guardar como lenha. "É você que quer um jardim", ele disse bem-humorado. "Bom, eu vou limpar essa mata e aí você pode plantar um jardim pra nós. Mas força nisso, menino. A gente vai limpar isso tudo até aquele espinheiro lá." De início os golpes doidos de Hamid vinham acompanhados de gritos sanguinolentos e canções estrondosas. Era para espantar as cobras, ele disse. Mas logo a empolgação minguou, e os gritos alegres de Maimuna, encorajando e rindo dos dois, faziam ele parar irritado entre cada golpe. *Se a gente deixasse tudo com as mulheres onde você acha que a gente ia estar?*, ele disse. *Ainda morando em cavernas, na minha opinião.* O suor borbulhava e corria pelo rosto dele. Depois de cerca de uma hora, os gritos de guerra se transformaram em gemidos enquanto ele abatia sem vigor os arbustos que estremeciam. Parava o tempo todo, puxando ar, e demorando para explicar a Yusuf como dispor os galhos caídos. Ele se zangava com a falta de jeito de Yusuf, e lançava olhares penetrantes quando ele fazia cara de dor porque um galhinho afiado tinha cutucado sua mão. Por fim, com um urro desesperado ele jogou o machete no chão e disparou de volta para a casa. "Eu é que não vou me matar por causa dessa floresta", ele declarou enquanto passava pela esposa. "Você podia pelo menos ter trazido uma jarra de água pra gente."

"Não é uma floresta, são só uns matinhos, seu velho fracote", ela ria dele, contente, batendo palmas até ele sumir. "Você está acabado, Hamid Suleiman. Eu devia era achar um marido novo."

"Depois você vai ver quem eu sou", Hamid gritou de longe.

Maimuna ululava, zombando dele. "Não meta medo nas crianças, shababa. Você aí, deixa essa arma horrorosa em paz", ela gritou quando Yusuf pegou o machete. "Não quero o seu sangue na nossa cabeça. A gente já tem os nossos problemas e não precisa dos seus parentes caindo em cima. Você vai ter que ir se acostumando com os arbustos e as cobras, e continue sonhando com esse seu jardim do paraíso até o seu tio vir te buscar. Leve um pouco de água pro seu tio."

5.

Esperava-se que ele ficasse à disposição de ambos. Gritavam quando precisavam, e se ele demorasse a aparecer era recebido com palavras duras e olhares atravessados. Pegue água do poço. Corte mais lenha. Varra o terreiro. Quando não precisavam dele na venda, ia até o mercado pegar verduras e carne. Não tinha pressa quando o mandavam ir até a cidade, ia se deixando ficar pelos espaços abertos, observando os pastores e os fazendeiros que passavam. As vacas largavam imensas bolas de esterco enquanto seguiam com o passo resmunguento. De vez em quando sacudiam a cauda úmida e lançavam um jato de esterco pelo ar. Os pastores soltavam silvos e arrulhos para elas, e ocasionalmente feriam os bichos com a ponta das varas, para elas voltarem ao grupo. Yusuf sempre via os guerreiros pintados de vermelho marchando por ali, eles nunca deixavam de chamar atenção. Às vezes fazia entrega nas casas de mercadores indianos e gregos, carregando cestos num jugo longo que lhe atravessava os ombros e tentando não se lembrar do verdureiro decrépito que ia até a casa do tio Aziz. Fazendeiros europeus iam até a cidade de caminhão ou com carros de boi para comprar suprimentos e conduzir seus negócios misteriosos. Eles não tinham olhos para mais ninguém, e caminhavam com um olhar de ódio. Quando voltava para casa era provável que o mandassem pegar alguma coisa no armazém ou levar uma das crianças ao banheiro. Eles tinham três filhos. A mais velha era menina, quase moça, e esperava-se que ela cuidasse dos outros. Ela não tinha cabeça para dar conta dessa tarefa, vivia ocupada com sua vida interior, e ficava de um lado para outro da casa e do terreiro, batendo portas e sorrindo sozinha. Yusuf vez por outra tinha que cuidar dos meninos mais novos e ir com eles a alguns lugares. Eram ativos e barulhentos, estavam acostumados a ouvir gritos. Quando estava com os meninos ele pensava em como tinha sido tratado por Khalil, e tentava se manter calmo, muitas vezes em vão.

Falou de Khalil para Hamid, e do trabalho que realizavam juntos — eles praticamente cuidavam da venda sozinhos — na esperança de receber outras tarefas além de resolver pequenas compras e fazer idas e vindas entre a venda e o armazém, mas Hamid apenas sorriu. A venda não tinha movimento suficiente para manter todos eles ocupados, disse. Sem os vendedores e os clientes do interior eles não iam nem ter do que viver, e muito menos conseguir algum lucro. "Você já não faz bastante coisa? Quer mais trabalho para quê? Me fale do mercador, o seu tio Aziz. Ele foi um bom mestre?", ele perguntava. "Ele é um sujeito muito rico, e muito bom, não é? O nome dele caiu como uma luva. Eu podia ficar te contando histórias dele, umas histórias tão impressionantes. Um dia eu tenho que ir visitar a casa dele. Acho que deve ser igual um palácio... por tudo o que você já disse do jardim eu tenho certeza que deve ser mesmo. Ele faz banquetes e celebrações? Você e o Khalil deviam ser que nem uns príncipes, mimados demais."

A casa tinha três armazéns, mas ele nunca era enviado a um deles, cuja porta ficava sempre trancada. Yusuf às vezes ficava diante da porta, e achava que conseguia detectar um cheiro animal, de couro e de cascos. Magendo, lembrou. Um dinheirão. Hamid tinha mencionado que o caminhoneiro boca-suja entregou uma carga — *parecia um bicho que saiu rastejando de uma latrina*, ele disse — e Yusuf supunha que aquele armazém contivesse as cargas secretas que não puderam ir de trem com eles. Os armazéns ficavam nos fundos da casa, no terreiro fechado. Do outro lado do terreiro, mas ainda do lado de dentro dos muros, ficavam os alpendres, a cozinha e o banheiro. O quarto dele também ficava naquela parte da casa, e um dia, à noite, Yusuf ouviu Hamid no armazém proibido. De início pensou que era um ladrão ou coisa pior, e então ouviu a voz de Hamid. Podia ter ido espiar, e chegou até a abrir a taramela do quarto. Noite funda. Ali parado na porta aberta ele enxergava a luz de um candeeiro por baixo da porta. O tom dos resmungos de Hamid lhe chegou com clareza e o deteve. Aquela voz subia e caía, angustiada, lamuriosa e suplicante. Havia algo de macabro na voz que choramingava pela casa silenciosa, e era trágico e ao mesmo tempo amedrontador. Devia ter ficado na esteira, ele pensou, desejando não ter ouvido nada. Quando Hamid parou também para ouvir, Yusuf fechou a taramela da porta fazendo o menor barulho possível, como antes, e voltou a se deitar. De manhã nada foi dito, embora Yusuf tenha entrevisto inúmeros olhares furtivos.

Muitos mercadores passavam pela cidade, e se eram gente do litoral ou árabes e somalis, paravam um dia ou dois na casa de Hamid enquanto resolviam os problemas e descansavam. Eles dormiam embaixo dos pés de fruta-pão da clareira e comiam do que se servia na casa, pagando os anfitriões com presentinhos e pequenas cortesias. Às vezes faziam escambos com as mercadorias que traziam, antes de partir. Os viajantes traziam notícias e histórias inacreditáveis de coragem e de resistência em suas jornadas. Alguns dos habitantes da cidade vinham ficar ali com eles para ouvir os viajantes, entre eles um mecânico indiano que era amigo de Hamid. O mecânico indiano estava sempre com um turbante azul-claro, e ia até a casa de Hamid num furgão barulhento que às vezes incomodava os mercadores. Ele quase nunca abria a boca, mas Yusuf de vez em quando via que ele estava rindo nos lugares errados, fazendo com que os outros olhassem para ele contrariados e intrigados. Tarde da noite, sentados na clareira diante da casa, tremendo um pouco por causa do frio da montanha, com candeeiros acesos por toda parte, eles ficavam falando de outras noites, em que animais e homens cercaram seus acampamentos com más intenções. Se não estivessem bem armados, ou se tivessem vacilado em sua coragem, ou se Deus não tivesse cuidado deles, restariam apenas seus ossos na poeira de uma nyika qualquer, sendo roídos por abutres e vermes.

Aonde quer que fossem agora, eles descobriam que os europeus tinham chegado antes e instalado soldados e oficiais que diziam ter vindo para salvar aquelas pessoas de seus inimigos, que só queriam escravizá-las. Falavam como se ninguém soubesse o que era comércio antes deles. Os mercadores falavam dos europeus com espanto, admirados com a ferocidade e crueldade deles. Levam as melhores terras sem pagar nem uma miçanga, forçam as pessoas a trabalhar para eles usando alguma manobra enganosa, comem de tudo, mesmo que seja duro ou esteja podre. O apetite deles não tem limite nem decência, parecem uma praga de gafanhotos. Imposto para isso, imposto para aquilo, senão o inadimplente vai para a cadeia, ou para o chicote, ou até para a forca. A primeira coisa que eles constroem é uma prisão, depois uma igreja, depois um galpão para o mercado assim não perdem o controle das vendas e depois podem cobrar impostos. E isso antes mesmo de erguerem suas casas. Alguém já ouviu uma coisa dessas na vida? Eles usam roupas feitas de metal, que apesar disso não irritam o corpo, e conseguem ficar dias e dias sem dormir e sem tomar água. O cuspe deles é peçonhento. Wallahi, eu te juro. Se espirrar em você ele queima a carne. O único jeito de matar um deles é dar uma facada embaixo da axila esquerda, e tem que ser ali, mas isso é quase impossível porque eles usam proteções pesadas nessa parte.

Um dos mercadores jurava que uma vez tinha visto um europeu cair morto e outro vir soprar de novo a vida dentro dele. Ele também tinha visto cobras fazerem isso, e as cobras também têm saliva peçonhenta. Enquanto o corpo de um europeu não estivesse destruído ou deteriorado, enquanto não tivesse começado a apodrecer, outro europeu podia soprar vida dentro dele de novo. Se visse um europeu, mesmo morto, não ia encostar nem pegar nada dele para evitar que o sujeito levantasse de novo e o acusasse.

"Não me venha com blasfêmias", disse Hamid, rindo. "Só Deus tem o poder de dar a vida."

"Eu vi com os meus próprios olhos. Que Alá me deixe cego se eu estiver mentindo", o mercador insistia, olhando para os rostos que riam ali na plateia. "Lá estava um defunto e outro europeu deitou ali do lado dele, respirou na boca do sujeito, e o morto deu uma tremida e acordou."

"Se ele tem poder de dar a vida, então deve ser Deus", Hamid insistiu.

"Que Deus me perdoe", disse o mercador, tremendo de raiva. "Por que é que você me diz uma coisa dessas? Eu não quis dizer isso aí."

"Ele é um ignorante", Hamid disse depois, quando o homem já tinha ido embora, seguindo sua jornada. "Eles são muito supersticiosos lá na terra dele. Religião demais às vezes dá nisso. O que é que ele queria dizer? Que os europeus na verdade são cobras disfarçadas?"

Alguns viajantes tinham encontrado a expedição do tio Aziz e podiam dar informações. As últimas notícias diziam que ele estava do outro lado dos lagos, depois das montanhas Marungu, nas terras mais altas entre os grandes rios paralelos do oeste. Estava vendendo para os manyema, e os negócios iam bem. Era uma região perigosa, mas boa para as vendas: borracha, marfim e até um pouco de ouro, com a bênção de Deus. Chegavam mensagens do próprio tio Aziz, pedia que os mercadores que tinham lhe vendido suprimentos e mercadorias fossem pagos em seu nome, e uma vez chegou uma carga de borracha aos cuidados de um mercador que já estava voltando para casa. Sempre chegavam notícias dele, e o otimismo dessas mensagens aumentava a generosidade de Hamid para com os viajantes que as traziam.

6.

No mês de Shaaban, logo antes de o Ramadã chegar com a rotina pesada de fome e oração, Hamid decidiu visitar os vilarejos e assentamentos das encostas das montanhas. Era uma viagem que fazia todo ano e pela qual ansiava, mas ele se convenceu de que era também uma oportunidade de negócios. Como os clientes não estavam vindo mais, ele iria até eles. Yusuf foi convidado a ir junto. Eles alugaram um furgão com o mecânico sikh na cidade, aquele que vinha visitá-los à noite para ouvir as histórias dos viajantes. O motorista do furgão seria o próprio sikh, cujo nome era Harbans Singh, mas que todo mundo chamava de Kalasinga. Tanto melhor, já que o carro vivia quebrando e os pneus furavam de tantos em tantos quilômetros. Kalasinga não se deixava abalar em nada por esses incidentes, pondo a culpa na estrada ruim e na inclinação das encostas. Cuidava do furgão sem perder a alegria, rebatendo a zombaria de Hamid com respostas tranquilas, que nunca se esgotavam. Eles se conheciam bem. Yusuf tinha ido diversas vezes à casa de Kalasinga para entregar pedidos. Eles trocavam estocadas e esquivas com muito gosto, e se divertiam com as provocações. Os dois eram baixos e gorduchos, e de certa forma eram muito parecidos. Mas se Hamid sorria o tempo todo enquanto falava, Kalasinga se mantinha inalterado mesmo nas circunstâncias mais improváveis.

"Se você não fosse tão unha de fome comprava outro furgão e poupava esse sofrimento para os seus clientes", Hamid dizia, confortavelmente sentado numa pedra enquanto Kalasinga lidava com o motor em pandarecos. "O que é que você faz com a dinheirama que rouba da gente? Manda tudo pra Bombaim?"

"Não vem com piadas ruins, meu irmão. Você quer é que alguém venha me matar. Que dinheiro? E eu não sou de Bombaim, como você sabe muito bem. Aquilo lá é a terra desses banyans comedores de bosta de bode. Essa ralé gujarati, eles é que têm dinheiro, e os irmãos deles são aqueles vampiros dos mukki-yukki, aqueles bohras. E você sabe como é que eles ganham esse dinheiro todo? Emprestando dinheiro a juros e roubando. Crédito pros mercadores em dificuldades com juros compostos e execução da dívida com qualquer desculpa. Essa que é a especialidade deles. Ralé! Então eu te imploro, tem um pouco de respeito e não me confunde com esses insetos."

"Mas vocês não são todos iguais?", Hamid perguntou. "Vocês são todos indianos, todos banyans, trapaceiros e mentirosos."

Kalasinga fez cara de triste. "Se você não fosse meu irmão de tantos anos era certeza que eu te batia por dizer uma coisa dessas!", ele falou. "Eu sei que você está tentando me irritar, então vou controlar a minha raiva. Eu não vou te dar o prazer de me ver agindo de uma maneira indigna. Mas por favor não abusa da minha paciência, meu amigo. É muito difícil para um Singh ouvir ofensas calado."

"E daí? Quem é que está pedindo pra você ficar calado?

Me disseram que os kalasingas têm uns cabelos bem compridos que crescem na bunda. Eu ouvi uma história de um kalasinga que arrancou um cabelo desses e amarrou um sujeito que estava deixando ele irritado."

"Meu amigo, eu sou um homem paciente. Mas tenho que te avisar que quando a minha raiva desperta, ela só se contenta com sangue", Kalasinga disse cheio de lástima. Deu uma espiada em Yusuf e balançou a cabeça de um lado para o outro, pedindo compaixão. "Já te disseram como eu fico quando perco a cabeça?", ele perguntou a Yusuf. "Igual um leão selvagem rugindo!"

Hamid ria encantado. "Não assuste o menino, seu kafir cabeludo. Vocês não passam de uns mentirosos, seus banyans. Leão selvagem! Tá bem, tá bem, larga essa chave inglesa. Não quero deixar minhas criancinhas órfãs só por causa de uma piada. Mas me diga, sinceramente... nós somos velhos amigos. A gente não tem segredo. O que é que você faz com a dinheirama que ganha? Você dá tudo pra uma mulher, não é? Quer dizer, você não gasta com outras coisas. O seu patrimônio é um punhado de carros quebrados. Você não cuida de ninguém. Você tem a maior cara de miserável. Você só bebe pombe barato ou aquele veneno que você mesmo fabrica. Você não joga. Tem que ser mulher."

"Mulher! Eu não tenho uma mulher."

Hamid rolava de rir. Corriam histórias sobre as aventuras de Kalasinga com mulheres, todas elas inventadas pelo próprio Kalasinga mas incrementadas por outras pessoas. Nessas histórias Kalasinga sempre demora para se excitar, deixando as mulheres enlouquecidas. Mas depois que se excita ele não sai de cima delas.

"Se você quer mesmo saber, seu asno, eu mando alguma coisinha pros meus irmãos do Punjab. Pra ajudar a cuidar das terras da família. Você só quer falar disso. O que é que você faz com o seu dinheiro? Que dinheiro? É problema meu!", gritou Kalasinga, socando o capô do furgão para marcar suas palavras. Hamid ria contente, e estava prestes a começar tudo de novo, mas Kalasinga entrou no furgão e deu partida no motor.

No fim do dia eles pararam perto de um pequeno assentamento na parte mais alta do sopé da montanha. No dia seguinte tentariam fazer negócios ali antes de seguir adiante. Kalasinga estacionou o furgão embaixo de uma figueira, à margem de um turbulento rio de montanha. As margens eram cobertas de uma grama verde e exuberante que lhes chegava até os joelhos. Yusuf tirou a roupa e pulou no rio. A água fria o fez gritar, mas ele perseverou por uns minutos. Não demorou para começar a sentir o corpo todo amortecido. Kalasinga lhe disse que o rio era alimentado pelo derretimento do gelo do alto da montanha. A terra era coberta de capim e de árvores exuberantes naquele ponto, e enquanto eles montavam acampamento à luz do pôr do sol da montanha o ar fervilhava com o canto das aves e o som da água corrente. Yusuf caminhou um pouco pela margem do rio, pisando nas pedras imensas que pontilhavam o curso de água. Do outro lado, depois de uma área aberta, viu grandes capões de bananeiras. Logo chegou a uma catarata e parou para olhar. Aquele lugar tinha um ar de segredo e de magia, mas seu espírito era bondoso, tranquilo. Samambaias e bambus gigantes se debruçavam sobre a água. Ele viu por entre as gotículas em suspensão que a rocha atrás da catarata tinha uma profundidade escura que podia sugerir uma caverna, esconderijo de tesouros e príncipes desafortunados em fuga para escapar de cruéis usurpadores. Quando encostou na própria roupa, percebeu que estava encharcado, até em suas peças de vestuário mais íntimo, mas estava feliz ali em meio àquela névoa, envolvido naquele abraço. Se prestasse muita atenção, tinha quase certeza de que seria capaz de ouvir um zumbido que crescia e diminuía por trás do troar da catarata, o som do Deus do rio que respirava. Ficou ali em silêncio por um bom tempo. No fim, quando a luz estava sumindo rápido e as sombras de morcegos e aves noturnas começavam a riscar o céu claro, viu Hamid, que de longe fazia sinais para ele voltar.

Yusuf voltou correndo, saltando as pedras e espadanando o rio para lhe falar da beleza do refúgio da catarata. Quando chegou a Hamid estava sem fôlego, e só conseguiu ficar parado diante dele, arfando e rindo sozinho.

"Você está encharcado", disse Hamid, rindo também e dando um tapa nas costas de Yusuf. "Vem comer, e vai se acomodando antes que escureça. Fica frio à noite aqui em cima."

"A catarata!", Yusuf conseguiu dizer, puxando ar. "É uma beleza."

"Eu sei", disse Hamid.

Das sombras cada vez mais densas à frente deles surgiu um homem. Trajava calças cáqui e um suéter canelado azul-marinho com ombreiras de couro, o uniforme de quem trabalhava para os europeus. No que eles foram se aproximando, o homem mostrou que trazia um cassetete atrás da perna, deixando claro que estava armado. Quando estavam já tão perto que podiam sentir o cheiro dele, Yusuf viu que o rosto do homem era marcado por finas cicatrizes diagonais, uma em cada bochecha, indo da parte inferior dos olhos até o canto da boca. De perto, as roupas eram esfarrapadas, com cheiro de fumaça e de esterco. Os olhos projetavam uma luz macabra, forte e medonha.

Hamid o cumprimentou com a mão levantada e disse salaam alaikum. O homem soltou um grunhido e ergueu o cassetete em resposta. "O que é que vocês querem?", perguntou. "Vão embora!"

"A gente montou acampamento aqui", disse Hamid, e

Yusuf percebeu que ele estava com medo. "Nenhum problema, irmão. O garoto foi ver a catarata, agora a gente vai voltar pro acampamento."

"O que é que vocês vieram fazer? Bwana não quer vocês aqui. Nem pra acampar, nem pra olhar a catarata. Ele não quer vocês aqui", o homem disse sem se alterar, olhando para eles cheio de ódio.

"Bwana?", Hamid perguntou.

O homem apontou com o cassetete na direção de onde Yusuf viera. Eles agora viram o contorno de uma construção baixa, e enquanto estavam olhando uma das janelas se acendeu de repente. O homem fixou neles seus olhos brilhantes, esperando que fossem embora. Yusuf achou ter notado algo de trágico naqueles olhos, como se eles tivessem perdido a visão.

"Mas a gente está acampado bem longe de lá", Hamid reclamou. "A gente não vai nem respirar o mesmo ar."

"Bwana não gosta de vocês", o homem repetiu num tom cortante. "Sumam daqui!"

"Olha, amigo", disse Hamid, adotando modos de comerciante bem treinado. "A gente não vai incomodar o seu bwana. Vem tomar uma xícara de chá com a gente que você vai ver com os próprios olhos."

O homem de repente soltou um longo jato de palavras, ditas com raiva e numa língua que Yusuf não entendeu. Então deu meia-volta e sumiu de novo na escuridão. Ficaram um tempo procurando por ele, então Hamid deu de ombros e disse, *Vamos. O bwana dele acha que é dono do mundo.* Quando voltaram ao acampamento eles viram que Kalasinga tinha feito arroz e uma lata de chá. Hamid abriu um pacote de tâmaras e dividiu tiras de peixe seco, que eles tostaram no que ainda restava das brasas da fogueira. Contaram a Kalasinga a história do homem com o cassetete.

"Mzungu vive aqui", disse Kalasinga, peidando satisfeito sem dar sinal de estar envergonhado. "Um europeu do sul, que trabalha pro governo. Eu consertei o gerador dele uma vez. Era um dos grandões, o desgraçado, e dos geradores mais velhos. Eu falei que podia conseguir um mais novo, mas ele não gostou. Gritava e estava ficando vermelho, dizendo que eu queria propina. Uma comissãozinha, quem sabe… que mal tem? É o que todo mundo faz. Mas ele me chamava de coolie nojento. Coolie nojento, ladrãozinho filho da puta. Aí os cachorros dele entraram na história. Uff! Uff! Um monte de cachorros, peludões e com uns dentes enormes."

"Cachorros", Hamid disse baixo, e Yusuf soube exatamente o que ele queria dizer.

"Isso, uns cachorrões!", disse Kalasinga, ficando de pé e abrindo bem os braços, rosnando. "Com uns olhos amarelos e pelagem cor de prata. Treinados pra caçar muçulmanos. Se você entender o latido nervoso deles, dizem Eu gosto de carne de allah-wallahs. Me deem carninha de muçulmano."

Kalasinga gostou da piada, e ficou rindo e dando tapinhas na própria coxa. Hamid o xingou, infiel maluco, ladrãozinho filho da puta, kafir cabeludo, mas Kalasinga não desanimou. De tanto em tanto ele latia e rosnava, e aí ria como se nunca tivesse ouvido coisa mais engraçada na vida.

"Para com esse barulho, seu coolie nojento. Você vai ficar dando sopa pro azar, e aí os cachorros do europeu vão cair em cima da gente… até o de duas pernas. Para, seu banyan cabeludo!", Hamid disse irritado quando Kalasinga se recusou a parar.

"Banyan! Eu já te disse pra não me chamar de banyan!", disse Kalasinga, olhando em torno em busca de uma arma ou um bastão, e sentindo brevemente uma tentação de usar a lata de chá fervente. "E é culpa minha que vocês aí do islã têm tanto medo de cachorro? Isso lá é motivo pra xingar a minha raça? Cada vez que você diz essa palavra é um insulto pra minha família inteira. Essa foi a última vez!"

Restaurada a paz, eles se ajeitaram para dormir. Kalasinga estendeu sua esteira ao lado do furgão, e Hamid deitou bem perto dele. Yusuf se estendeu num lugar de onde podia ver o céu, a poucos metros dos dois, para ficar longe dos gases de Kalasinga, mas ainda perto o suficiente para ouvir a conversa. Eles se acomodaram com suspiros de cansaço e gemidos de satisfação, e Yusuf foi pegando no sono em meio ao silêncio amistoso.

"Não é gostoso pensar que o paraíso vai ser assim?", Hamid perguntou, falando baixinho na noite escura, que tinha o ar carregado de sons de água. "Cataratas que são mais lindas do que a gente consegue imaginar. Ainda mais bonitas que essa aqui, se é que você consegue imaginar, Yusuf. Você sabia que é essa a fonte de toda a água da Terra? Os quatro rios do paraíso. Eles correm cada um numa direção, norte sul leste oeste, dividindo o jardim de Deus em quatro partes. E lá tem água por toda parte. Por baixo dos pavilhões, junto dos pomares, correndo pelos canteiros, cercando as trilhas que cortam os bosques."

"Onde é que fica esse jardim?", Kalasinga perguntou. "Na Índia? Eu vi muitos jardins com cataratas na Índia. É esse o paraíso de vocês? É lá que mora o Aga Khan?"

"Deus criou sete Céus", disse Hamid, ignorando Kalasinga e virando a cabeça de lado como se quisesse se dirigir apenas a Yusuf. Aos poucos sua voz ia ficando mais baixa. "O paraíso é o sétimo nível, que também se divide em sete níveis. O mais alto é o Jennet al Adn, o Jardim do Éden. Eles não deixam nenhum blasfemador cabeludo entrar lá, nem que o sujeito saiba rugir que nem mil leões selvagens."

"A gente tem desses jardins na Índia, com sete, oito níveis e até mais", disse Kalasinga. "Quem construiu foram os bárbaros mongóis. Eles faziam orgias nos canteiros e criavam animais no jardim para poderem caçar quando desse vontade. Então deve ser o paraíso, e o paraíso de vocês fica na Índia. A Índia é um lugar muito espiritual."

"Você acha que Deus é doido?", perguntou Hamid. "De pôr o paraíso na Índia!"

"Tudo bem, mas talvez ele não tenha achado lugar melhor", disse Kalasinga. "Eu ouvi dizer que o jardim original ainda existe. Aqui na Terra."

"Kafir! Você presta atenção em qualquer história de criancinhas", disse Hamid.

"Eu li isso num livro. Um livro espiritual. Você sabe ler, seu duka-wallah, carne muçulmana de dar pra cachorro?"

Hamid riu. "Eu ouvi dizer que quando Deus mandou o Dilúvio cobrir a Terra nos tempos do Nabi Nuh, o Jardim estava além do alcance das águas e ficou intacto. Então o jardim original pode até existir ainda, mas o acesso é barrado aos homens por águas turbulentas e um portão de fogo."

"Imagine só se fosse verdade que o Jardim fica na Terra!", disse Kalasinga após um longo silêncio. Hamid fez um comentário sarcástico, mas Kalasinga não deu bola. As águas turbulentas e um portão de fogo eram detalhes que davam certa autoridade. Ele foi criado numa casa de devotos sikhs em que os escritos dos grandes Gurus eram exibidos com orgulho no altar da família. Mas seu pai era um homem tolerante que deixava lugar também para uma estátua de bronze de Ganesha, uma pequena pintura de Jesus Cristo Redentor e também um exemplar em miniatura do Corão lá no fundo do altar. Kalasinga conhecia a força de detalhes como águas turbulentas e portões de fogo.

"Bom, eu ouvi umas pessoas dizerem que o Jardim fica na Terra, mas eu não acredito. Mesmo que fique aqui, ninguém consegue entrar, muitíssimo menos um banyan", disse Hamid com firmeza.

7.

Depois de quatro dias de viagem, com paradas em cada assentamento ou vilarejo que prometesse oportunidades de vendas, eles chegaram a Olmorog, a estação do governo que ficava no meio da encosta da montanha. O trajeto tinha demorado mais do que o plano original porque o furgão só dava defeito. Kalasinga não parava de se justificar nos últimos trechos da viagem, mas Hamid estava cansado demais para tirar sarro dele. "Haya, haya, feche essa matraca. Só leve a gente até lá", ele dizia. Olmorog era o destino final deles. Depois de um dia lá iam voltar. No passado houve ali um grande assentamento do povo de pastores que pintava o corpo e o cabelo com ocre. Foi por isso que fizeram a estação agrícola bem ali. Pensaram que o exemplo da estação convenceria os guerreiros nômades a desistir do seu amor por sangue e que eles passariam a trabalhar com laticínios. Nada disso aconteceu, talvez por causa da impaciência do oficial que chegou com a autoridade de seu governo para mudar aquele cantinho do mundo. Seja como for, os locais não pensaram duas vezes antes de deixar a estação agrícola abandonada. Eles mudaram seu assentamento de lugar e vinham a Olmorog para vender suas coisas.

Hamid normalmente ficava com um sujeito de Zanzibar que se chamava Hussein. Ele cuidava de uma venda que lhe proporcionava o sustento. Logo na entrada da venda ficava uma máquina de costura manual, onde fazia shukas e túnicas para os clientes. No balcão apoiado à parede ficavam sacas de açúcar e caixas de chá, além de outros itens à venda. Hussein era um homem alto e magro que parecia acostumado às agruras e era seco e parco como sua venda. Morava sozinho nos fundos, então quando chegaram ele abriu um espaço para ficarem no armazém e ficou feliz porque iam poder conversar. Ficavam sentados na frente da venda à noite, ouvindo Hussein falar de Zanzibar. Depois de um tempo, quando ele já tinha se livrado dessa necessidade, falavam de negócios e depois ficavam quietos vendo a luz sumir na montanha.

"Vocês já perceberam como a luz é verde aqui em cima?", Hussein perguntou depois de um longo momento de silêncio. "Não adianta perguntar pro Kalasinga. Ele nunca percebe nada que não tenha graxa e não faça barulho. Quais são os últimos planos, meu amigo? Na última vez que veio aqui você ia comprar um ônibus e começar a fazer viagens até os vilarejos das montanhas. No que deu essa ideia brilhante?" Kalasinga deu de ombros mas não respondeu nem olhou para ele. De uma caneca de lata bebia o álcool feito em casa que tinha levado para a viagem. Era raro que bebesse na frente deles, mas Yusuf o flagrara tomando seus goles apressados da grande garrafa de pedra quando achava que não tinha alguém à vista.

"Mas olha, rapazinho, Yusuf! Você reparou na luz?", Hussein perguntou. "Você um dia vai deixar as moças malucas, bonito desse jeito. Volta comigo pra Unguja que eu te caso com a minha filha. Você reparou na luz?"

"Reparei sim", disse Yusuf. Ele tinha visto a mudança enquanto iam subindo a montanha, e para ele esse assunto era tão bom quanto Zanzibar. Súbito, enquanto ouvia Hussein falar de Zanzibar, tinha decidido que um dia iria até lá, para ver com os próprios olhos aquele lugar fabuloso.

"Ele vai concordar com qualquer coisa agora que você prometeu a sua filha", falou Hamid, rindo. "Mas é tarde demais, ele já está prometido à nossa mais velha. Eu não te disse, Hussein?"

"Você é nojento. Ela só tem dez aninhos", disse Hussein.

"Onze", disse Hamid. "Uma bela idade pra casar."

Yusuf sabia que eles só estavam provocando, mas ainda assim aquela conversa o incomodava. "Por que ela é verde? A luz."

"É a montanha", disse Hussein. "Quando você chegar até os lagos na sua viagem você vai ver que o mundo é cercado de montanhas que deixam o céu com esse tom de verde. Aquelas montanhas lá do outro lado do lago são o limite do mundo conhecido. Do outro lado delas, o ar tem cor de peste e de podridão, e as criaturas que vivem lá só Deus conhece. O leste e o norte a gente conhece, até a terra da China no extremo Oriente e as muralhas de Gog e Magog no norte. Mas o oeste é a terra das trevas, terra de jinns e de monstros. Deus enviou o outro Yusuf como profeta para a terra dos jinns e dos selvagens. Talvez ele te envie também até eles."

"Você já foi até os lagos?", perguntou Yusuf.

"Não", disse Hussein.

"Mas é o único lugar que ele não conhece", disse Hamid. "Esse aí detesta mesmo é ficar em casa."

"Qual Yusuf?", perguntou Kalasinga. Ele tinha ficado rindo, sorrindo enquanto Hussein descrevia a luz e os lagos

— hora das historinhas, gritou —, mas eles sabiam que ele não conseguia resistir a histórias de profetas e de jinns.

"O profeta Yusuf que salvou o Egito da fome", disse Hussein. "Você não conhece esse Yusuf?"

"O que é que fica além das trevas, no Ocidente?", perguntou Yusuf, fazendo Kalasinga resmungar irritado. Ele estava esperando ouvir a história da fome no Egito, que obviamente conhecia mas ia gostar de ouvir de novo.

"Ninguém sabe que tamanho tem a terra desconhecida", disse Hussein. "Mas já me disseram que é o equivalente a uma viagem de quinhentos anos a pé. A Fonte da Vida fica nessa terra, guardada por espíritos malignos e cobras do tamanho de ilhas."

"O inferno fica lá também?", perguntou Kalasinga, voltando a seu tom normal de zombaria. "E aquelas câmaras de tortura que o Deus de vocês promete ficam lá também?"

"Você há de saber", disse Hamid. "Pois é pra lá que você vai."

"Eu vou traduzir o Corão", Kalasinga disse de repente. "Pro swahili", acrescentou, quando os outros pararam de rir.

"Você nem fala kiswahili", disse Hamid. "Imagine ler árabe."

"Eu vou traduzir a partir da tradução inglesa", disse Kalasinga, de cara fechada.

"Por que é que você quer fazer uma coisa dessas?", perguntou Hussein. "Acho que nunca te ouvi sugerir uma coisa mais boba. Por que é que você quer fazer isso?"

"Para fazer vocês entenderem esse Deus furioso que vocês adoram, seus nativos imbecis", disse Kalasinga. "Vai ser a minha cruzada. Vocês entendem o que está escrito em árabe aqui? Talvez um pouquinho, mas a maioria dos irmãos de vocês, nativos imbecis que são, não entende nada. É por isso que vocês são uns nativos imbecis. Bom, quem sabe se vocês entendessem iam ver como esse Alá é intolerante. E em vez de adorarem esse Deus, vocês iam achar coisa melhor pra fazer da vida."

"Wallahi!", disse Hamid, já sem ver graça. "Duvido que seja decente um sujeito que nem você falar d'Ele assim desse jeito deplorável. Acho que alguém devia era dar uma lição nesse cachorro cabeludo. Por mim, na próxima vez que você vier espiar a nossa conversa na venda, eu vou é contar pros nativos imbecis o que você falou. Eles vão tocar fogo rapidinho nessa sua bunda cabeluda."

"Eu vou traduzir o Corão", disse Kalasinga com firmeza. "Porque eu me importo com os meus irmãos humanos, mesmo que eles sejam só uns Allah-wallahs ignorantes. Isso lá é religião pra gente adulta? Pode ser que eu não saiba o que é Deus, nem lembre todos os seus mil nomes e o seu milhão de promessas, mas eu sei que ele não pode ser esse valentão que vocês adoram."

Naquele momento uma mulher entrou na venda para comprar farinha e sal. Usava um pano enrolado na cintura e uma grande fieira de contas no pescoço e sobre os ombros. Estava com o peito descoberto, seios expostos. Nem percebeu o movimento de Kalasinga ao lado dela, que fazia ruídos de desejo, sorvendo faminto e suspirando. Hussein se dirigiu a ela na língua dela, e ela sorria encantada enquanto dava uma longa resposta, gesticulando e explicando, com o riso saindo aos borbotões enquanto falava. Hussein ria com ela, resfolegando pelo nariz em sussurros explosivos. Depois que ela saiu, Kalasinga deu continuidade a sua ode de luxúria, descrevendo como ia meter nela até acabar explodindo lá dentro. "Ah essas selvagens, vocês sentiram o cheiro de esterco de vaca? Viram aqueles peitos? Tão firminhos que quase acabam comigo!"

"Ela está amamentando. Era disso que ela estava falando, do filhinho", disse Hussein. "Você ri da gente por causa da intolerância do nosso Deus e da nossa estupidez por aguentar o que Ele faz, e aí chama esse pessoal de selvagem."

Kalasinga ignorou a reprimenda. Provocado por Hamid, começou a contar histórias de suas aventuras sexuais. Ele enfatizava o elemento ridículo. Contou a história de uma mulher bonita que, depois de estratagemas complicados da parte dele, aceitou levá-lo para casa, e no fim de contas era um homem. Ou a da velha senhora com quem ele negocia, pensando que era a cafetina, mas que no fim de contas era a prostituta por quem estava pagando. E um caso com uma mulher casada que quase resulta na perda de algo vital quando de repente eles ouvem o marido traído chegando. Ele fazia todos os papéis, falando com uma voz mais suave, afrouxando todo o corpo, desengonçando as articulações. No meio-tempo, quando era ele mesmo a barba se eriçava, e o turbante ficava mais ereto quando ele se tornava o janab alucinado, obcecado por aventuras. Hamid soltava gritos e uivos de alegria, apertando as costelas e resfolegando quando ele sofria uma derrota. Yusuf ria daquilo tudo sentindo um pouco de culpa porque podia ver que Hussein não aprovava aquela conversa obscena, mas ver Hamid se contorcendo numa agonia cômica era demais para ele.

Depois, nas horas mais fundas da noite, a conversa deles ficava mais tranquila e melancólica, pontuada por bocejos mais longos e frequentes.

"Eu tenho medo dos tempos que nos esperam", Hussein disse baixinho, fazendo Hamid suspirar cansado. "Tudo está uma bagunça. Esses europeus são muito determinados, e no meio dessa luta pela prosperidade da terra eles vão acabar com todo mundo aqui. Só um bobo acha que eles estão aqui pra fazer alguma coisa boa. Não é o comércio que eles querem, mas a própria terra. E tudo o que está nela... a gente."

"Na Índia eles estão no controle faz séculos", disse Kalasinga. "Aqui vocês não são civilizados, como é que eles podem fazer a mesma coisa? Até na África do Sul, são só o ouro e os diamantes que fazem valer a pena matar todo mundo e pegar a terra. O que é que tem aqui? Eles vão discutir, bater boca, roubar isso e aquilo, talvez travar umas guerrinhas pequenas, e quando cansarem eles vão pra casa."

"Você está sonhando, meu amigo", disse Hussein. "Olha como eles já dividiram as melhores terras das montanhas entre eles. Na região montanhosa ao norte daqui eles expulsaram até os povos mais violentos e tomaram a terra. Tiraram eles dali como se fossem crianças, sem nenhuma dificuldade, e enterraram alguns dos líderes deles vivos. Você não sabia? Eles só deixaram as pessoas que transformaram em criados. Uma ou duas batalhas com aquelas armas deles e a questão da posse da terra fica resolvida. Parece que eles estão só de visita? Eu estou te dizendo que eles são determinados. Eles querem o mundo todo."

"Então aprenda quem eles são. O que é que vocês sabem deles fora essas histórias de cobras e de homens que comem metal? Vocês conhecem a língua deles, as histórias deles? Então como é que vocês vão poder aprender a lidar com eles?", disse Kalasinga. "Resmunga, rezinga, e pra quê? Nós somos iguaizinhos. Eles são nossos inimigos. Até por isso nós somos iguais. Aos olhos deles nós somos bichos, e nós não temos como impedir essas ideias por muito tempo. Você sabe por que eles são tão fortes? Porque estão predando o mundo faz séculos. Esses resmungos não vão servir pra nada."

"Nada do que a gente possa aprender vai ser capaz de parar os europeus", disse Hussein num tom desanimado.

"Você só está é com medo deles", disse Kalasinga com delicadeza.

"Eu estou com medo, você tem razão... mas não é só deles. A gente vai perder tudo, inclusive o nosso modo de vida", disse Hussein. "E esses jovens vão perder ainda mais. Um dia vão fazer eles cuspirem em tudo o que a gente sabe, e obrigar todos eles a recitar as leis deles, a história do mundo que eles contam como se fosse palavra divina. Quando vierem escrever sobre a gente, vão dizer o quê? Que nós viramos escravos."

"Então aprenda a lidar com eles", gritou Kalasinga. "E se o que você está dizendo é verdade, sobre esses perigos que vêm por aí, por que é que você fica aqui na montanha dizendo isso?"

"E pra onde é que eu devia ir pra dizer essas coisas?", Hussein perguntou sorrindo diante da fúria do Kalasinga. "Pra Zanzibar? Lá até os escravos defendem a escravidão."

"Por que tanta melancolia?", reclamou Hamid. "O que é que tem de tão maravilhoso no nosso modo de vida, afinal? Sem essas profecias terríveis a gente já não sofre com a opressão? Vamos deixar tudo na mão de Deus. Talvez as coisas mudem, mas o sol ainda vai nascer no leste e se pôr no oeste. Vamos parar com essa conversinha melancólica."

Depois de outro longo silêncio, perguntou Hussein, "Hamid, o que é que aquele seu sócio safado anda aprontando hoje em dia? Em que estupidez ele te meteu agora?".

"Quem?", Hamid perguntou irritado. "Do que é que você está falando agora?"

"Ora, quem! Um dia desses você vai descobrir quem. O seu sócio! Não foi isso que você disse da última vez? Quando chegar a hora aquele sujeito vai te deixar tão limpo que você não vai ter nem agulha e linha pra remendar a camisa", disse Hussein com desprezo. "Ele vai te deixar rico, você diz. Não tem risco, ele te diz. A coisa toda é mais que segura. Pode ir encomendando os seus paletós de seda, se quiser. Aí um dia desses o risco aparece e você não vai ter como reagir. Azar, negócios são negócios. Você sabe como é. Quantas pessoas ele já arruinou? Ele te faz botar dinheiro que você nem tem no negócio e aí quando você não consegue pagar ele rapa tudo. É assim que ele faz, e você sabe exatamente do que eu estou falando."

"O que é que te deu hoje?", perguntou Hamid. "Deve ser isso de morar na montanha com essa luz verde." Yusuf podia ver que Hamid estava incomodado e começando a ficar bravo. Ele parecia melancólico e distante, e lançou apenas um olhar na direção de Yusuf.

"Sabe o que me contaram dele, do seu sócio?", continuou Hussein. "Que se os sócios dele não conseguem pagar, ele fica com os filhos e as filhas deles como rehani. Isso é coisa dos tempos da escravidão. Não é conduta de gente honrada."

"Agora chega, Hussein", disse Hamid nervoso, quase se virando para Yusuf. Kalasinga também parecia prestes a dizer alguma coisa, mas Hamid fez um gesto súbito para que ele se calasse. "E me deixe em paz com os meus erros idiotas. Você acha que isso... o que você faz... o que a gente faz... é melhor? Melhor como? A gente trabalha, a gente arrisca tudo, a gente vive longe das pessoas... e ainda acaba na miséria, que nem bicho, e com medo."

"O Senhor nos disse...", Hussein começou, preparando uma citação do Corão.

"Não me venha com essa!", Hamid interrompeu, com delicadeza, quase suplicando.

"Um dia desses ele vai ser pego", insistiu Hussein. "Essa coisa toda de contrabando e das negociatas não vai dar em nada bom, e você vai ficar no fogo cruzado."

"Ouça o que o seu irmão está dizendo", Kalasinga disse a Hamid. "Talvez a gente não seja rico, mas pelo menos nós seguimos a lei e respeitamos um ao outro."

Hamid riu. "Bom, que filósofos nobres nós somos! Quando foi que você descobriu a lei, seu canalha mentiroso? De que lei você está falando? O preço que você cobra de qualquer um pelo menor trabalhinho... é isso que você chama de seguir a lei", ele disse. O tom e o comportamento indicavam que o momento de tensão tinha passado, que ele queria que a conversa seguisse nessa veia mais jocosa. "Enfim, a gente não quer deixar o jovem aqui com uma má impressão de nós."

Yusuf tinha então dezesseis anos, e *jovem* soou nobre aos seus ouvidos, quase tanto quanto ser descrito como uma pessoa alta, ou até um filósofo. Ele fez questão de agir de uma maneira que deixasse clara essa satisfação, fazendo certo papel de palhaço. Os três riram de suas bobagens. E a conversa se desviou tranquilamente do tema do homem forçado a entregar o filho para penhorar dívidas. Mas Yusuf achou ter entendido alguma coisa do que Hussein disse de Hamid. O desespero com que ele buscava a prosperidade e o quanto ele estava nervoso e preocupado com a viagem do tio Aziz delatavam certa falta de confiança, uma expectativa de fracasso. Yusuf lembrou dos resmungos no armazém proibido e do cheiro de magendo que exalavam as mercadorias ali guardadas. As palavras de Hamid eram na verdade uma oração.

8.

Poucos dias depois de terem voltado à cidade, o tio Aziz chegou de sua viagem. Como sempre, sua procissão era puxada pelos tocadores de tambor e de corno, atrás dos quais vinha Mohammed Abdalla. Eles apareceram no fim de uma tarde, naquela hora tranquila em que o sol tinha desaparecido e a umidade da brisa nas folhas começava a erguer-se de novo no ar. Foi Yusuf quem os viu, primeiro apenas como uma alteração no ar sobre a estrada enquanto ele caminhava pela trilha emudecida, depois como nuvem de poeira fina e o baque e o lamento de tambor e corno. Quis ficar esperando para ver o que supunha ser uma coluna desordenada de viajantes fatigados, mas achou que era melhor voltar para avisar as pessoas da casa.

Tinha sido uma viagem dura, eles acabaram descobrindo, com muitas privações e perigos. Houve alguns momentos difíceis, mas sem confrontos. Dois homens sofreram ferimentos graves, um causado por um leão e outro por uma mordida de cobra. Os dois ficaram para trás, numa cidadezinha à margem do lago, sob os cuidados de uma família a quem o tio Aziz pagou muito bem. Nunca tinha feito negócios com eles antes, mas confiou que cuidariam dos dois, ele disse. Muitos dos carregadores e dos guardas adoeceram em algum momento, nada de incomum nem de sério, graças a Deus, só as coisas usuais em uma jornada para o interior. Mohammed Abdalla caiu de um barranco certa noite e machucou feio o ombro. Estava melhorando, mas ainda sentia dor, apesar de tentar disfarçar, disse o tio Aziz. Mesmo com os percalços, os negócios foram bem, ainda que eles tivessem passado o tempo todo conscientes do quanto estavam longe do litoral. O tio Aziz parecia calmo como sempre, talvez até mais magro e mais saudável do que antes. Depois de ter tomado um banho, trocado de roupa e passado um perfume, seria difícil acreditar que passara meses na estrada.

"Fizemos excelentes negócios nas partes mais altas dos rios", disse o tio Aziz. "Na verdade, quase não ficamos muito tempo no rio. Vamos voltar a Marungu no ano que vem, antes de aquela região ser invadida de novo pelos mercadores. Logo os europeus vão cortar o acesso à região, a Belgique. Ouvi dizer que eles estão cada vez mais perto dos lagos. São uns miseráveis, invejosos e inúteis, não entendem nada de vendas. Ouvi falar deles. Até os alemães e os ingleses são melhores, mas Deus bem sabe que eles são uns negociantes perversos. Trouxemos mercadorias valiosas dessa vez."

Tudo isso era música aos ouvidos de Hamid, e no desejo de firmar a aliança com o tio Aziz ele pontuava sua fala com palavras árabes. Era todo sorrisos e muxoxos de admiração enquanto supervisionava o armazenamento das mercadorias. As sacas de milho que o tio Aziz adquiriu por uns trocados ficariam com Hamid, mas a goma, o marfim e o ouro iriam no trem que segue para o litoral. A borracha que tinha chegado antes já estava vendida a um mercador grego da cidade. À noite Hamid levou o tio Aziz aos armazéns para inspecionar as mercadorias, e depois ficaram ambos resmungando em cima dos livros, calculando os ganhos.

O tio Aziz não ficou muito tempo ali. Tinha intenção de voltar para o litoral antes do começo do Ramadã, para jejuar e descansar na própria casa. A entrega das mercadorias antes do fim do mês lhe permitiria pagar os carregadores ainda antes do novo ano e de todos os gastos do Idd. No dia da partida, com Mohammed Abdalla ainda longe de estar de volta ao estado normal, a procissão seguiu para a estação. Yusuf não tinha sido convidado a ir com eles. Pouco tempo depois que eles partiram, o tio Aziz o chamou para uma conversa e lhe deu um punhado de dinheiro.

"Caso você precise de alguma coisa", ele disse. "Eu vou passar de novo por aqui no ano que vem. "Você se portou muito bem."

A JORNADA PARA O INTERIOR

1.

Hamid ficou feliz depois da visita do tio Aziz. As histórias da jornada tinham lhe causado empolgação, e posto todos eles em contato com o mundo medonho que ficava além do horizonte. As cifras também eram uma leitura alegre, e as mercadorias que ficaram no armazém de Hamid lhe davam uma noção de quanto havia sido afortunada aquela empresa. Hamid nem sempre esperava anoitecer para entrar em seu armazém secreto e contemplar satisfeito o sucesso, e às vezes deixava a porta aberta ao entrar, permitindo que escapasse para o terreiro um cheiro muito forte de peles de animais. Yusuf viu sacas de juta e de palha empilhadas, e reconheceu em algumas delas o milho que fora entregue pela expedição do tio Aziz, e em outras os fardos que o boquirroto Bachus trouxera de caminhonete. Viu Hamid caminhando de um lado para outro em torno do butim, contando as sacas e falando sozinho. Quando ele viu Yusuf parado na porta aberta, uma onda de pânico lhe percorreu o rosto, logo seguida de alívio e suspeita. Fechou a cara numa expressão vazia, fechada em seu mundo, então riu de um jeito ardiloso e saiu.

"O que é que você quer aqui? Você não tem o que fazer? Já varreu o terreiro? E catou as frutas-pão? Nesse caso eu quero que você vá fazer uma coisa pra mim na cidade. Quem mandou ficar me olhando, hein? Você quer saber o que é que tem nos sacos, né? Um dia você vai saber tudinho", ele disse animado, enquanto passava o cadeado na porta do armazém. "Foi uma boa viagem, graças a Deus. Todo mundo teve a sua sorte. Você queria alguma coisa? Por que é que você está olhando em volta?"

"Eu estou...", Yusuf começou a dizer, mas Hamid o interrompeu, seguindo a passos largos para a parte da frente da casa e contando que Yusuf fosse atrás dele.

"Bom, você não está procurando nada, né? Eu só queria saber o que é que o Hussein diria agora. Só porque ele decidiu viver na miséria lá na encosta da montanha ele acha que todo mundo que tenta ganhar alguma coisa está cometendo um pecado. Ah, você estava lá! Não é que eu queira grandes riquezas, mas já que estou vivo e comerciando aqui neste lugar posso pelo menos ganhar alguma coisa. Se ele quiser agir como um sujeito doente, fora da realidade, isso é problema dele. Você ouviu a conversa dele, aquele idealista. Você ouviu ele, não ouviu?"

"Ouvi", disse Yusuf, incomodado com a agressividade de Hamid. Ficou pensando no conteúdo real das sacas. Mas não estava disposto a perguntar pois tinha a impressão de que Hamid achava que ele sabia. Devia ser alguma coisa de valor que estava sendo guardada no armazém de Hamid, longe dos olhos, achava.

"Qual é o pecado de você conseguir uma vida melhor para a sua família?", perguntou Hamid, já falando alto pelo desprezo que sentia por Hussein. "Ou de possibilitar que eles morem junto com o próprio povo? O que é que tem de tão errado nisso? Me diga. Eu só quero construir uma casinha pra minha família, achar maridos e esposas boas pros meus filhos e poder ir numa mesquita frequentada por gente civilizada. Se não for pedir demais, eu também queria sentar com os amigos e os vizinhos à noite e beber uma xícara de chá enquanto todo mundo conversa... Só isso! Eu falei que queria matar alguém? Ou escravizar alguém? Ou roubar um homem inocente? Eu sou só um vendeiro de nada, cuidando do que é seu. Ganhando alguma coisinha, de nada, Deus sabe. Ultimamente ele começou com essa dos europeus. Que eles vão tirar tudo da gente. Que eles são assassinos natos que não têm um pingo de misericórdia. Que vão destruir todo mundo aqui, e tudo que a gente confia. Quando ele cansa disso, aí começa a me falar dos meus negócios. Eu podia dizer uma ou duas coisinhas sobre ele, mas só quero viver a minha vidinha em paz. Só que isso não basta pro nosso filósofo Hussein, que vive que nem um bicho entre os selvagens. Quem foi que disse que ele não podia fazer o que quisesse da vida? Mas é só você abrir a boca que ele já vem com um sermão e começa a citar suras do Corão. O Senhor nos disse! Você ouviu."

Hamid pensou no que tinha dito, bufando com uma leve indignação. Resmungou *Astaghfirullah*, Deus que me perdoe, e estremeceu só de pensar que podia ter soado como alguém que não respeita o Livro. "Eu não estou dizendo que pode vir algum mal de uma citação do Livro, mas ele cita por rancor, não é movido pela religiosidade. Ah não, eu não estou dizendo que pode vir algum mal da palavra de Deus. Aquele Kalasinga maluco traduzindo o Corão! Aquilo ali era por causa do álcool caseiro que ele bebe. Oxalá Deus perceba que ele é pagão e louco, e fique com pena dele." Hamid ria feliz ao lembrar daquilo tudo.

"O Corão é a nossa religião, e ele contém toda a sabedoria

necessária para nós vivermos uma vida boa e moral", ele disse, olhando para o alto como se esperasse ver alguma coisa lá em cima. Yusuf também ergueu os olhos, mas Hamid exigiu sua atenção com um sibilo irritado. "Mas isso não quer dizer que a gente precisa usar o Livro pra envergonhar os outros. Ele devia ser a nossa fonte de orientação e aprendizado. Você tem que ler o Livro sempre que puder, especialmente agora que já começou o Ramadã. Durante esse mês sagrado, cada ato de bondade te rende o dobro das bênçãos que você receberia em outros momentos. Quem disse isso ao Profeta foi o próprio Todo-Poderoso na noite da Miraj. Naquela noite o nosso Profeta foi levado de Meca a Jerusalém no cavalo alado Borakh, e depois foi levado à presença do Todo-Poderoso, que decretou as leis do islã. O Ramadã seria obrigatoriamente um mês de jejum e de oração, um mês de sacrifício pessoal e de expiação. Que jeito melhor de expressar a nossa submissão à vontade de Deus, a não ser através da negação dos prazeres mais necessários da existência: alimento, água e satisfação dos sentidos? É isso que nos separa dos selvagens e dos pagãos, que não se privam de nada. E se você ler o Corão durante esse período, as palavras vão direto até o Criador, e você recebe muitas bênçãos. Você precisa reservar uma hora, todo dia, pra fazer isso durante o Ramadã."

"Claro", disse Yusuf, já se retirando. Na parte final do sermão, Hamid tinha começado a soar conspiratório, exigindo a cumplicidade de Yusuf nesse súbito rompante de religiosidade. Yusuf pensou em fugir antes que o pregador se empolgasse, mas já era tarde.

"Aliás, eu não te vejo lendo muito", disse Hamid com uma cara séria e cheia de suspeita. "Isso não é brincadeira. Por acaso você quer ir para o inferno? Hoje nós vamos ler juntos, depois de você ter feito as orações da tarde."

Quando chegava o fim da tarde, Yusuf estava sem energia, faminto e cansado. Achava que os primeiros três dias de jejum eram os piores, e no que dependesse dele ia passar quase o dia todo jogado, calado, num lugar com sombra. Depois dos primeiros dias o corpo dele se acostumava a passar horas e horas sem comida e sem água, e a agonia do dia ficava pelo menos suportável. Tinha imaginado que seria mais fácil passar por essa agonia no ar mais fresco das montanhas, mas não foi. No calor do litoral ele conseguia atingir uma espécie de dissociação em que seu corpo amortecido ficava abandonado à própria exaustão, o que lhe permitia chegar a um estado inerte de resignação. O ar mais fresco lhe dava ânimo, não permitia que ficasse fraco a ponto de se deixar cair num torpor hipnótico. E ele sabia que a humilhação estava à sua espera no encontro com Hamid ao cair da tarde.

"Como assim? Você não sabe ler?", perguntou Hamid.

"Eu não disse isso", reclamou Yusuf. O que ele tinha dito era que não tinha acabado de ler o Corão antes de ir trabalhar para o tio Aziz. Sua mãe lhe ensinara as letras do alfabeto, e a ler as primeiras três suras simples. Aos sete anos de idade ele fora mandado a um professor da cidade para onde eles tinham acabado de se mudar, para se educar na religião. O aprendizado era lento. O professor não tinha a menor pressa de ver as crianças terminarem os estudos. Cada criança que conseguia ler o Corão do início ao fim era uma mensalidade a menos que o professor recebia. As pessoas esperavam que as crianças frequentassem cinco anos de aulas antes de dar os estudos por terminados. Isso era justo com o professor e também com os pupilos. As crianças faziam muito pelo professor, limpando a casa, catando lenha, resolvendo coisas por ele. Os meninos cabulavam aula sempre que podiam e viviam tomando surras. As meninas só apanhavam na palma da mão, e aprendiam a se comportar de maneira decorosa. *Tenham respeito próprio e os outros vão aprender a respeitar vocês. Isso é verdade para todos nós, mas especialmente para as mulheres. Esse é o sentido da palavra "honra",* o professor lhes dizia. Isso tudo era como sempre tinha sido, até onde se pudesse saber ou lembrar, e os menininhos e menininhas amontoados na esteira que ficava no terreiro de trás da casa do professor repetiam em coro a lição, com relutância e tolerância previsíveis. Tudo a seu tempo, e Yusuf teria se formado e passaria a estar entre os mais honrados de seus pares e dos adultos. Mas o mandaram embora dali.

Khalil tinha sido seu professor de matemática, mas nunca chegou nem mesmo a sugerir que um deles devesse ler o Livro. Quando iam à mesquita, nos passeios pela cidade, Yusuf se virava bem. Ele se distraía durante as orações mais longas, e era forçado a murmurar coisas sem sentido junto com o barulho dos outros leitores quando precisava lidar com trechos desconhecidos do Livro, mas nunca caía em desgraça. E também nunca teve a falta de educação de prestar muita atenção nos vizinhos para ver se tinham dificuldades semelhantes à sua. Quando Hamid e ele sentaram para ler naquela tarde, ele sabia que não teria como escapar daquilo com um mero resmungo. Hamid sugeriu que começassem por *Ya Sin* em voz alta, revezando a leitura. Yusuf abriu o Livro e começou a folhear sob o olhar desconfiado de Hamid.

"Você não sabe onde fica *Ya Sin*?", ele perguntou.

"Eu nunca li até o fim", disse Yusuf. *Sikuhitimu*. "Acho que eu não vou conseguir ler."

"Como assim? Você não sabe ler?", disse Hamid, espantado e chocado. Ele se pôs de pé e se afastou de Yusuf, não por medo, mas como se ele fosse algo catastrófico e repulsivo. "Maskini! Coitadinho! Isso não está certo! Eles não te ensinaram a ler lá naquela casa? Que tipo de gente eles são?"

Yusuf soltou um suspiro pesado, com vergonha do fracasso e da desonra. Também se pôs de pé, por se sentir vulnerável ali agachado no chão. Estava com fome, cansado, e queria não ter que passar pelo drama que já sabia que estava por vir, mas a vergonha o deixou com menos medo do que imaginava.

"Maimuna!", Hamid gritou chamando a esposa como se estivesse ferido. Yusuf começou a pensar que Hamid também estava sentindo os efeitos do jejum, e que logo sentaria e falaria tranquilamente de lições e deveres. Mas ele berrou de repente, cedendo à histeria. "Mainuna! Venha, venha cá! Yallah! Venha logo."

Maimuna ainda estava se enrolando num pano quando saiu, mostrando no olhar a angústia que percebera no chamado de Hamid, apesar de seus olhos ainda estarem pesados de sono.

"Kimwana, o menino não sabe ler o Corão!", disse Hamid olhando para ela com uma cara transtornada. "Ele não tem pai nem mãe, e não conhece a palavra de Deus!"

Eles o sujeitaram a um interrogatório pesado, como se estivessem esperando muito por essa oportunidade. Yusuf não tentou esconder nada. O que foi que a Senhora disse? Que cara ela tinha? Ele não sabia que cara ela tinha, nunca pôs os olhos nela. Não diziam que ela era devotíssima? Ele nunca tinha ouvido essa história. O mercador não o fazia ir à mesquita? Não, o mercador não tinha contato com ele, ficava sozinho trabalhando na venda. Ele não tinha pensado que sem as orações ia aparecer nu diante do seu Criador? Não, não tinha pensado nisso, nem pensado muito no seu Criador. E sem a palavra de Deus como é que ele fazia com as orações? Ele não fazia orações, a não ser na sexta-feira, quando iam até a cidade. Que sujeirada! Na medida em que os gritos de dor do casal ficavam mais altos, os filhos também foram saindo para testemunhar a cena: a mais velha, Asha, que tinha quase doze anos de idade, roliça e alegre como o pai; o menino, Ali, que tinha os cachos e a pele luzidia da mãe; e o menorzinho, Suda, que chorava o tempo todo e não gostava de ficar longe da irmã. Vieram todos se somar ao coro trágico que pranteava a vergonha dele. Maimuna levou uma mão à têmpora, como se quisesse aquietar algo que estivesse latejando ali. Hamid sacudia a cabeça, apiedado. "Coitadinho! Coitadinho! Que tragédia você provocou na nossa casa", ele disse. "Quem é que teria imaginado uma coisa dessas?"

"Não se culpe", disse Maimuna, gemendo baixinho entre as palavras. "Como é que a gente ia saber?"

"Não se sinta mal", Hamid disse a Yusuf, quando o crescendo do terror que sentiam chegou ao ápice. "Não é culpa sua. Deus consideraria que os culpados somos nós, que não garantimos a sua educação. Você está aqui faz meses..."

"Mas como é que pode o seu tio ter deixado você nesse estado por anos a fio?", perguntou Maimuna, querendo dividir a culpa.

Pra começo de conversa ele não é meu tio, pensou Yusuf, lembrando de Khalil e fazendo força para conter um sorriso. Queria poder sair dali, deixar a família se lamentando sozinha, mas uma ideia de inadequação o mantinha bem onde estava. Achava repulsivas aquelas mostras de choque e de terror. Aquilo lhe parecia uma atuação calculada e ridícula.

"Você sabia que nós, que somos do litoral, nos chamamos de waungwana?", perguntou Hamid. "Sabe o que isso quer dizer? Quer dizer gente honrada. É esse o nosso nome, especialmente aqui entre os bichos e os selvagens. Por que é que a gente se chama assim? É Deus quem nos dá esse direito. Nós somos honrados por causa da nossa submissão ao Criador, e por compreendermos e mantermos as nossas obrigações para com Ele. Se você não consegue ler a palavra d'Ele nem seguir a Sua lei, você é igual aos que adoram pedras e árvores. Pouco melhor que um animal."

"Claro", disse Yusuf, encolhido diante do riso das crianças.

"Você já fez quinze anos?", perguntou Hamid, numa voz mais tranquila.

"Eu fiz dezesseis no Rajab passado. Antes de a gente ir até a montanha", disse Yusuf.

"Então não temos tempo a perder. Pro Todo-Poderoso você já é um homem adulto, plenamente sujeito às Suas leis", disse Hamid, assumindo cada vez mais o papel de redentor. Ele fechou os olhos e fez uma longa oração sussurrada. "Crianças, olhem pra ele. Aprendam com o que ele nos mostra", ele disse por fim, estendendo um braço em direção a Yusuf. *Fique longe da erva, eu te imploro. Aprenda com a dor do meu exemplo.*

"Mande o menino pra escola do Corão com as crianças", disse Maimuna num tom cortante, olhando direto para Hamid. "Não precisa falar com ele como se ele tivesse matado alguém."

2.

Foi essa a indignidade que o forçaram a sofrer. Todo dia, à tarde, durante o mês do Ramadã, Yusuf foi com as crianças da casa estudar com o professor. Era de longe o pupilo mais velho da escola, e as outras crianças o provocavam com uma persistência alucinada. Parecia quase uma obrigação, como se elas não pudessem escapar daquilo. Do professor, que era imame da única mesquita da cidade, ele só recebia compaixão e bondade. Yusuf aprendeu rápido, dedicando todo dia mais tempo em casa. De saída seu ímpeto foi a vergonha, mas aí ele começou a gostar de ver crescer sua competência. O professor lhe dava um encorajamento abatido, como se não estivesse fazendo mais do que a obrigação. Yusuf ia todo dia à mesquita, onde se submetia e se humilhava diante do Deus que por tanto tempo negligenciara. O imame lhe dava pequenas tarefas a cumprir diante dos outros fiéis, marca de sua confiança e de sua aprovação. Mandava pegar um livro que pretendia ler para a congregação, ou buscar o rosário ou o incensório. Às vezes fazia perguntas a Yusuf, encorajando demonstrações de seu conhecimento, e uma vez pediu que ele subisse no telhado e convocasse os fiéis para a oração. Hamid de início olhava encantado, conversando com outras pessoas sobre aquela conversão miraculosa e supondo que Deus não deixaria de perceber o papel que ele e sua esposa tinham desempenhado nesse resgate. Mesmo depois de encerrado o Ramadã o ímpeto de Yusuf não parecia arrefecer. Em dois meses ele leu o Corão do início ao fim, e estava pronto para recomeçar. O imame o convidou a participar de um funeral e de uma cerimônia de nascimento. Yusuf dava menos atenção aos deveres em casa e na venda e preferia ir à escola e à mesquita, e tarde da noite ainda estava estudando os livros que o imame lhe dera. Depois de um tempo Hamid começou a se preocupar com toda aquela religiosidade. Era uma coisa obsessiva e abjeta, a seu ver. Não havia motivo para levar essas coisas tão a sério assim.

Kalasinga, a quem confiava essas dúvidas nas ocasiões em que ele vinha jogar conversa fora, discordava. "Deixe o menino ganhar a virtude que puder ganhar", ele dizia. "Essas sensações não duram muito tempo na gente. Logo as tentações do mundo nos levam ao pecado e à sujeira. Mas a religião é uma coisa bonita, pura e verdadeira. Você não tem como saber dessas coisas espirituais, mas nós lá no Oriente somos experts. Você é só um mercador imbecil com isso de beijar-o-chão--cinco-vezes e morrer-de-fome-no-Ramadã. Você não entende de meditação nem de transcendência nem nada assim. É bom ele achar que tem coisa mais séria nessa vida que umas sacas de arroz e uns cestos de frutas, mas pena é ele só ter os ensinamentos de Alá como refúgio."

"Mas é demais para o menino, não é?", Hamid dizia, ignorando a provocação de Kalasinga.

"Ele nem é tão menino", disse Kalasinga. "Ele é quase um

rapaz, já. Você quer ficar mimando o garoto. Do jeito que ele é bonito, você pode acabar transformando ele num fracote."

"Ele é um menino atraente", Hamid concordou depois de um momento. "Mas é viril. E, sabe, ele não tem o menor interesse na aparência. Se alguém menciona a beleza dele, o garoto some ou muda de assunto. Tão inocente! Enfim, o que era mesmo que você estava dizendo de religião e de virtude? Se eu não entendo dessas coisas você acha que um graxeiro que nem você vai entender? Você adora gorilas e vacas, e conta umas histórias infantis sobre o começo do mundo. Você não é melhor que esses gentios aí em volta da gente. Às vezes eu tenho pena de você, Kalasinga, sempre que eu fico pensando nessa tua bunda cabeluda fritando no fogo do inferno depois do dia do juízo."

"Eu vou estar no paraíso, trepando com tudo o que aparecer na minha frente, Allah-wallah, enquanto o seu deus do Deserto ficar te torturando pelos seus pecados todos", Kalasinga replicou animado. "Pra esse seu Deus quase tudo é pecado. Enfim, vai ver que o rapazinho só quer aprender. Está de saco cheio de ficar preso aqui nesse seu cortiço. Se ele tem miolos na cabeça, eles já devem estar virando mingau a essa altura. Você só faz ele ficar aqui à toa escutando as suas histórias mentirosas ou catando aquelas frutas-pão que não valem nada pra levar pro mercado. Até um macaco ia virar religioso com esse tipo de tortura. Manda o garoto pra mim que eu ensino ele a ler no alfabeto inglês, além do trabalho de mecânico. Pelo menos vai ser uma habilidade útil em vez dessa coisa de vendeiro."

Hamid fazia o que podia para distrair Yusuf com o trabalho, e até voltou a falar da ideia do jardim nos fundos da casa, mas também mencionou a oferta de Kalasinga. Foi assim que Yusuf começou a passar várias tardes por semana na oficina de Kalasinga, sentado nuns pneus velhos com uma lousa no colo, aprendendo a ler e escrever em rumi. De manhã fazia o que tinha que fazer em casa, de tarde ia até a casa de Kalasinga, e no começo da noite ia à mesquita, até a oração do Isha. De início ficou encantado com sua nova vida cheia de atividades, mas em poucas semanas já estava mentindo que ia à mesquita e passava mais tempo com Kalasinga. A essa altura já sabia escrever devagar na lousa e conseguia ler o livro que Kalasinga lhe dera, ainda que as palavras não lhe significassem nada. Aprendeu muitas outras coisas também. Trocar pneus e lavar automóveis. Carregar uma bateria e lixar a ferrugem. Kalasinga lhe explicou os mistérios do motor, e Yusuf entendeu um pouco, mas ficava mais feliz quando só olhava ele magicamente fazer o emaranhado de canos e parafusos voltar à vida. Ouviu falar da Índia, para onde Kalasinga não ia há muitos anos, mas para onde sonhava voltar, e da África do Sul, onde ele tinha morado quando criança. *É um hospício, o Sul. Tudo quanto é fantasia cruel virou realidade lá. Mas deixa eu te dizer uma coisa sobre esses putos dos Afrikander. Eles são doidos. E não só descontrolados, cruéis, mas alucinados mesmo. O calor do sol fez os miolos holandeses deles virarem sopa.* Yusuf ajudava a empurrar os carros e aprendeu a fazer chá numa lata de comida, num fogareiro. Ia buscar peças sobressalentes numa loja de ferramentas, e muitas vezes percebia na volta que Kalasinga aproveitara a oportunidade para tomar um gole rapidinho. Quando estava de bom humor, Kalasinga lhe contava histórias de santos e batalhas e deuses perdidos de amor, e heróis de corpos esculturais e vilões bigodudos enquanto Yusuf ficava sentado numa caixa e aplaudia. Ele fazia sozinho os papéis, pedindo vez por outra que Yusuf fosse um príncipe calado ou um bandido acovardado. Muitas vezes esquecia detalhes importantes, então criava adaptações e perversões, com efeitos hilários.

À noite, Yusuf ficava na varanda com Hamid e quem resolvesse aparecer de seus amigos ou hóspedes. Tinha que ficar, para servir café e ir pegar copos de água, e às vezes para ser o alvo das piadas. Ficavam todos sentados em esteiras, formando um círculo em volta do candeeiro no chão. Quando as noites ficavam frias na montanha, ou quando chovia, ele trazia pilhas de mantas para os convidados. Yusuf, um tanto afastado desse grupinho, como convinha a sua idade e a sua posição social, ouvia as histórias que eles contavam, sobre Mirma e Bagamoyo, e Mafia Island e Lamu, e Ajemi e Shams, e mais uma centena de lugares mágicos. Às vezes eles baixavam o tom de voz e chegavam mais perto uns dos outros, e espantavam Yusuf dali se ele tentasse se aproximar. Aí ele via os olhos dos ouvintes se dilatarem de empolgação e de surpresa, e o rosto deles explodia numa gargalhada final.

Certa noite um homem de Mombaça veio ficar com eles e lhes contou a história de um tio que tinha voltado recentemente depois de quinze anos na terra dos rusi, um povo de quem ninguém ouvira falar. Ele tinha ido a serviço de um oficial alemão que esteve postado em Witu até os ingleses expulsarem os alemães dali. O oficial então voltou para a Europa como diplomata na embaixada de seu país numa cidade chamada Petersburgo, no país desses rusi. As histórias que o mercador contava sobre esse seu tio eram inacreditáveis. Nessa cidade de Petersburgo, o sol brilhava até a meia-noite, ele disse. Quando fazia frio a água virava gelo, e o gelo por cima dos rios e dos lagos era tão grosso que dava pra passar ali com uma carroça pesada. O vento soprava o tempo todo, às vezes formando umas tempestades repentinas, de uma mistura de gelo e de pedras. À noite dava pra ouvir os gritos de demônios e de jinns no vento. Eles faziam voz de mulher, ou de crianças em perigo. Se alguém ousasse sair para ajudar, não voltava nunca mais. No período mais frio do inverno até o mar congelava, e cães e lobos selvagens andavam soltos pelas ruas das cidades e comiam qualquer coisa viva que encontrassem, gente, cavalos, qualquer coisa. Os rusi não eram civilizados, não como os alemães, disse o tio dele. Um dia, em suas viagens por aquelas terras, eles entraram numa cidadezinha e encontraram todos os seres humanos que estavam por ali — homens, mulheres e crianças — simplesmente caindo de bêbados. *Sikufanyieni maskhara*, apagados no chão. Eles eram tão selvagens que o tio dele ficou achando que estava na terra de Gog e Magog, cuja fronteira constituía o limite da terra do islã. Mas mesmo nisso ele ainda teve uma surpresa, talvez a maior de todas as surpresas. Tinha tanta gente que morava em Rusi e que era muçulmana! Em tudo quanto era cidade! Tartari, Kirgisi, Uzbeki! Quem é que já tinha ouvido falar desses nomes? A surpresa do tio dele era a mesma daquelas pessoas, que nunca tinham ouvido falar que havia muçulmanos entre os negros da África.

Mashaallah! Eles ficavam espantados, e insistiam que o mercador de Mombaça desse mais detalhes. Bom, o tio dele visitou a cidade de Bukhara, e Tashkent e Herat, cidades antigas onde os habitantes tinham construído mesquitas de uma beleza inconcebível e jardins que eram como o paraíso na terra. Ele dormiu nos jardins mais lindos de Herat, e à noite ouvia música de uma perfeição que chegava quase a lhe tirar o juízo. Era outono, a camomila estava em flor por toda parte e nas parreiras cachos de uvas doces estavam esperando a colheita, umas uvas tão doces que você nem acreditava que elas pudessem nascer da terra. A terra era tão pura e tão iluminada que as pessoas ali nunca ficavam doentes nem envelheciam.

Você está só contando história, eles gritavam. Não pode ser verdade que esses lugares existam.

É verdade, o mercador dizia.

Pode ser verdade?, eles perguntavam, loucos para acreditar. Você está só de faz de conta. Confundindo a nossa imaginação com histórias da carochinha.

Eu disse a mesma coisa ao meu tio, o mercador respondeu. Só que de um jeito mais educado. Como é que pode ser verdade isso tudo?

O que foi que o seu tio disse?, eles perguntaram.

Eu juro, ele disse.

Então esses lugares devem existir mesmo, eles suspiravam.

Mais adiante na jornada, o mercador disse, eles atravessaram um mar selvagem com umas ondas enormes, que se chamava Cáspio. Do outro lado ele viu jatos de um óleo negro que jorrava do chão, e umas torres de metal que se erguiam da água como sentinelas do reino de Satã. Espumas de fogo tomavam o céu, como portões de chamas. Saindo dali eles passaram por montanhas e vales e entraram numa terra que era a mais linda que ele tinha visto em todas as viagens, ainda mais bonita que Herat. Era coberta de pomares e jardins e rios correntes e habitada por pessoas cultas e civilizadas que por natureza eram obcecadas pela guerra e pela intriga. Então aquelas terras nunca conheciam a paz.

Como se chamava essa terra?, eles lhe perguntaram.

O mercador fez uma longa pausa. Kaskas, ele disse afinal, hesitante. Então seu tio desceu para a terra dos shams e acabou voltando a Mombaça, ele disse rápido, antes que alguém pudesse interrogá-lo sobre outros nomes.

3.

Yusuf contava às crianças as histórias que ouvia dos homens à noite. Elas iam ao quarto dele quando já estavam cansadas de brincar e ficavam fuçando tudo. Como ele tinha sido forçado a ir com elas à escola do imame, elas tinham perdido a inibição com ele. De início ele tinha gostado da privacidade do próprio quarto, mas à medida que a solidão aumentava aquele lugar começou a parecer uma prisão e ele sentia saudade de Khalil e do tempo que passavam juntos. Às vezes as crianças mais novas lutavam uma com a outra na esteira dele, soltando gritinhos de empolgação, ou se jogavam em cima de Yusuf fingindo brigar. Foi Asha quem o incitou a contar as histórias, atenta ao rosto dele enquanto ele falava. Os outros se apoiavam nele, ou seguravam sua mão, mas Asha ficava sentada num lugar de onde pudesse vê-lo. Se era chamada para fazer alguma coisa, ela insistia que ele não continuasse antes de seu retorno. Certa tarde ela veio sozinha para ouvir o fim de uma história que ele tivera que deixar inacabada no dia anterior. Sentou na frente dele, na esteira, concentradíssima.

"Você está mentindo", ela gritou, com lágrimas nos olhos, quando ele acabou.

Desorientado, ele não respondeu, e ela veio de repente para perto dele e lhe deu um tapa no ombro. Ele estendeu um braço rispidamente para pegá-la, esperando que ela fosse resistir e se debater como os outros, mas ela veio de vontade própria para os braços dele. E se aninhou no corpo dele com um longo suspiro, e ele sentiu o calor da respiração da menina no peito. Quando o pânico que ele sentiu foi diminuindo, percebeu que o corpo roliço dela também relaxava, e eles ficaram deitados em silêncio, lado a lado, por vários minutos. Ele sentiu seu corpo despertando e ficou com vergonha de que ela pudesse perceber.

"Alguém vai entrar", ele disse por fim.

Com isso ela se levantou de um salto e depois riu. Era só uma menina, afinal, ele pensou. Essas ideias nem tinham passado pela cabeça dela. Quem é que podia ver maldade ali? Era dever dele cuidar das crianças, e ela era uma das crianças. Então ele abriu de novo os braços e ela veio se deitar com ele, soltando um gritinho de prazer.

"Fala de novo dos jardins daquela cidade", ela disse.

"Que cidade?", ele perguntou, com medo de se mexer.

"Onde a música aparecia à noite", ela disse, rindo com os olhos, que não se desgrudavam dele. Ela se ajeitou ao lado, o que fez o corpo dele despertar de novo.

"Herat", ele disse. "À noite no jardim o viajante ouviu a voz de uma mulher cantando e isso o deixou encantado."

"Por quê?", ela perguntou.

"Não sei. Talvez a voz dela fosse linda. Ou ele não estivesse acostumado ao som de uma mulher cantando."

"Como era o nome dele?"

"Um mercador", ele disse.

"Isso não é nome. Eu quero o nome dele", ela disse, se esfregando contra ele enquanto ele acariciava seu ombro macio e roliço.

"O nome dele era Abdulrazak", ele disse. "Na verdade não foi o tio que disse isso. O tio estava citando um poeta que viveu em Herat muitos séculos atrás e escreveu versos sobre a beleza da cidade."

"Como é que você sabe?"

"Porque o sobrinho dele disse."

"Por que é que a gente tem tanto tio?", ela perguntou.

"Eles não são nossos tios", ele disse, rindo e apertando mais o abraço.

"Você vai ser mercador?", ela perguntou, com a voz ficando perigosamente alta antes de romper em risadinhas ruidosas.

Sempre que ia sozinha até lá ela deitava abraçada ao corpo dele desse jeito, e ele de início ficava em silêncio ali com ela, com receio de se mexer de repente ou de tocá-la de alguma maneira que a espantasse. O cheiro roliço e amanteigado dela lhe era um pouco repulsivo, mas ele não podia resistir ao calor macio do corpo dela se esfregando no seu. Ela beijava as mãos dele, ali deitada ao seu lado, e às vezes chupava a pontinha de seus dedos. Ele mexia as pernas para a menina não ver quanto seu corpo reagia a ela, mas não podia saber ao certo o que ela via ou se entendia o que estavam fazendo. Nas muitas horas de silêncio que lhe restavam ele se detestava, e temia o que lhe aconteceria se fossem descobertos. Ensaiava maneiras de dar fim às visitas dela mas não conseguia se convencer a dizer nada.

Foi Maimuna quem começou a suspeitar primeiro. Asha estava insistindo demais em tocar os irmãos do quarto de Yusuf, e eles iam reclamar com a mãe. Ela foi direto a eles e expulsou Asha dali. Não disse palavra a Yusuf mas ficou olhando para ele por um longo instante com uma expressão furiosa, parada à porta. A partir dali ela o tratou com mais frieza e passou a ficar vigilante quando ele estava perto das crianças. Asha baixava a cabeça quando ele estava presente, e nunca mais voltou ao quarto dele. Hamid precisava mais dele por perto, mas não parecia chocado como Maimuna. Ele ficava pensando o que é que haviam dito a Hamid, mas pelas provocações em seus comentários ele supunha apreensivo que o casamento já estava na cabeça dele.

4.

Não demorou muito e, quando combinado, um ano depois da viagem anterior, o tio Aziz chegou com uma nova expedição. Era imensa, comparada à do outro ano. Os carregadores e guardas agora chegavam a quarenta e cinco, nenhum exagero em comparação com as caravanas agigantadas do século passado, que eram como vilarejos itinerantes com seus príncipes mesquinhos, mas já era um peso considerável para o mercador. Para conseguir que tantos carregadores viessem com ele, o tio Aziz teve que penhorar parte do lucro com outros mercadores. Eles levavam um volume maior de mercadorias, o que forçou o tio Aziz a tomar emprestada uma grande quantia de dinheiro com credores indianos do litoral, o que não era seu modo de trabalho habitual. Tinha equipamentos de ferro: enxadas e machados da Índia, facas americanas e cadeados alemães. E tecidos de vários tipos: calicó, kaniki, algodão branco, bafta, musselina, kikoi. E também botões, contas, espelhos e outras bugigangas que seriam usadas como presentes. Quando Hamid viu a procissão e soube dos credores, ficou com um resfriado forte. Seus olhos lacrimejavam e ele imediatamente ficou com sinusite. Um latejar violento foi pouco a pouco esvaziando sua cabeça, que ficou ocupada apenas pelos próprios ecos graves. Ele ainda era sócio da empreitada, e se ela fracassasse, todos os seus bens e suas posses seriam dos credores.

Mohammed Abdalla ainda era o líder da expedição. Seu ombro direito não tinha ficado bom, apesar de ter sido posto no lugar por um famoso mganga. A dor não lhe permitia balançar o graveto com a tradicional liberdade grandiosa, e por isso seu passo tinha perdido um pouco da pose altiva e ameaçadora. A cabeça empinada e os ombros forçados para trás agora pareciam um exagero, algo afetado e ridículo, portanto. No passado, sua agressividade parecia uma maldade indiscriminada, agora lembrava uma atitude falseada por um sujeitinho vaidoso. Ele até estava falando diferente, soava sobrecarregado e às vezes preocupado. O tio Aziz se dirigia a ele com bondade quando antes o ignoraria e o deixaria cuidando sozinho do trabalho.

O aumento no número de carregadores obrigou Mohammed Abdalla a contratar um capataz para trabalhar com ele. Era um homem alto e forte que vinha de Morogoro e se chamava Mwene, e que mal abriu a boca nos primeiros dias em que esteve com a expedição. Sua reputação de ferocidade lhe rendera o nome Simba Mwene, Leão Mwene, e ele andava sorrateiro e intimidador entre os homens como se quisesse mostrar que o nome era merecido. Dessa vez era para Yusuf ir na viagem. O próprio tio Aziz tinha falado com ele, alegre e todo sorrisos, para lhe dizer que precisava ter alguém de confiança no grupo. "Você agora já está velho para ficar aqui", ele disse. "Você só vai arranjar encrenca e se meter com más companhias. Eu preciso de alguém esperto para ficar de olho nos meus negócios." Yusuf ficou confuso com o elogio, mas compreendeu que Hamid tinha pedido que ele fosse levado na viagem. Entreouvira uma conversa dos dois a seu respeito. Não tinha entendido certos trechos por causa do costume do tio Aziz de começar a falar árabe, e das tentativas de Hamid de fazer a mesma coisa. Mas ouvira Hamid dizer ao tio Aziz na varanda que ele era um garoto tenso e difícil que precisava ver um pouco a vida.

"Um garoto tenso e difícil", ele tinha repetido. "Ou leve o menino na viagem ou arranje uma esposa pra ele. Ele já tem idade, fez dezessete no mês passado. E olhe como ele está grande. Não tem mais nada pra ele fazer aqui."

Na véspera da partida, caiu uma tempestade. Começou com ventos fortes pela manhã, que sopraram nuvens de poeira e tufos secos de vegetação pelas trilhas e espaços abertos. Pela metade do dia a poeira já era grossa a ponto de diminuir a luz do sol, e de cobrir tudo com uma camada de pó. No fim da tarde o vento morreu de repente, e um grande silêncio se abateu sobre eles, com os ruídos mais fortes abafados pela espessa poeira em suspensão. Quando tentavam falar, ficavam com a boca cheia de areia. Então o vento voltou, dessa vez trazendo rajadas de chuva que fustigavam as casas e as árvores, atacando quem quer que ainda estivesse a céu aberto.

Em questão de minutos a chuva se transformara num furor contínuo, rompido vez por outra pelo estalido de uma árvore derrubada ou pelo ribombar de um trovão distante. Carregadores e mercadorias estavam por toda parte, e pelos gritos e frases de alerta parecia provável que alguns estivessem feridos. Quando tudo ficou escuro em pleno dia, os carregadores gemeram o nome de Deus e uivaram pedidos de misericórdia, deixando Mohammed Abdalla enlouquecido de raiva.

"Por que é que Deus havia de ter misericórdia de uns animais ignorantes que nem vocês?", ele gritava, em palavras que apenas os que estavam mais perto podiam ouvir. "É só uma tempestade. Por que é que vocês estão agindo desse jeito? Ah, uma cobra comeu o sol!", ele imitava e rebolava numa paródia ridícula de efeminação. "Ah, isso dá azar! Significa que vem desastre pela frente! Ah, a nossa trilha vai estar coalhada de demônios! Por que é que vocês não cantam alguma coisa pra espantar a magia ruim? Ou comem um pozinho nojento que algum mágico preparou pra vocês? Vocês não conhecem uns feitiços? Por que vocês não matam uma cabra pra ler a sorte nas tripas dela? Vocês são obcecados por demônios e augúrios. E se consideram homens de honra, e fazem essa pose toda. Anda, cantem aí pra espantar a magia ruim."

"Eu confio em Deus", gritou Simba Mwene. "Nem todo mundo aqui está com medo."

Mohammed Abdalla ficou olhando por um bom tempo para ele, de pé sob a chuva que escorria pelo seu corpo. Primeiro foi como se estivesse cuidadosamente digerindo as palavras ditas por Simba Mwene e sua cara enquanto falava. Então ele sorriu com uma maldade cuidadosa e concordou com um aceno da cabeça. Durante a tempestade Mohammed Abdalla lembrava mais sua versão antiga, marchando satisfeito em meio àquele caos. "Haya, haya", dizia, gritando com os carregadores. "Se vocês não quiserem tomar pancada na bunda, é bom irem ficando bem mais calmos. Olhem o seyyid. Ele tem mais a perder que qualquer um de vocês. Vocês só têm essas vidinhas desgraçadas, que não servem pra ninguém. Ele tem a riqueza, e a riqueza que outras pessoas confiaram a ele. Ele tem que pensar no bem-estar de vocês também, não só no dele. Ele tem o dom dos negócios, que Deus deu a ele. Tem uma casa linda esperando por ele. Ele tem essas coisas a perder e mesmo assim vocês não estão vendo ele piando pelo terreiro que nem uma galinha prenha! Demônio! Eu vou arranjar cem demônios e mil ifrits se vocês não pararem com essa gritaria e não forem já amarrar todos os pacotes e os suprimentos. Haya!"

A chuva só foi diminuir no meio da madrugada, quando casas já tinham ruído e animais tinham sido arrastados pelo aguaceiro para morrer em lagos que espumavam com a fúria da tempestade. As casas perderam o teto e um dos pés de fruta-pão da clareira estava no chão. Era um milagre nenhuma das casas dos pombos ter sido danificada, disse Hamid. Os candeeiros reforçados do terreiro ficaram acesos até de madrugada enquanto os carregadores e os guardas trabalhavam tentando recuperar o que conseguiam. Eles matraqueavam animados, vez por outra recomeçando com os berros zombeteiros uns contra os outros ou alguma troca de xingamentos aos gritos. Comentavam o caos e a destruição em volta, mas não pareciam abalados.

De manhã, quando tudo estava preparado, o tio Aziz deu o sinal. "Haya!", disse. "Vamos para o interior." O mnyapara foi na frente, ajeitando a postura apesar da dor no ombro e erguendo a cabeça com a arrogância desafiadora dos homens bem-nascidos. Era mais difícil para ele manter o porte de sua antiga dignidade, ele sabia disso, mas rezava para ainda ter imponência suficiente para essa ralé de aluguel e os selvagens poeirentos do caminho. Como marca da maior distinção dessa expedição, o tambor e o siwa eram acompanhados por dois tocadores de cornos, uma pequena orquestra. Quem soou primeiro foi o siwa, as longas notas veneráveis fazendo todos tremerem com uma nostalgia secreta, e depois os outros músicos também entraram, dando ânimo aos viajantes que marchavam para o interior.

Hamid veio até a varanda para se despedir deles, com uma expressão amedrontada e angustiada. Yusuf lembrou do que Hussein dissera, que Hamid estava voando alto demais, e cogitou se o próprio Hamid não estava achando a mesma coisa. Yusuf imaginou o eremita da montanha olhando lá de cima e sacudindo a cabeça diante da tolice de todos eles. Os dois filhos pequenos de Hamid estavam ao lado dele, mas nem Asha nem Maimuna estavam lá. Nem Kalasinga, que Yusuf torcia que viesse se despedir. Ele tinha ido falar com o indiano, contar da jornada, e Kalasinga tinha decantado os méritos das viagens e descarregado sobre ele montes de conselhos excêntricos. *Não esqueça de pingar uma gota de óleo no ouvido uma vez por semana para evitar que insetos e vermes ponham ovos lá.* Yusuf ficou imaginando, até o último momento, que ele viria dramaticamente pela estrada enlameada e então saltaria do furgão para bater continência enquanto eles marchavam. Em momentos importantes, Kalasinga sempre batia continência. E talvez tenha sido inteligente ele não aparecer, Yusuf pensou ao lembrar como os carregadores tinham rido do turbante e da barba trançada dele.

Não se afastaram muito naquele primeiro dia da jornada, satisfeitos de deixar a cidade para trás. Os carregadores gemiam e reclamavam de cansaço depois de uma noite tão caótica, mas Mohammed Abdalla os mantinha em movimento com gritos e ameaças. No meio da tarde eles levantaram acampamento, para avaliar a situação e se preparar para o que viria pela frente. A tempestade deixara a terra úmida e assentada, o que fazia a região parecer gorda e túrgida de seiva. Arbustos e árvores reluziam sob a luz forte, e de cantos ocultos vinham sons de estalidos furtivos e de passinhos apressados como se a própria terra estivesse ganhando vida. Acamparam perto de um pequeno lago, de margens cobertas de pegadas de animais.

De início Yusuf tentou se esconder entre os carregadores, mantendo distância do tio Aziz por motivos que não tentou entender. Mas logo no começo da marcha Mohammed Abdalla veio atrás dele e o mandou para a retaguarda da coluna, onde o mercador o recebeu com um tapinha na nuca e um sorriso amistoso. Ele logo compreendeu, pelas tarefas que o tio Aziz o fazia cumprir, que seu lugar seria ali. Depois de pararem naquela primeira tarde, ficou a serviço do mercador. Estendeu-lhe a esteira e foi buscar água para ele, e então se acomodou ali por perto à espera da comida, que estava sendo preparada. O tio Aziz parecia não perceber a animação ruidosa do grupo, os olhos calmos contemplavam a paisagem do interior como se cada elemento da paisagem estivesse se expondo para ser atentamente examinado por ele.

Com o acampamento montado, o mnyapara veio ficar com o tio Aziz, sentando diante dele na esteira. "De olhar para essa terra", disse o tio Aziz, tirando relutante os olhos da paisagem, "você fica cheio de saudade. Tudo tão puro e tão claro. Você quase fica tentado a pensar que quem mora aqui não sabe o que é ficar doente nem envelhecer. E que a vida deles é cheia de alegria e de uma busca pela sabedoria."

Mohammed Abdalla riu. "Se existe um paraíso na terra, é aqui, é aqui, é aqui", cantou satiricamente, fazendo o tio Aziz sorrir.

Logo começaram a conversar em árabe, apontando em várias direções enquanto discutiam as virtudes das diferentes rotas. Yusuf andava sem rumo pelo acampamento, passando pelas pilhas organizadas de mercadorias e pelos grupinhos de homens reunidos em volta das pequenas fogueiras, cada qual com seus pertences. Nas poucas horas que tinham passado ali, o acampamento ganhara a aparência de um vilarejo. Alguns dos homens o chamavam, dizendo que seria bem-vindo se quisesse beber chá com eles, ou fazendo convites menos educados. O maior grupo rodeava Simba Mwene, que estava apoiado numas sacas enquanto o pessoal em torno se inclinava para a frente tentando ouvir suas histórias sobre os alemães. Ele falava com admiração do quanto eles eram severos e implacáveis. Toda violação era punida, por mais que a vítima implorasse por misericórdia ou prometesse mudar a conduta, disse ele.

"Com a gente, se o culpado dá mostras de que se arrependeu, a gente acha difícil aplicar um castigo, ainda mais se a sentença é dura. Vem alguém pedir piedade por ele, e nós todos temos entes queridos que vão ficar de luto. Mas com o alemão é o contrário. Quanto mais duro é o castigo, tanto mais firme e mais implacável ele fica. E os castigos deles são sempre duros. Acho que eles gostam de dar castigos. Quando ele decide a sentença, você pode implorar até a língua inchar, mas o alemão vai ficar ali parado na sua frente, rosto seco e sem sentir vergonha. Quando ele cansa de você, você sabe que não tem mais escolha, só resta aceitar o castigo. É assim que eles conseguem fazer tudo o que a gente vê eles fazerem. Eles não se deixam distrair por nada."

Quando a escuridão foi se instalando, o ar se encheu de bramidos e gritos dos animais que vinham até a água para beber e comer. Yusuf teve dificuldade para dormir, perturbado pelo medo e pelo desconforto. Era inacreditável que estivessem ali numa encosta gelada no meio da noite enquanto animais famintos urravam e zurravam e podiam dar um bote neles. E no entanto todos ali pareciam dormir, à exceção dos guardas que estavam atrás de barricadas de mercadorias empilhadas. Talvez não estivessem dormindo, Yusuf pensou, mas apenas deitados num silêncio agitado.

5.

A cada dia a terra mudava a olhos vistos no que eles iam descendo das regiões montanhosas. Os assentamentos iam ficando menos aglomerados na medida em que a terra ficava mais seca. Em questão de dias eles estavam no platô e a coluna levantava nuvens de poeira e de areia fina a cada passo. Os arbustos isolados iam ganhando formas assustadoras de tão retorcidas e ressecadas, como se a existência fosse uma tortura. As canções e a animação dos carregadores também foram secando com a visão da terra rude que adentravam. Eles ganhavam vida quando viam os imensos bandos de animais à distância, discutindo rancorosamente entre si enquanto debatiam o que seriam aqueles bichos. Naqueles primeiros dias, o coração de Yusuf não parava de palpitar e o corpo doía de exaustão e de febre. Espinhos lhe rasgaram os tornozelos e braços, e a pele estava coberta de picadas de insetos. Ele ficava pensando como alguma coisa podia sobreviver numa terra tão brutalmente severa. À noite os gritos dos animais faziam com que ele acordasse assustado para cair num pesadelo, e isso com tanta frequência que de manhã ele não sabia bem se tinha passado a noite dormindo ou encolhido de medo. E no entanto eles encontravam gente e assentamentos espalhados nas planícies. As pessoas pareciam tão encarquilhadas quanto a vegetação rasteira, com todas as partes do corpo atenuadas, reduzidas às necessidades mais básicas. O tio Aziz determinou que cada assentamento por onde passavam devia receber um pequeno presente, para gerar boa vontade e obter informações.

Yusuf começou a entender por que chamavam o tio Aziz de seyyid. Apesar de tudo, ele dava um jeito de parecer imperturbável, fazia as orações cinco vezes ao dia nas horas certas, e quase nunca perdia aquela aparência de um distanciamento bem-humorado. No máximo fazia cara feia quando algo se atrasava, ou se crispava de impaciência enquanto algum equívoco era corrigido. Não falava muito, e normalmente só com Mohammed Abdalla, com quem tinha longos debates no fim de cada dia da jornada. Mas Yusuf sentia que ele não perdia nada de importante que acontecia durante a jornada. Vez por outra Yusuf o via rir sozinho enquanto assistia às esquisitices dos carregadores, e uma vez ele o chamou à sua esteira depois de ter feito a oração do entardecer e lhe pôs a mão no ombro. "Você pensa no seu pai?", ele perguntou. Yusuf ficou sem fala. O tio Aziz ficou um tempo esperando e então lentamente abriu um sorriso diante do silêncio de Yusuf.

O mnyapara passou a proteger Yusuf. Ele o chamava sempre que topava com algo que segundo ele Yusuf devia ver, e lhe explicava os ardis e as armadilhas da terra que atravessavam. Os carregadores diziam a Yusuf que o mnyapara estaria em cima dele antes de a viagem ir muito longe. "Ele gosta de você, mas quem é que não ia gostar de um menino tão lindo? A sua mãe deve ter recebido uma visita de um anjo."

"Achou marido, bonitinho!", disse Simba Mwene rindo

aos borbotões enquanto fazia uma cara apaixonada para divertir os outros. "E o que é que os outros aqui vão ter que fazer? Você é lindo demais para aquele monstro feio. Vem me fazer uma massagem hoje à noite que eu te mostro o que é o amor." Era a primeira vez que Simba Mwene falava com ele daquele jeito, e Yusuf fechou a cara, surpreso.

Simba Mwene se tornara popular entre os carregadores e os guardas, e tinha sempre um pequeno grupo reunido em volta dele como um séquito. Seu principal cortesão era um baixinho de cara redonda que se chamava Nyundo. Ele puxava as gargalhadas e os elogios, e seguia fielmente Simba Mwene sempre que podia. Quando Mohammed Abdalla e Simba Mwene estavam juntos, Nyundo se colocava fora da linha de visão do mnyapara e o imitava, tentando fazer os outros carregadores rirem e encarando quem não via nada de engraçado naquelas esquisitices. Yusuf sabia que Mohammed Abdalla estava de olho em Simba Mwene e que falava sobre ele com o tio Aziz. Agora Yusuf era chamado para ficar com eles na esteira durante os debates noturnos, embora ele escapasse sempre que conseguia, para ouvir as histórias que os carregadores ficavam contando uns aos outros. Mohammed Abdalla se exasperava por Yusuf não entender árabe, mas traduzia um resumo do que havia de interessante naquelas conversas.

"Olhe bem aquele boquirroto", ele disse certa noite, observando um grupo barulhento que estava sentado em volta de Simba Mwene. "Eu estou com um belo de um espinho bem grande cravado nele, e ele vai se contorcer de dor se me vier com grandes ideias. Ele matou uma pessoa, é por isso que está nessa viagem. Para ganhar dinheiro e pagar a compensação das pessoas que ultrajou, ou para morrer também, se Deus assim quiser. Ele só teve essa oportunidade de se redimir porque eu dei a minha palavra. Senão os parentes do sujeito assassinado teriam entregado a custódia dele aos alemães, por vingança. E os alemães não iam nem cuspir nele, ia direto pra forca. É você levar um assassino que eles já ficam com os olhinhos brilhando de felicidade e vão montando a forca. Ele veio me procurar com essa história, e eu concordei em trazer ele na viagem. Agora olhe lá o jeito dele. Eu tenho um pressentimento sobre esse Simba Mwene. Tem uma violência nos olhos dele, uma loucura. Ele quer encrenca. Parece um tipo de fome ou de vontade de agir, mas acho que ele quer mesmo é dor. A jornada vai acabar com isso. Nada como uns meses entre os selvagens pra encontrar as fraquezas de um homem."

Mohammed Abdalla também lhe dava ensinamentos sobre aquela empreitada. "É isso que nós viemos fazer no mundo", disse Mohammed Abdalla . "Comércio. A gente vai até os desertos mais secos e as florestas mais escuras, e pra gente não faz diferença se estamos comerciando com um rei ou um selvagem, e nem mesmo se vamos sobreviver ou não. Pra gente dá na mesma. Você vai ver uns lugares que a gente vai atravessar, onde as pessoas ainda não ganharam vida com o comércio e vivem como uns insetos paralisados. Não existe gente mais esperta que os comerciantes, e não existe vocação mais nobre. É o que nos dá vida."

As mercadorias dele eram basicamente tecidos e ferro, explicou. Kaniki, marekani, bafta, todo tipo de tecido. Qualquer um desses era melhor que as peles de cabra fedorentas que os selvagens usavam antes de eles chegarem. Isso se usassem alguma coisa, pois Deus fez os gentios desprovidos de vergonha para poderem ser reconhecidos pelos fiéis, que podem então resolver o que fazer com eles. Deste lado do lago o mercado estava cheio de tecido, embora ainda houvesse procura por ferro, especialmente entre os povos que eram fazendeiros. O verdadeiro destino deles era o outro lado do lago, a terra dos manyema, bem no coração da região montanhosa, verde e cerrada. Lá, os tecidos ainda eram o bem mais comum de comércio. Os selvagens não compravam com dinheiro. Dinheiro lhes serviria de quê? Eles também tinham algumas peças de roupa, agulhas de costura, lâminas de pá e facas, tabaco e um suprimento bem ocultado de pólvora e de chumbo, que levavam como presente especial para os sultões mais complicados. "Se nada mais funcionar, pólvora e chumbo sempre funcionam", disse o mnyapara.

O rumo deles era sudoeste até o lago, região que os comerciantes conheciam bem mas que já estava à sombra dos poderes europeus. Só que os próprios cães europeus ainda eram raros por ali, então as pessoas viviam como bem queriam, mas sabendo que os europeus estavam para chegar a qualquer momento. "Sem dúvida que eles são incríveis, esses europeus", disse Mohammed Abdalla olhando para o tio Aziz em busca de uma confirmação.

"Fé em Deus", disse o mercador, tranquilizando o parceiro, olhos brilhando de tanto que se divertia com a intensidade do mnyapara.

"Tantas coisas que falam deles! As batalhas lá no sul, os belos sabres e as armas maravilhosas e precisas que eles fazem. Dizem que eles comem metal e têm poderes sobre a terra, mas eu não acredito. Se eles comem metal, por que não iam comer a gente e a terra toda? Os navios deles foram além de todos os mares conhecidos, e às vezes são do tamanho de uma cidade pequena. O senhor já viu um navio desses, seyyid? Eu vi um em Mombaça tem uns anos. Com quem foi que eles aprenderam a fazer essas coisas? As casas deles, pelo que dizem, são feitas com pisos de mármore que têm um brilho tão suave que você fica querendo erguer um pouquinho a túnica pra ela não molhar. Por outro lado eles têm cara de répteis sem pele e aquele cabelo dourado, como se fossem mulheres ou uma piada de mau gosto. Na primeira vez que eu vi um deles, o sujeito estava sentado numa cadeira ao pé de uma árvore no meio de uma floresta. Eu sussurrei o nome do Todo-Poderoso, achando que estava em presença do mal. Aí depois de um momento eu percebi que a criatura fantasmagórica era um famoso destruidor de nações."

"E ele falou?", perguntou Yusuf.

"Não em palavras conhecidas pelos ouvidos dos homens", disse Mohammed Abdalla. "Talvez tenha soltado um ronco. Eu vi uns rolos de fumaça saindo da boca dele. Vai ver que são jinns, já que Deus fez os jinns a partir do fogo."

Yusuf entendeu que o mnyapara estava tirando sarro dele e viu um sorriso no canto da boca do tio Aziz. "Se os jinns construíram as pirâmides, por que não construir navios do tamanho de uma cidade?", perguntou o mercador.

"Mas quem é que pode dizer por que vieram assim tão longe?", disse Mohammed Abdalla. "Como se a própria terra tivesse rachado e cuspido essas pessoas. Talvez quando eles acabarem com a gente a terra vai abrir de novo e sugar todos eles pra nação deles lá do outro lado do mundo."

"Você está começando a falar como uma velhota, Mohammed Abdalla", disse o mercador enquanto se esticava na esteira e se preparava para uma soneca. "Eles estão aqui pela mesma razão que eu e você."

6.

Sempre que podiam, eles acampavam perto de um assentamento para poder trocar alguma coisa por comida e não gastar as provisões. Quanto mais adentravam o interior, mais tinham que pagar pela farinha de trigo ou pela carne. No oitavo dia da jornada acamparam perto de um pequeno capão de árvores. Pela primeira vez desde a partida, eles receberam a ordem de construir uma paliçada, por medo dos animais. Os carregadores gemeram e reclamaram, como com qualquer trabalho no fim de um dia de jornada, dizendo que a mata estava infestada de cobras. Simba Mwene, cutelo na mão, abriu uma trilha entre as plantas e foi fazendo os outros ficarem com vergonha de não acompanhá-lo. Eles cortaram arbustos e arrastaram galhos mortos para fazer uma barreira de pouco mais de um metro de altura. Estavam agora chegando ao vilarejo de Mkata, que ficava no vau do rio que estava logo à frente. O mercador ouvira histórias de uma caravana atacada pelos habitantes do vilarejo à beira-rio e não queria correr riscos. Ele mandou dois batedores na frente da coluna de manhã, com presentes para o sultão de Mkata. O mercador se dirigiu ao mais humilde dos anciãos do vilarejo como sultão, e o tratou com deferência.

Seu presente de seis panos e duas pás foi devolvido com a mensagem de que o sultão de Mkata queria todos os bens do mercador postos à sua disposição. Então ele mesmo selecionaria presentes adequados à sua posição, especialmente se a proposta fosse considerar os presentes como tributos em troca do privilégio de atravessar suas terras. O tio Aziz riu dos pedidos do sultão e dobrou o presente. A essa altura a coluna tinha parado a menos de um quilômetro do vilarejo, e crianças curiosas espiavam de longe. Os batedores voltaram dizendo que o sultão de Mkata ainda não estava satisfeito. Tinha pedido que dissessem que ele era um homem pobre, e que não queria ser forçado a ações que depois viesse a lamentar. O mercador dobrou de novo o presente. "Diga ao sultão que somos todos pobres", disse. "Mas não deixe de lembrar a ele que quase todos os ocupantes do paraíso são também os pobres, enquanto quase todos os ocupantes do inferno são os avaros."

O resto do dia transcorreu com essas trocas de mensagens até a honra e a cobiça serem satisfeitas. Já estava no fim da tarde quando eles chegaram ao rio, e ali parados no terreno aberto à beira-rio viram um crocodilo atacar uma mulher que tinha entrado na água. Os moradores do vilarejo correram até onde eles se debatiam e a água espumava, mas não conseguiram salvá-la. Os aldeões choraram muito sua perda, às lágrimas na parte rasa do rio e na margem, gesticulando na direção da outra margem, onde o crocodilo se refugiara. Os parentes dela se jogaram na água de tanta dor e tiveram que ser arrancados dali pelos outros, alguns deles agora atentos às águas, caso houvesse outros crocodilos.

O rio era largo mas raso em Mkata. Suas amplas margens

enlameadas atraíam grandes bandos de animais e de aves. Durante a noite toda eles ouviram barulhos na água e nos arbustos, e alguns dos carregadores ficaram assustando os outros, gritando como se tivessem sido atacados. O sultão de Mkata matou dois bodes e convidou o mercador a ir com mais alguém para a refeição. Passou todo o encontro abatido e não fez nenhum esforço para ser hospitaleiro, servindo-se do que queria e deixando os convidados comerem se quisessem. O sultão era um homem magro de cabelo grisalho cortado bem rente, olhos injetados e vermelhos à luz da fogueira. Falava kiswahili com dificuldade e com um sotaque confuso, mas Yusuf entendia boa parte do que ele dizia se prestasse atenção. "Vocês trouxeram a calamidade com vocês", ele disse. "A mulher que o animal levou hoje era protegida contra água e crocodilos. Na minha vida inteira nunca aconteceu de alguém como ela ser levado. E eu nunca ouvi falar de uma coisa dessas nos tempos antigos." Ele não parava de falar da mulher, com os olhos vagando pelo rosto deles à luz bruxuleante. Nenhum dos aldeões falou com eles, apesar de suas vozes soarem num zumbido constante que às vezes se encorpava nas margens da luz do fogo. Yusuf viu que o tio Aziz se inclinava polidamente para a frente quando o sultão falava, e vez por outra acenava com a cabeça em sinal de comiseração ou de concordância. "Muita gente já passou por aqui para fazer a travessia", o sultão continuou. "Mas só vocês trouxeram o mal. Se vocês não levarem esse mal embora quando forem, a nossa vida vai ficar sem rumo e sem juízo."

"Fé em Deus", disse o mercador com delicadeza.

"Nós vamos ter que ver o que pode ser feito amanhã para restaurar o que vocês quebraram", disse o sultão quando os liberou.

"Selvagem imundo filho de uma puta!", disse Mohammed

Abdalla. Dois tocheiros iam ao lado do grupo e todos pareciam tensos. "Fique atento, senão você acaba perdendo o zub antes do fim da noite. O nosso bondoso anfitrião quer fazer um sacrifício pros seus espíritos imundos, e pode bem ser que ele pretenda jogar um punhado das suas partes aos crocodilos no meio da noite. Deus que nos proteja da maldade."

"Vai saber se isso não é tão bom quanto outros remédios por aí?", o tio Aziz disse depois a Yusuf, sorrindo para ver o quanto seu interesse aumentava diante de uma blasfêmia.

Naquela noite Yusuf sonhou que recebia de novo a visita do cão imenso de seus pesadelos. Ele lhe disse coisas lúcidas, abrindo a boca comprida em sorrisos largos e deixando reluzir os dentes amarelos. Então montou na barriga dilacerada de Yusuf, em busca de seus mais profundos segredos.

Ao nascer do sol o acampamento deles explodiu em gritos e grunhidos de desespero, e descobriram que as hienas tinham atacado um dos carregadores adormecidos e lhe arrancado o rosto quase inteiro. Sangue e espessos fluidos visguentos escorriam da chaga do que sobrara. O homem se debatia alucinado no chão, sofrendo dores inimagináveis. As pessoas vieram correndo de todos os lugares para ver aquilo, inclusive crianças que se espremiam enlouquecidas entre os adultos para olhar de pertinho. O sultão veio ver, e depois ficou alguns minutos de canto antes de voltar para anunciar que o que fora profanado agora estava consertado. Os animais tinham sido enviados para levar embora a maldade que a caravana trouxera à cidade deles no dia anterior, e os viajantes agora podiam ir. Só que eles não queriam que passassem de novo pelo vilarejo. Olhando para Yusuf, ele disse que achava que iam escolher o rapaz. Ele teria sido uma compensação adequada pela perda da mulher na água, disse o sultão. Pois ela era muito amada.

Dois homens ficaram com o carregador ferido, chorando

enquanto o mantinham imóvel e o resto da caravana atravessava o rio a vau, com a ajuda dos aldeões. Quando chegou a hora de levar o ferido, o sultão se recusou a liberá-lo. O mercador ofereceu presentes e mais presentes mas o sultão não se deixava convencer. O ferido era deles. Foi a própria terra quem o dera a eles.

O homem morreu subitamente naquela tarde, em meio a gemidos intermináveis, com a ferida coberta de uma massa que escorrera do cérebro. Eles o enterraram sem demora num lugar a certa distância do vilarejo. Era onde enterravam os próprios mortos indesejados ou maus, o sultão disse, aqueles cujo espírito inquieto não queriam ver rodeando a vida deles. Quando o último dos viajantes atravessou o rio ao pôr do sol o sultão e os aldeões se reuniram ao pé das árvores da margem do rio, ruidosamente acelerando a partida. Olhos de hipopótamos e crocodilos já estavam à espreita, pousados com delicadeza na superfície da água, e vozes de aves selvagens soavam agudas na outra margem, agora já afundada nas sombras.

Naquela noite eles deixaram mais homens como vigias, e grandes fogueiras foram acesas para dar coragem aos homens. O mercador ficou muito tempo sentado na esteira, rezando em silêncio pelo homem que tinham perdido. De um pequeno Corão, que tirou do baú, leu *Ya Sin* para o morto à luz de um candeeiro pendurado num galho de árvore. O mnyapara e Simba Mwene foram falar com os homens, por vezes usando palavras duras e tentando acabar com o estado de pânico. Yusuf pegou no sono de imediato, mas os sonhos vieram perturbá-lo. Ele acordou duas vezes com um grito na boca, e olhou em volta no escuro para ver se alguém tinha percebido. A coluna estava pronta para partir com os primeiros raios do sol, com o mnyapara gritando para todo mundo se preparar. "Alguma cobra te mordeu ontem à noite?", ele disse baixinho para Yusuf. "Ou você estava tendo sonhos imundos? Fique atento, rapaz. Você não é mais menino."

Quando ele estava ajudando o tio Aziz com os preparativos da partida, o mercador o interrompeu com uma tosse baixa. "Você passou mais uma noite conturbada", ele disse. "O que o sultão falou te incomodou?"

Yusuf ficou calado de tão surpreso. Mais uma! Mais uma noite conturbada! Parecia que tinham revelado uma fraqueza sua que não podia ser remediada. Será que todo mundo sabia dos cães, dos bichos e vácuos sem forma que vinham arrancá-lo de si mesmo no meio da noite? Talvez ele ficasse aos gritos e os homens rissem dele.

"Fé em Deus", o mercador disse. "Ele te deu uma dádiva."

Do outro lado do rio a terra era fértil e mais populosa. O surgimento da paisagem verde lhes deu inicialmente algum ânimo. Os arbustos tremiam e sacudiam por causa dos pássaros, cujo canto agudo e incansável rasgava as horas mais frescas do dia. Árvores anciãs se erguiam para o céu e filtravam uma luz delicada que chegava aos arbustos sombreados mais abaixo. Mas os arbustos lustrosos escondiam trepadeiras farpadas e se emaranhavam com plantas venenosas, e as sombras mais convidativas estavam cheias de cobras. Insetos picavam dia e noite. Roupas e carne se viam rasgadas por espinhos, e estranhas moléstias acometiam os homens. E quase todo dia agora eles tinham que pagar tributos cada vez maiores aos sultões que lhes permitiam passagem. O mercador ficava de fora das negociações quando podia, esperando sozinho num silêncio nada convidativo enquanto Mohammed Abdalla e Simba Mwene barganhavam a liberação. Às vezes parecia que, mais do que chegar a um acordo, os sultões gostavam era de provocar o mnyapara e seu capataz. A impressão de Yusuf era que as pessoas faziam questão de mostrar aversão pelos visitantes.

A cidade de Tayari, seu primeiro destino, ficava a poucos dias de distância, e as pessoas dali entendiam o caos que podiam causar a uma viagem como aquela ao serem seletivamente inadequadas, e assim esperavam um belo pagamento por sua boa vontade. A comida era abundante e custava caro. O mercador se abasteceu de frangos e frutas dia sim dia não, sabendo que os carregadores roubariam dos aldeões se isso lhes fosse negado, e que algo assim só levaria a discussões e guerra.

O povo guerreiro do outro lado da montanha fazia incursões por aqui, para batizar com sangue as espadas e simis, e capturar gado e mulheres. No sétimo dia da jornada ao outro lado do rio, chegaram um vilarejo que tinha sido atacado dois dias antes. Sentiram e viram uma alteração antes de estarem no vilarejo, colunas de fumaça no meio do dia e aves negras que rodavam pelo céu. Quando alcançaram o vilarejo destruído, viram apenas alguns sobreviventes feridos e mutilados amontoados ao pé das árvores. Todas as casas estavam com o teto incendiado. Os sobreviventes lamentavam a perda de entes queridos, muitos levados pelos saqueadores. Alguns dos rapazes da aldeia tinham fugido durante o ataque, levando crianças. Quem é que poderia saber se um dia conseguiriam voltar? Yusuf não aguentava contemplar o horror indescritível das feridas, agora inchadas e inflamadas. Queria que a vida chegasse ao fim, diante da visão de tanta dor. Nunca tinha visto nem imaginado algo assim. Encontraram corpos por toda parte, nas palhoças queimadas, perto dos arbustos, ao pé das árvores.

Mohammed Abdalla queria que fossem embora o mais rápido possível, por temer doenças ou a volta dos saqueadores. Simba Mwene foi perguntar ao mercador se podiam enterrar os mortos, e parou de início perto demais, o que fez Mohammed Abdalla dar um passo atrás. "As pessoas que sobraram não conseguem fazer isso no estado em que estão", Simba Mwene disse.

"Então que fiquem pros bichos", Mohammed Abdalla gritou, incapaz de controlar a raiva. "Isso não tem nada a ver com a gente. Quase todos os corpos já estão podres e meio devorados..."

"Nós não devíamos deixar essas pessoas assim", Simba Mwene disse, em voz baixa.

"Eles vão passar doenças pra gente", Mohammed Abdalla disse, sem tirar os olhos do mercador. "Que venham os irmãos deles fazer esse trabalho nojento. São eles que estão escondidos nos arbustos. Quando retornarem eles vão se voltar contra nós com as tais superstições e dizer que nós profanamos os mortos deles. O que é que isso tem a ver com a gente?"

"Nós somos irmãos deles, do sangue do mesmo Adão que foi pai de todos nós", disse Simba Mwene. Mohammed Abdalla sorriu surpreso mas não abriu a boca.

"Com o que é que você está preocupado?", o tio Aziz perguntou.

"Com a decência dos mortos", disse Simba Mwene. "Vamos enterrar."

"Que Deus jogue merda de hiena nos meus olhos!", disse o mnyapara. "E que Deus me corte em mil pedacinhos se isso tudo não parece impensado e perigoso! Já que é a sua vontade, seyyid... mas eu não entendo essa necessidade."

"Desde quando você tem medo de superstição, Mohammed Abdalla?", o tio Aziz perguntou com delicadeza.

O mnyapara olhou para o mercador por um instante, com uma expressão magoada. "Tudo bem, que seja rápido", disse a Simba Mwene. "E não corram riscos nem tentem ser heróis. Essas pessoas são selvagens que fazem isso umas com as outras o tempo todo. E nós não viemos aqui pra brincar de santos."

"Yusuf, vá com eles ver como a natureza dos homens é baixa e tola", disse o tio Aziz.

Eles cavaram uma cova rasa na saída do vilarejo, amaldiçoando que o destino tivesse decretado que estivessem ali para aquela cerimônia lúgubre. Os aldeões ficaram olhando enquanto eles trabalhavam, cuspindo vez por outra na direção deles, casualmente, como se não quisessem ofender. Então o momento que os homens temiam chegou quando eles empurraram os corpos destroçados para dentro do buraco. Os gritos dos aldeões se erguiam inconsoláveis enquanto a vala ia se enchendo. Quando a tarefa estava cumprida, Simba Mwene ficou parado ao lado da cova, encarando os aldeões com uma expressão cheia de ódio.

OS PORTÕES EM CHAMAS

1.

Três dias depois a coluna chegou ao rio que cercava Tayari. Mesmo de longe Yusuf podia ver que era um vilarejo grande. Os homens largaram a carga que tinham nos ombros e correram para o rio, gritando de empolgação. Jogavam água uns nos outros e começavam brigas de brincadeira como se fossem crianças. Alguns deles encerrariam ali a jornada, e a expectativa dessa liberação contaminava todos os outros. Depois de terem se refrescado e se lavado os carregadores voltaram para as cargas com sorrisos persistentes. Agora não falta muito! O mnyapara e Simba Mwene percorriam a coluna de cima a baixo, ajeitando os fardos e organizando os homens de volta na formação. Os tocadores de tambor e de corno começaram a aquecer os instrumentos com breves rajadas traiçoeiras que os tocadores de siwa marcavam com graves respostas reprovadoras. A música foi ficando mais ritmada à medida que a ordem ia se restabelecendo, e assim quando entraram no vilarejo os viajantes já marchavam ao som da música cada vez mais forte da fanfarra. Quem não tinha o que fazer ou estava só de passagem parava à beira da trilha para ver. Alguns deles acenavam e batiam palmas, gritando palavras indistintas por entre mãos em concha em volta da boca. A terra em torno do vilarejo estava seca, à espera das chuvas. O tio Aziz, como sempre na retaguarda da coluna, nem percebeu os espectadores. Vez por outra ele tapava as narinas com um lenço para evitar a poeira, e enquanto caminhava atrás da grande nuvem sufocante que os homens levantavam, conversava com Yusuf.

"Veja a felicidade deles", disse, sem sorrir. "Parece um rebanho irracional de animais que está chegando perto da água. Nós somos todos assim, criaturas mesquinhas enganadas pela ignorância. Por que é que eles estão tão empolgados? Você sabe?"

Yusuf achava que sabia, porque sentia algo parecido com aquilo dentro de si, mas não abriu a boca. Depois, quando tinham encontrado uma casa para alugar, com um terreiro onde os homens podiam dormir e as mercadorias podiam ficar bem vigiadas, o tio Aziz disse a Yusuf, "Quando eu comecei a vir até este vilarejo ele era administrado pelos árabes do sultão de Zanzibar. Eles eram omanis, ou se não eram omanis eram servos dos omanis. Uma gente talentosa, os omanis. Muito capaz. Vieram pra cá erguer pequenos reinos pra eles. Lá de longe, de Zanzibar até aqui! E alguns foram até mais longe, no coração da floresta que fica pra lá de Marungu até o grande rio. E lá eles também estabeleceram reinados. Bom, a distância não representava nada. Ainda no tempo da vida deles seu nobre príncipe tinha vindo lá de Muscat para se tornar mestre de Zanzibar, então por que não eles? O sultão deles, Said, enriqueceu com o fruto daquelas ilhas. Ergueu palácios onde abrigou cavalos e pavões e belezas raras adquiridas no mundo todo... da Índia ao Marrocos, e da Albânia a Sofala. Mandava buscar mulheres em toda parte e pagava bem por elas. Dizem que produziu cem filhos com elas. Eu ficaria surpreso se ele mesmo soubesse o número com alguma precisão. Você consegue imaginar o incômodo que seria manter esse pessoal todo em ordem? Ele devia morrer de preocupação sobre todos aqueles principezinhos que um dia iam crescer querendo um pedaço de carne pra cravar os dentes. Ele próprio tinha as mãos sujas pelo sangue de um ou dois parentes assassinados. Se o sultão deles pôde fazer tudo isso, e merece apenas honrarias, por que não eles?

"Os senhores que vieram pra cá dividiram esse vilarejo em distritos, comandados por um ou outro dentre eles. Primeiro havia Kanyenye, que pertencia a um árabe que se chamava Muhina bin Seleman El-Urubi. E a segunda parte do vilarejo se chamava Bahareni, e o árabe seu proprietário era Said bin Ali. E a terceira se chamava Lufita, que pertencia a Mwenye Mlenda, um homem de Mirama, no litoral. A quarta parte se chamava Mkowani, de um árabe chamado Said bin Habib Al-Afif. E a quinta era Bomani, e o nome do árabe ali era Seti bin Juma. A sexta era Mbugani, e o árabe seu dono era Salim bin Ali. E a sétima parte se chamava Chemchem, e pertencia a um indiano de nome Juma bin Dina. A oitava parte é N'gambo, e o nome do árabe era Muhammad bin Nassor. E a nona era Mbirani, de um árabe chamado Ali bin Sultan. E a décima parte era Malolo, de um árabe chamado Rashid bin Salim. E a décima primeira era Kwihara, e o árabe seu proprietário era Abdalla bin Nasibu. A décima segunda parte era Gange, de um árabe de nome Thani bin Andalla. E a décima terceira era Miemba, e pertencia a um ex-escravo de um árabe de nome Farhani bin Othman. E outra parte se chamava Ituru, de um árabe chamado Muhammad bin Juma, o pai de Hamed bin Muhammad, que também era chamado de Tipu Tip. Imagino que você já tenha ouvido falar dele.

"Agora dizem que os alemães vão trazer a ferrovia deles até aqui. São eles que estabelecem as leis e determinam tudo agora, apesar de ter sido do mesmo jeito desde os tempos de Amir Pasha e Prinzi, na verdade. Mas antes da chegada dos alemães ninguém viajava até os lagos sem passar por esta cidade."

O mercador esperou para ver se Yusuf ia dizer alguma coisa, e quando viu que não, continuou. "Você deve estar pensando: como foi que tantos árabes vieram pra cá em tão pouco tempo? Quando eles começaram a vir, comprar escravos destas regiões era como colher fruta da árvore. Eles nem tinham que se dar ao trabalho de capturar as vítimas, apesar de alguns deles acabarem fazendo isso, só pelo prazer. Não faltava gente disposta a vender os primos e os vizinhos por umas bugigangas. E os mercados estavam abertos por toda parte, lá no sul e nas ilhas oceânicas onde os europeus estavam plantando pra produzir açúcar, na Arábia e na Pérsia, e nas novas plantações de cravo do sultão em Zanzibar. Quem estava nisso ganhou muito dinheiro. Mercadores indianos davam crédito a esses árabes pra eles poderem comprar marfim e escravos. Os mukki indianos eram homens de negócios. Eles emprestavam dinheiro pra qualquer coisa, se desse lucro. Exatamente como os outros estrangeiros, mas esses deixavam os mukki agirem em nome deles. Enfim, os árabes roubaram o dinheiro e compraram escravos de um dos sultões selvagens não longe daqui e fizeram os escravos trabalharem nos campos e construírem casas confortáveis pra eles. Foi assim que a cidade cresceu."

"Ouça o que o seu tio está dizendo", Mohammed Abdalla disse, como se Yusuf tivesse se distraído. Tinha vindo ficar com eles durante o relato do tio Aziz, e sua interrupção ansiosa sublinhava como o tom do mercador era quase indiferente. Ele não é meu tio, Yusuf pensou.

"Por que ele era chamado de Tipu Tip?", perguntou Yusuf.

"Não sei", disse o tio Aziz, dando de ombros sem se importar. "Enfim, quando o alemão Amir Pasha veio até esta região, foi ver o sultão de Tyari. Eu não lembro o nome do sultão. Ele recebeu dos árabes o título de sultão, alguém que eles poderiam influenciar e controlar. Amir Pasha tratou o sultão com o maior desprezo, de propósito, para provocar uma guerra. Era o método deles. Ele exigiu que o sultão hasteasse a bandeira dos alemães e jurasse lealdade ao sultão alemão além de entregar todas as armas e canhões que possuísse, porque tinha certeza de que essas coisas já tinham sido roubadas dos alemães. O sultão de Tayari fez o que pôde para evitar um conflito. Ele via de regra gostava bastante de briga e vivia em guerra com os vizinhos. Seus aliados árabes o apoiavam quando isso era do interesse deles, mas todo mundo já tinha ouvido falar como era impiedosa a guerra desses europeus. O sultão de Tayari hasteou a bandeira dos alemães como tinha sido pedido, jurou lealdade ao sultão alemão e mandou presentes e comida ao acampamento de Amir Pasha, mas não quis entregar as armas. A essa altura já tinha perdido o apoio dos árabes, que viram que tinham sido traídos. Ele tinha entregado coisas demais. Então, quando Amir Pasha foi embora, eles começaram as intrigas pra tirar o sultão do poder.

"Não foi preciso muito mais tempo de espera. Depois de Amir Pasha veio Prinzi, o comandante alemão, e ele entrou imediatamente em guerra e matou o sultão e seus filhos e todas as pessoas do seu povo que conseguiu encontrar. Primeiro ele dominou completamente os árabes, depois expulsou. Os estrangeiros massacraram eles de uma maneira tão completa que não conseguiam nem mais forçar os escravos a trabalhar nas fazendas. Os escravos simplesmente se escondiam ou fugiam.

Os árabes ficaram sem comida e sem confortos e simplesmente tiveram que ir embora. Alguns foram pra Ruemba, outros pra Uganda, e alguns se refugiaram com seu sultão em Zanzibar. Ainda tem um ou outro que ficou por aqui e não sabe o que fazer. Agora os indianos assumiram o controle, com os alemães como senhores e os selvagens à sua mercê."

"Nunca confie nos indianos!", disse Mohammed Abdalla nervoso. "Eles vendem a própria mãe se tiverem lucro. O desejo que sentem por dinheiro não tem limites. Quando você vê o indiano ele parece miserável, fraco, mas por dinheiro o sujeito vai aonde tiver que ir e faz o que tiver que fazer."

O tio Aziz sacudiu a cabeça diante do mnyapara, repreendendo-lhe a impetuosidade. "O indiano sabe como lidar com o europeu. Nós só podemos é trabalhar pra ele."

2.

Não ficaram muito tempo em Tayari. O vilarejo era um confuso labirinto de ruelas estreitas que de repente se abriam em pequenos terreiros e praças abertas. O ar nas ruas escuras tinha um cheiro humano e estragado, como o que se sente dentro de cômodos lotados. Riachos de esgoto corriam a meros centímetros das portas das casas. À noite, enquanto dormiam no terreiro da casa que tinham alugado, baratas e ratos rastejavam por cima deles, mordiscando dedos calejados dos pés e rasgando sacas de mantimentos. O mnyapara contratou novos carregadores para substituir os que tinha contratado para ir apenas até ali, e eles partiram novamente em poucos dias. A caminhada rendeu depois que saíram de Tayari. Uma chuva fina lhes deu velocidade, e os homens se puseram a cantar quando sentiram o corpo mais fresco. Até os que estavam sofrendo com o desgaste da jornada viram suas velhas forças retornar. Para alguns o corpo já estava tão abatido com a doença que nem canções nem piadas podiam tornar menos agonizantes as idas frequentes aos arbustos, mas agora os camaradas sorriam tristonhos daqueles ganidos de dor, em vez de caírem no silêncio.

Em poucos dias perceberam que se aproximavam do lago. O ar que tinham pela frente parecia mais denso, mais macio com o peso da água por baixo dele. A ideia do lago deixou todos felizes. Nos vilarejos e assentamentos que atravessavam, as pessoas vinham ficar olhando para eles com sorriso de bons entendedores, que mesmo assim se abria mais ao ver o quanto seguiam animados. Alguns dos homens se tornaram exuberantes em busca de companhia feminina nos vilarejos, e um tomou uma surra feia, que precisou da intervenção do mercador, com presentes, para que se restaurasse a boa vontade. À noite, depois de montar acampamento e construir uma paliçada de arbustos para se defenderem de ataques dos animais, os homens ficavam sentados em grupos e contavam histórias. O mnyapara avisou Yusuf para não ficar com os homens, dizendo que seu tio não aprovava. *Eles vão te ensinar coisas ruins*, Mohammed Abdalla disse, mas Yusuf nem deu bola. Sentia que ia ficando mais forte a cada dia de marcha. Os homens ainda o provocavam, mas de maneira sempre mais amistosa. Quando vinha ficar com eles à noite, abriam espaço e o incluíam na conversa. Às vezes uma mão lhe acariciava a coxa, mas ele simplesmente evitava sentar ao lado dessa mão no futuro. Se os músicos não estavam muito cansados, tocavam melodias empolgadas e fanhosas enquanto os homens cantavam e marcavam o compasso.

Certa noite, levado pela alegria que tinha contagiado a todos, o mnyapara entrou no círculo iluminado pela fogueira e dançou. Dois passos para a frente, uma graciosa reverência, depois dois passos para trás enquanto seu gravetinho zunia por sobre a cabeça. O tocador de corno acrescentou um ornamento, uma frase baseada numa nota ascendente que lembrava um súbito grito de júbilo, fazendo Simba Mwene rir com o rosto voltado para o céu. O mnyapara rodopiou ao som da nova frase e parou numa pose heroica, fazendo todos rirem.

Yusuf viu o mnyapara estremecer quando sua dança se encerrou, e soube que não foi o único a perceber. Mas o sorriso não saiu do rosto de Mohammed Abdalla, agora coberto de suor. "Vocês deviam ter me visto antigamente", ele gritou, puxando o ar enquanto sacudia o gravetinho para os homens. "A gente dançava com lâminas de verdade na mão, não com varas. Quarenta, cinquenta homens dançando ao mesmo tempo."

Ele fez uma breve carícia em si mesmo antes de sair do círculo de luz sob gritos e assovios dos homens. Mal tinha dado alguns passos quando Nyundo se pôs de pé num salto, graveto na mão, e começou a imitar a dança do mnyapara. Os músicos não se fizeram de rogados e tocaram de novo enquanto Nyundo se exibia à luz da fogueira, dois passos para a frente, dois passos cambaleantes para trás, então uma reverência que de tão exagerada soava obscena. Depois de algumas piruetas doidas e de giros alucinados do bastão, ele parou de repente, pernas bem abertas, e fez uma carícia lenta na virilha. "Quem quer ver um negócio? Não é mais a mesma coisa, mas ainda tem seu valor. E ainda funciona", Nyundo gritou. Enquanto todos riam desse espetáculo satírico, o mnyapara ficava fora da luz, só observando.

3.

O vilarejo à beira do lago era banhado de uma luz de suavidade impossível, violeta com matizes carmesins graças aos grandes picos e colinas que formavam as margens. Barcos iam sendo puxados à toa na beira da água e uma fileira de pequenas casas marrons contornava o lago. Ele se estendia para bem longe em todas as direções, fazendo com que todos os homens falassem mais baixo pela sensação despertada pela vista. Os viajantes ficaram esperando do lado de fora do vilarejo como de costume, até receberem permissão para entrar. Havia um santuário logo ali, cercado de cobras e pítons e animais selvagens. Só se o espírito permitisse é que a pessoa podia chegar em segurança ao santuário, e sair dali em paz. Mohammed Abdalla lhes disse isso enquanto esperavam, apontando para um arvoredo não muito distante de onde descansavam. "É ali que mora o Deus deles. Os selvagens acreditam em qualquer coisa, desde que seja sem pé nem cabeça", ele disse. "Não adianta dizer a eles que isso ou aquilo é infantil. Não dá pra discutir com eles. Eles só te contam umas histórias intermináveis sobre as superstições lá deles." Ele tinha atravessado o vilarejo na última jornada, disse, e foi naquele ponto que atravessaram para o outro lado. Também foi ali que deixaram dois homens feridos na jornada de volta. Na outra vez pararam ali durante a pior parte da estação seca e acharam que seria mais seguro deixar os homens do que carregá-los numa jornada cheia de moscas até Tayari. Yusuf pensou em como essas palavras tinham soado na varanda de Hamid, como pareceram solícitas e civilizadas. Lembrou que o tio Aziz dissera que os dois homens foram deixados num vilarejo à beira do lago, com pessoas com quem ele nunca tinha feito negócios mas que ele confiava que cuidariam deles. A rala fileira de casas à beira do lago e o fedor adocicado de peixe podre que lhes vinha dos limites da cidade davam um sentido diferente àquela explicação. Quando Yusuf espiou o mnyapara e viu seu olhar alerta e calculista, soube com certeza, envergonhado, que os dois homens tinham sido abandonados ali.

Nyundo fora enviado ao vilarejo como mensageiro, porque disse saber falar a língua das pessoas dali. O tio Aziz disse que lembrava que o sultão sabia falar kiswahili, mas concordava que seria mais educado se dirigir a ele primeiro na própria língua. Nyundo voltou trazendo palavras de boas-vindas de seu encontro com o sultão do vilarejo. O sultão ficou satisfeito com os presentes, relatou Nyundo, mas gostaria acima de tudo de rever os velhos amigos. Só que antes de eles entrarem queria que soubessem de uma grande dor que se abatera sobre todos eles. A esposa do sultão morrera quatro noites antes.

O mercador manifestou sua tristeza e pediu que suas condolências e as de toda a caravana fossem transmitidas ao sultão. Também enviou mais presentes com o mensageiro, pedindo que lhes fosse concedido o direito de manifestar pessoalmente a consternação. Enquanto esperavam de novo, os homens conversaram sobre as tradições de honrar os mortos, sobretudo quando os mortos em questão são esposas de sultões. Para começo de conversa eles nem sempre enterram os mortos, um dos homens disse. Às vezes jogam a pessoa nos arbustos enquanto ela ainda está viva, para os animais selvagens ficarem com ela. Levam a pessoa até a mata e deixam ali para as hienas e os leopardos levarem embora. Eles acham que tocar num cadáver dá azar, mesmo que seja o corpo da própria mãe. Em alguns lugares eles matam todos os estrangeiros nesses momentos. E se o sultão estiver transtornado demais para lidar com os negócios? E quem é que pode imaginar os rituais e os feitiços e sacrifícios que eles fazem? Alguns deles levam semanas para enterrar os mortos. Põem dentro de um pote ou embaixo de uma árvore. Os homens olhavam para o arvoredo próximo dali. "Eles provavelmente deixaram o cadáver fedorento bem ali", disse um deles.

Finalmente Nyundo voltou com a permissão para entrarem. O mercador determinou que os homens marchassem em silêncio, sem música e sem fazer barulho, como marca de respeito pelo luto do sultão. Era um vilarejo pequeno, duas ou três dúzias de cabanas aglomeradas em grupos de três ou de quatro. O ar quase vibrava com o fedor de peixe podre. Junto à beira do lago havia plataformas de madeira montadas sobre palafitas, cobertas com tetos de palha. Sobre algumas delas pedaços de lona e de esteiras estavam esticados, e grandes canoas entalhadas eram puxadas da água para ficar à sombra dessas plataformas. Crianças brincando na sombra saíram correndo para ver a coluna entrar com sua marcha silenciosa.

Os homens se reuniram onde tinha sido determinado e ficaram esperando o mercador encerrar as negociações. Depois de poucos momentos alguns dos homens começaram a se dispersar procurando os habitantes, que estavam obviamente se mantendo ocultos. No silêncio, os gritos de saudação quando faziam contato chegavam com facilidade aos outros, e assim mais pessoas se revelavam. O sultão mandou outra mensagem dizendo que agora receberia o mercador com seus homens, mas o velho de aparência raivosa que veio fazer essa convocação determinou que apenas quatro pessoas seriam recebidas pelo sultão. Em seu estado de luto o sultão não suportaria a visão e o ruído de uma multidão. O mnyapara e Nyundo acompanharam o tio Aziz à residência do sultão, assim como Yusuf. *Tragam o estudioso para ele aprender a saudar os donos da terra*, disse o tio Aziz. Eles se aproximaram de um grupo de cabanas perto da água, um grupo mais numeroso que os outros, e foram levados a uma grande construção com uma varanda coberta na frente. Dentro dela estava escuro e cheio de fumaça, por causa da fogueira que ardia perto da porta. A única luz vinha da porta, e quando eles foram levados para um dos lados do cômodo o ambiente ficou um pouco mais claro. O sultão era um homem grande, com um tecido marrom atado em volta da cintura por uma faixa de palha trançada. As dobras roliças da parte de cima do corpo dele reluziam sob a luz fraca. Estava sentado numa cadeira sem encosto, com os cotovelos apoiados nas coxas, agarrado com as duas mãos a um bastão grosso e entalhado que estava plantado entre as pernas bem abertas. Essa atitude o fazia parecer ansioso e atento. Paradas à direita e à esquerda dele estavam duas moças, nuas até a cintura, cada uma segurando uma cabaça de bebida. Atrás havia outra mulher, também seminua, que agitava um leque sobre os ombros do sultão. Atrás dela, nas sombras mais escuras, ficava um rapaz. Seis anciãos estavam sentados em esteiras dispostas ao lado do sultão, alguns deles com o peito nu. Yusuf sentiu dificuldade para respirar e os olhos se encheram de lágrimas por causa da fumaça no recinto, e ele ficou pensando como o sultão e seu séquito conseguiam suportar aquilo com tanta tranquilidade.

"Ele diz que vocês são bem-vindos", Nyundo traduziu depois de o sultão dizer algumas palavras com um sorriso. "É um mau momento para vocês chegarem, ele diz. Mas um amigo é sempre bem-vindo na casa dele." Ao receber seu sinal, a mulher à direita dele levou a cabaça até a boca do sultão, e ele tomou vários goles bem grandes. A mulher seguiu na direção do mercador e Yusuf viu que seus seios eram marcados por pequenas cicatrizes. Ela cheirava a fumaça e suor, um aroma familiar e excitante. "Ele diz que agora o senhor vai beber cerveja", Nyundo disse ao mercador, sem conseguir esconder um sorriso.

"Eu fico grato, mas vou ter que recusar", disse o mercador.

"Ele pergunta por quê", disse Nyundo, com um sorriso irônico. "É cerveja de boa qualidade. Por acaso o senhor acha que está envenenada? Ele já provou antes do senhor. É falta de confiança nele?" O sultão então disse outra coisa e os anciãos riram entre si, gargalhando com decrépita satisfação. O mercador olhou para Nyundo, que sacudiu a cabeça. Seu gesto era ambíguo, talvez não tivesse entendido ou achasse melhor não traduzir.

"Sou vendedor", disse o tio Aziz, olhando para o sultão. "E um desconhecido na sua cidade. Se beber cerveja eu vou começar a gritar e procurar briga, e não é assim que deve se comportar um estrangeiro que veio a negócios."

"Ele diz que é porque o seu deus não deixa. Ele sabe disso", Nyundo falou enquanto o sultão e seu povo riam novamente entre si. Nyundo demorou bastante para traduzir o próximo comentário do sultão. O sorriso irônico desaparecera do rosto dele, que agora falava com cuidado para dar a impressão de que estava procurando a frase mais fiel. "Ele pergunta que tipo de deus é cruel a ponto de não deixar os homens beberem cerveja?"

"Diga que se trata de um Deus exigente mas justo", o mercador disse rápido.

"Ele diz muito bem, muito bem. Talvez você beba a sua cerveja em segredo. Agora me dê as suas notícias", disse Nyundo quando o sultão apontou aos visitantes as esteiras espalhadas. "O comércio tem sido bom? O que foi que vocês trouxeram dessa vez? Ele diz que o senhor pode ver que ele não está pedindo o pagamento de tributos, não é mesmo? Ele ouviu dizer que o grande homem falou que não se pode mais cobrar tributo. Então não quer cometer o erro de pedir qualquer coisa caso o grande homem venha a ficar sabendo e acabe fazendo ele pagar por isso. Ele pergunta se o senhor sabe de que grande homem ele está falando." O corpo do sultão se sacudia em curtas gargalhadas empapadas quando ele fez essa pergunta. "O alemão, ele é o grande homem. Pelo que ele ouviu dizer agora ele é o novo rei. Passou por aqui faz pouco tempo e disse a todo mundo quem era. Eles ouviram dizer que o alemão tem cabeça de ferro. É verdade? E tem armas que podem destruir uma cidade inteirinha de uma só vez. O meu povo quer comerciar e viver sua vida em paz, ele diz, e não criar encrenca com o alemão." O sultão acrescentou algo mais, que fez seu séquito rir novamente.

"Podemos contar com a ajuda de vocês na travessia?", o mercador perguntou quando teve uma oportunidade.

"Ele pergunta quem é que vocês vão ver do outro lado da água", disse Nyundo. O sultão estava inclinado para a frente com uma expressão de censura, como se esperasse que a resposta viesse a provar que o mercador era tolo ou imprudente.

"Chatu, um sultão em Marungu", disse o tio Aziz.

O sultão se reclinou para trás e soltou um ruído leve pelo

nariz. "Ele diz que sabe quem é Chatu", disse Nyundo. Eles ficaram olhando enquanto o sultão pedia mais cerveja com um gesto. "Ele diz que contou que sua esposa faleceu recentemente. Diz que ainda não conseguiu enterrar o corpo dela e que seu coração está cheio de desassossego."

Depois de um instante o sultão continuou. Não podia enterrar a esposa sem uma mortalha, ele disse. O fogo tinha se apagado dentro dele depois da morte dela, e não conseguia imaginar de onde lhe viria uma mortalha. "Ele diz pro senhor dar uma mortalha a ele", disse Nyundo ao mercador.

"Você negaria dar uma mortalha para um homem enterrar a sua esposa?", disse o rapaz que estava parado na sombra dos fundos do recinto. Ele deu um passo à frente para encarar o mercador e falou direto com ele sem precisar de Nyundo. A perna esquerda estava inchada de doença, e ele a arrastava ao caminhar. O rosto dele não tinha marcas, e os olhos brilhavam de entusiasmo e compreensão. Yusuf agora já conseguia separar o cheiro singular da carne viva, apodrecida, da adstringência da cabana cheia de fumaça. Vários anciãos do sultão também se pronunciaram depois do rapaz, fazendo caretas exageradas de incredulidade. As mulheres chuparam os lábios e murmuraram indignadas.

"É claro que eu jamais negaria uma mortalha", disse o tio Aziz, que mandou Yusuf ir pegar cinco rolos de algodão bafta branco.

"Cinco!", disse o rapaz, assumindo a negociação. Um dos anciãos levantou consternado e cuspiu na direção do mercador. Yusuf recebeu algumas gotículas no braço nu. "Cinco rolos de tecido para um sultão dessa importância. Assim vocês não vão poder atravessar o lago. O senhor daria cinco peças de tecido para o seu próprio sultão enterrar a esposa? Deixe de bobagens! O povo tem muito amor por ele, e desse jeito vocês fazem uma ofensa!"

O sultão e os anciãos riram quando isso lhes foi traduzido. O corpo do sultão tremia e se sacudia, tão grande era seu prazer. "É o filho dele", Nyundo sussurrou para o mercador. "Foi o que eu ouvi ele dizer."

"Mercador, você não ri?", o rapaz perguntou. "Ou por acaso o seu deus também não permite? É melhor você rir enquanto pode, porque eu não acho que você vai sair de Chatu com muitas piadas."

Eles fecharam com cento e vinte rolos de tecido. O sultão também exigiu armas e ouro, mas o mercador sorriu e disse que eles não lidavam com esse tipo de comércio. Ou não lidam mais, disse o rapaz. No fim, o sultão concedeu permissão para que o mercador conversasse com os barqueiros e negociasse o preço diretamente com eles. "Nós fomos roubados, pura e simplesmente", Mohammed Abdalla sussurrou irritado.

"Nós deixamos dois dos nossos homens com vocês quando passamos por aqui no ano passado", disse o mercador sorrindo. "Eles não estavam bem e vocês concordaram em cuidar deles até eles melhorarem. Como eles estão? Eles vão bem?"

"Eles foram embora", disse o rapaz com calma, mas seu rosto tinha uma expressão de desprezo e desafio.

"Foram para onde?", perguntou o tio Aziz delicadamente.

"E por acaso eu sou tio deles? Foram embora", disse irritado. "Vá procurar lá fora. Você acha que eu conheço o seu pessoal?"

"Eu deixei os dois aos cuidados do sultão", disse o tio Aziz. Pela voz do mercador Yusuf pensou que ele já tinha desistido dos dois homens.

"Vocês querem ou não querem ir até Marungu?", perguntou o rapaz.

O barqueiro a quem foram levados se chamava Kakanyaga. Era um homem baixo e robusto, que mantinha o olhar distante deles, fixo na água, enquanto ouvia calado quais eram as necessidades e fazia perguntas sobre quantidades e pesos. Voltaram com ele ao lugar onde estavam as mercadorias e onde os carregadores esperavam, para ele poder julgar por si próprio. Podiam atravessar em quatro das maiores canoas que eles tinham, disse. Então informou o preço que custaria o serviço dele e de seus homens e se afastou, para lhes dar tempo de avaliar. Mas o preço era tão razoável, e Mohammed Abdalla estava tão ansioso para partir, que chamaram o barqueiro de volta antes de ele ter se afastado muito.

Partiriam pela manhã, o barqueiro disse. E era preciso entregar antes da partida os bens negociados.

"Por que não partir já?", perguntou Mohammed Abdalla. Ele estava incomodado com a quantidade de cerveja que vira o sultão consumir. Quem é que sabe o que pode passar pela cabeça de um selvagem embriagado?

"Os meus homens têm que se preparar", o barqueiro disse. "Vocês estão com tanta pressa assim para chegar a Chatu? Se sairmos agora vamos viajar de noite. Não é seguro estar na água em certos horários."

"Existem espíritos maus à solta durante a noite, não é?", perguntou o mnyapara. O barqueiro ouviu a zombaria mas não respondeu. Eles iam sair de manhã, repetiu.

"Você fala bem a nossa língua", disse o tio Aziz, sorrindo satisfeito. "E o filho do sultão também."

"Muitos de nós trabalhamos pra um comerciante mswahili, Hamidi Matanga, que costumava passar por aqui e andava até pelo outro lado", disse com relutância o barqueiro, e então não abriu mais a boca, apesar dos pedidos do tio Aziz.

"Na última vez que estive aqui lembro que o seu sultão

também falava um pouco de kiswahili, mas parece que ele esqueceu", disse o mercador, ainda sorrindo. "O tempo passa a perna em todos nós do mesmo jeito. Mas me diga, os dois feridos que nós deixamos aqui na nossa visita do ano passado... O que foi que aconteceu com eles? Eles melhoraram?" Enquanto falava passou para o barqueiro um pacotinho de tabaco e um saco de pregos que tinha pedido para Yusuf ir buscar.

O barqueiro esperou um momento antes de responder, olhando do mercador para o mnyapara e também para Simba Mwene, que agora estava com eles, e finalmente para Yusuf. Seus olhos brilharam de leve antes de falar, insinuando alguma coisa errada. "Eles foram embora. Acho que não melhoraram. Eles estavam naquela cabana, cheirando mal. Eles trouxeram doença. Animais morreram e os peixes desapareceram. Aí um rapaz morreu sem razão. Da idade dele. Da mesma idade dele", disse, olhando para Yusuf. "Aí já foi demais. O povo disse que os homens tinham que ir embora."

Depois que o barqueiro se afastou, Simba Mwene disse, "Eles fazem feitiços aqui".

"Não diga blasfêmias", disse Mohammed Abdalla de modo cortante. "São só uns selvagens ignorantes que acreditam nos próprios pesadelos infantis."

"A gente não devia ter deixado eles aqui. Era minha responsabilidade, e foi erro meu", disse o tio Aziz. "Mas saber disso não serve agora de nada, nem a eles nem aos parentes deles."

"E o que é que a gente precisava saber, seyyid, pra imaginar que esses animais iam sacrificar o que tivessem que sacrificar pra seguir com esse jeito ignorante de viver? Eu teria feito a mesma coisa. Por que o senhor não pede pra eles fazerem um feitiço e trazerem os dois de volta?", perguntou o mnyapara a Simba Mwene em tom desdenhoso.

Simba Mwene estremeceu. "É melhor nós ficarmos de olho naquele rapaz", disse, lançando um rápido olhar na direção de Yusuf. "Era disso que eu estava falando. Garantir que nada de ruim aconteça com ele. Vocês lembram como falaram dele em Mkata, e como o barqueiro olhou para ele."

"O que é que eles vão fazer? Dar o menino de comida pros seus demônios famintos? Você leva muito a sério as coisas que esses pescadores fedidos falam, na minha opinião. Eles que tentem alguma coisa!", gritou Mohammed Abdalla, sacudindo enfurecido o gravetinho. "Onde é que você está com a cabeça? Eu vou amarrar esses filhos da puta nos batentes das portas do inferno. Vou vomitar em cima deles. Vou é meter um feitiço naquela bunda fedorenta deles, esses selvagens imundos."

"Mohammed Abdalla", disse o tio Aziz de modo cortante.

"Todo mundo alerta", o mnyapara falou, sem dar sinal de ter ouvido o mercador mas ainda assim falando mais baixo. "Simba, explique aos homens essa história de feitiços e doenças malévolas. Você sabe como fazer essas coisas. Faz sentido pra você. E diga pra eles não entrarem fundo demais na mata quando forem fazer as necessidades pra evitar que um espírito ou uma cobra mágica venha morder a bunda deles. E diga pra eles não chegarem perto das mulheres. Rapaz, fique com o seyyid o tempo todo e não tenha medo."

"Mohammed Abdalla, você vai ficar com uma indigestão de tanto gritar", disse o tio Aziz.

"Seyyid, este lugar é pérfido", o mnyapara falou. "Vamos embora daqui."

4.

    Estourou uma briga entre dois carregadores antes de partirem no dia seguinte. Um deles tinha roubado uma pá da pilha de mercadorias para pagar pela companhia de uma mulher. O outro carregador relatara esse roubo ao mnyapara, que anunciou na frente de todos que a cota do primeiro carregador na jornada seria diminuída no valor de duas pás. O mnyapara usou muitos palavrões ao declarar essa sentença. Não era a primeira vez que o carregador roubava para pagar uma mulher e Mohammed Abdalla fez uma grande cena para deixar claro que estava se contendo para não bater nele com o graveto. Os outros homens aumentaram a humilhação do carregador ao acrescentar as próprias zombarias e repreensões. Assim que pôde, encerrada a cerimônia de humilhação, o carregador magoado caiu em cima do delator, e os dois ganharam espaço e encorajamento para trocar todos os golpes que quisessem. Formou-se uma grande plateia que ia cobrindo o terreno aberto à margem do lago enquanto acompanhava a briga com gritos de empolgação e torcida. No fim, o mercador mandou

Simba Mwene encerrar a briga. "Precisamos cuidar dos nossos negócios", disse.

A manhã já estava no fim quando ficaram prontos para partir. Com a aproximação do momento de embarcar, a animação de todos tinha um toque de ansiedade. O barqueiro, Kakanyaga, acomodou ele mesmo a carga e disse para o tio Aziz e Yusuf embarcarem na canoa dele. "O rapaz vai nos dar sorte", disse. Sob um calor que ia aumentando, os barqueiros remavam num ritmo constante, costas nuas e braços reluzindo. Mantinham as canoas em formação cerrada, perto umas das outras o suficiente para que pudessem trocar trechos de canções e rir das respostas. Os viajantes passaram a maior parte do tempo quietos, perturbados pela imensidão das águas e pelos homens fortes que tinham sua vida nas mãos. Quase ninguém sabia nadar, apesar de residirem todos junto ao mar. Seus pés podiam atravessar toda uma vida de montanhas e planícies e mesmo assim bater em retirada a toda velocidade diante das marés ruidosas que banhavam suas praias.

Depois de quase duas horas de viagem, o céu escureceu de uma hora para a outra e surgiu um vento forte, que parecia ter vindo do nada. "Yallah!", Yusuf ouviu o mercador dizer baixinho. Kakanyaga chamou o vento pelo nome, gritando com os homens que estavam com ele e nos outros barcos. Pelos berros dos barqueiros e pela intensidade de sua remada todos souberam que estavam correndo perigo. As ondas cresceram e começaram a invadir as frágeis embarcações, empapando homens e mercadorias e gerando torrentes de reclamações nervosas, como se o mais importante naquele momento fosse se manterem secos. Alguns dos carregadores começaram a gritar o nome de Deus, pedindo um tempo a mais para mudarem de vida. No barco líder, Kakanyaga mudou de direção e as outras canoas foram atrás. Os barqueiros remavam com fúria, trocando gritos de encorajamento que soavam quase como pânico. As ondas agora tinham força para tirar as embarcações da água e derrubá-las de novo. Para Yusuf ficou subitamente óbvia a fragilidade das canoas entalhadas, que podiam virar nas águas violentas tão facilmente quanto um galho seco na sarjeta. Excertos de orações e de lamentos surgiam de maneira intermitente, abafados pelo troar da atmosfera. Alguns homens vomitaram em si mesmos de tão aterrorizados. Durante tudo isso Kakanyaga se manteve em silêncio, à exceção de pequenos grunhidos de esforço que lhe escapavam enquanto remava com um joelho apoiado no fundo da canoa, com a água do lago e do suor lhe escorrendo pelas costas. Então enfim avistaram uma ilha distante.

"O santuário. Nós podemos fazer um sacrifício ali", ele gritou para o mercador.

A visão da ilha fez os homens remarem de modo mais enfurecido, entre os gritos histéricos de encorajamento dos passageiros. Quando viram que estavam em segurança, os barqueiros começaram a berrar triunfantes e soltar exclamações de graças. Os passageiros só começaram a sorrir quando as canoas foram tiradas da água e as mercadorias foram desembarcadas. Depois eles se protegeram do vento e dos respingos de água escondendo-se atrás de arbustos e pedras, soltando suspiros profundos e resmungando sobre a sorte que tiveram.

Kakanyaga pediu um pano preto ao mercador, um pano branco, contas vermelhas e um saquinho de farinha de trigo. O que mais o mercador quisesse dar seria bem-vindo também, mas não podia ser nada feito de metal. O metal queima a mão do espírito deste santuário, disse Kakanyaga. "Vocês vão ter que vir também", disse. "A oração é por vocês e pela jornada de vocês. E tragam o rapaz. O espírito deste santuário é Pembe, e gosta de gente jovem. Repitam o nome dele em voz baixa quando nós entrarmos no santuário, mas em voz alta só quando me ouvirem dizer também."

Foi uma caminhada breve por entre arbustos e ervas de folhas cortantes, acompanhados pelo mnyapara e por alguns barqueiros. Numa clareira delimitada por arbustos escuros e árvores altas viram uma pequena canoa apoiada em pedras. Dentro dela havia presentes deixados ali como oferendas por outros viajantes. Kakanyaga pediu que repetissem palavras que traduziu para eles. "Nós vos trouxemos estas oferendas. Pedimos que nos deis paz nesta jornada, para podermos ir e voltar em segurança."

Deixou então no barco as oferendas e andou em torno dele primeiro numa direção e depois na outra. O mercador deu a Kakanyaga o saco de tabaco que havia trazido, e o barqueiro também o depositou no santuário. Quando voltaram aos barcos, o vento amainara.

"Parece feitiço", disse Simba Mwene, rindo para o mnyapara.

Mohammed Abdalla olhou para ele com hostilidade e sacudiu a cabeça demonstrando incredulidade. "Podia ter sido pior. Eles podiam ter pedido pra gente comer alguma coisa nojenta ou copular com os bichos", disse. "Haya, vamos embarcar a carga."

O sol estava se pondo quando conseguiram enxergar a outra margem, e os raios inclinados acendiam as encostas vermelhas, que pareciam um muro de chamas. Era quase meia-noite quando chegaram à terra, e o céu noturno estava apagado pelas nuvens. Tiraram as canoas da água, mas Kakanyaga não quis deixar ninguém dormir em terra. Quem é que podia saber as coisas que andavam por ali no escuro?, ele disse.

5.

De manhã Kakanyaga e seus barqueiros partiram assim que as canoas foram descarregadas, ao raiar do sol, deixando os viajantes e seus fardos na praia. Logo começou a vir gente perguntar o que estavam fazendo ali. Quem foi que os trouxe? Eles vinham de longe? Iam para onde? O que queriam? Yusuf e Simba Mwene foram enviados aos homens que comandavam o vilarejo, que parecia maior que o anterior, do outro lado do lago. Receberam a indicação de ir à casa de um homem chamado Marimbo, que mal tinha acordado quando chegaram. Era um velho magro, rosto sulcado por rugas fundas e corpo flácido. A casa dele não parecia diferente de outras por ali, e a mulher que os levou foi até a porta e bateu sem hesitação, sem deferência e sem cerimônia. Marimbo ficou feliz de vê-los, curioso e hospitaleiro. Yusuf percebeu que ele estava alerta apesar de todo o bom humor, e supôs que já tinha lidado com muita coisa nessa vida. Nyundo estava ali como tradutor, mas nem precisaram dele.

"Chatu!", disse Marimbo, e um sorrisinho de bom entendedor lhe escapou antes de ser cautelosamente contido. "Chatu é um homem difícil. Espero que vocês sejam pessoas sérias. Ele não é de brincadeira. A cidade dele fica a poucos dias daqui, mas nós só vamos se ele manda chamar. Ele pode ser duro se achar que está sendo enganado, mas é um pai atento para seu povo. Argh, eu ia odiar morar por lá. Meus amigos, ouçam o que eu estou dizendo, eles não gostam de estrangeiros na cidade de Chatu."

"Ele parece um palhaço", disse Simba Mwene.

Marimbo riu, entrando cuidadoso na piada.

"Ele compra e vende?", perguntou Simba Mwene.

Marimbo deu de ombros. "Ele tem marfim. Pode vender ou trocar se quiser."

Ele concordou em lhes dar um guia e guardar parte das mercadorias até a volta. "Eu já lidei muitas vezes com mercadores", disse. "Não me deem esses tecidos. Que tipo de comércio vocês vão conseguir sem os tecidos? É assim que vocês foram pagando pra atravessar esta terra. Me deem duas armas, pra eu poder mandar meus filhos caçarem marfim. Vocês têm seda? Me deem a seda. O guia que eu vou dar conhece bem a região. Não é uma época boa agora que as chuvas chegaram, mas se vocês pagarem direitinho ele é totalmente de confiança."

Nesta margem do lago a terra era coberta de uma vegetação fechada e tinha uma inclinação abrupta. Embora houvesse mais gente no vilarejo de Marimbo, mais pessoas pareciam doentes. À noite, enxames de mosquitos atacaram os homens, picando com tanta violência que algumas das vítimas gritavam de dor e de exasperação. Eles não tinham por que ficar no vilarejo depois de terem concluído as negociações com Marimbo. Ele ficou com facas e pás, e com um pacote de algodão branco como pagamento por guardar as mercadorias. Completariam o pagamento na volta. A atenção alucinada dos mosquitos fez todos ficarem felizes com a ideia de ir embora. O tio Aziz queria muito ir. A mercadoria já estava bem reduzida depois de todos os tributos que tiveram de pagar durante a jornada, e eles mal tinham conseguido vender alguma coisa. Mas ainda havia o bastante para fazer a empreitada valer a pena, o tio Aziz disse. Era por isso que tinham ido assim tão longe, a essas terras de Marungu do outro lado dos penhascos vermelhos.

No dia seguinte eles partiram cedo para a terra de Chatu. O guia que Marimbo tinha arranjado para eles era um homem alto e quieto. Não conversou com eles nem sorriu, ficou de canto esperando enquanto ajeitavam os fardos. Seguiram por trilhas rurais estreitas, subindo a encosta em meio a uma vegetação exuberante. Plantas estranhas os estapeavam e laceravam rostos e pés. Nuvens de insetos circulavam em volta da cabeça deles. Quando pararam para descansar, os insetos pousaram neles e começaram a procurar orifícios e carne macia. No fim do primeiro dia em Marungu vários já estavam doentes. Eram atormentados por tamanha quantidade de mosquitos que de manhã tinham o rosto ensanguentado e marcado por cicatrizes de picadas. Continuaram no dia seguinte, ansiosos para sair da floresta opressiva que atravessavam. A noite toda ouviram estrondos e rugidos por entre os arbustos, e se aglomeraram todos juntos, tamanho era o medo de búfalos e cobras. *Não vão muito longe pra mijar*, provocou Simba Mwene. O mnyapara mantinha os homens andando, sacudindo o graveto na direção dos mais lentos e abafando com xingamentos o som ininterrupto da floresta. O solo íngreme lhes dificultava o progresso. Simba Mwene e Nyundo acompanhavam o guia, gritando avisos a cada vez que se aproximavam de algum novo horror. Nyundo era o único que entendia o guia, e brincou o quanto pôde com isso, irritando o mnyapara e fazendo os outros rirem. O guia mal abria a boca e no fim do dia de marcha foi se sentar com Nyundo.

No terceiro dia, os homens doentes estavam numa situação desesperadora, e outros davam sinais de ficarem mal. Os que estavam em estado mais grave já não conseguiam comer nem evitar que o corpo se esvaísse em evacuação. Os camaradas se revezavam carregando aqueles corpos fedorentos, ignorando os gemidos delirantes o máximo que podiam e tentando evitar o sangue negro que escorria deles. Nas encostas mais íngremes os homens avançavam de poucos em poucos metros, arrastando as cargas e andando de gatinhas. No quarto dia dois homens morreram. Eles fizeram um enterro rápido e ficaram esperando uma hora enquanto o mercador lia em voz baixa uma sura do Corão. Todos eles estavam agora atormentados por feridas inflamadas, nas quais os insetos penetravam para pôr ovos e tirar sangue fresco. Aterrorizados, os homens tinham certeza de que o guia estava levando todos eles para a morte e ficavam de olho nele o máximo que o estado deles permitia. O mnyapara vivia repreendendo o guia, encarando Nyundo com um nojo que nem tentava disfarçar enquanto ele traduzia. Não foi por este caminho que vieram no ano passado. Aonde ele estava levando a expedição? Pare de palhaçada e faça essas perguntas direito.

A outra rota não é segura depois das chuvas, Nyundo traduziu.

Quando mais dois homens foram encontrados mortos na quinta manhã, os olhares se voltaram para o guia, que estava com Nyundo à espera do início da marcha daquele dia. Mohammed Abdalla caminhou até ele em passos largos e o pôs de pé num tranco, então sob os gritos e o encorajamento dos carregadores e dos guardas bateu repetidamente nele com o graveto enquanto o homem se encolhia com os golpes e pedia misericórdia. Nyundo tentou intervir, mas Mohammed Abdalla lhe deu duas vezes no rosto com o graveto, fazendo-o bater em retirada com um grito de espanto. *Meus olhos.* O mnyapara voltou para o guia, que acabou rolando pelo chão, berrando e chorando a cada novo golpe que lhe cortava a carne. O mnyapara continuava açoitando o guia, e outros homens começaram a se aproximar, com varas e correias de couro nas mãos.

Simba Mwene veio correndo até o mnyapara e segurou seu braço, então tentou proteger com o próprio corpo o guia que berrava. "Chega! Agora chega", implorava. Mohammed Abdalla estava ofegante, rosto e braços cobertos de suor enquanto tentava acertar mais pancadas no corpo de Simba Mwene.

"Eu quero surrar esse cachorro!", gritava. "Ele está tentando matar a gente nesta floresta."

"Ele disse que é só mais um dia. Amanhã nós vamos ter saído deste inferno...", disse Simba Mwene, conduzindo o mnyapara a um lugar mais distante dali.

"Ele é um selvagem mentiroso. E aquele palhaço do Nyundo, em vez de ficar de olho nele... Esse sujeito está mentindo pra nós desde o começo. Nós não viemos por aqui no ano passado", disse Mohammed Abdalla. De repente, ele se libertou de Simba Mwene e voltou ao homem caído para lhe dar mais uma saraivada de golpes. Quando Simba Mwene correu de novo até ele, Mohammed Abdalla o encarou com os olhos fulminantes.

"O que você está fazendo não é justo", disse Simba Mwene, se afastando.

O mnyapara ficou encarando, sem palavras, com o rosto escorrendo. O mercador saiu do meio do grupo e falou brevemente, e baixo, com Mohammed Abdalla, segurando-o pelo braço. Então fez um sinal para Yusuf e lhe pediu que organizasse o enterro dos dois que tinham morrido naquela manhã. E leia *Ya Sin* para eles, disse. Durante o dia todos ouviram os gemidos do guia lá na frente enquanto abriam caminho pela floresta, que ia ficando mais rala. Nyundo, calado, caminhava com dificuldade atrás do guia, rosto machucado e inchado por causa das pancadas que levara. Os homens riam e sacudiam a cabeça, com vergonha da própria leviandade mas achando a dor do guia irresistível. A surra que aquele mnyapara deu nele!, diziam. Olha, aquele Mohammed Abdalla é um bicho, um assassino! Quanto a Nyundo, já devia saber que cedo ou tarde o mnyapara ia acertar as contas com ele.

No meio da manhã do sexto dia chegaram a um terreno aberto. Descansaram até a tarde e então se dirigiram à cidade de Chatu. Quando a coluna foi se aproximando, passando por campos cultivados e pequenos celeiros, viram que as pessoas saíam correndo. Por mais que estivessem exaustos, os músicos tocavam melodias para anunciar a chegada da coluna, e os homens se punham o mais eretos que conseguiam. Mohammed Abdalla andava de peito inflado atrás dos músicos, fazendo a cena de sempre, caso a ralé estivesse olhando dos arbustos.

Foram recebidos por um grupo de anciãos do sultão, acompanhados por uma multidão imensa de aldeões risonhos. Os anciãos os levaram até uma grande clareira cercada por casas compridas e baixas com tetos de palha. A casa mais ampla atrás de grossos muros de barro era a residência de Chatu, disseram os anciãos. Fiquem descansando aqui que as pessoas vão vir lhes vender comida.

"Pergunte se podemos ter a permissão de cumprimentar o sultão", o mercador disse a Nyundo.

"Ele está perguntando pra quê", disse Nyundo depois de conversar com o líder dos anciãos. Era um homem baixo de cabelo grisalho cujos olhos percorriam o rosto machucado de Nyundo enquanto eles conversavam. Falava com uma dignidade nervosa, agressiva, e um tom distinto de repulsa. Nyundo disse ao mercador que o nome do ancião era Mfipo.

"Nós passamos perto da sua cidade na última vez em que estivemos na região e ouvimos falar bastante do seu sultão. Viemos com presentes para ele, e também para vender para ele e seu povo", disse o tio Aziz.

Nyundo teve dificuldades e pediu ajuda do guia. A multidão chegou mais perto deles para ouvir essa conversa, mas recuou quando Mfipo lhes lançou um olhar mais duro. "Mfipo está perguntando o que vocês trouxeram pra ele", disse Nyundo depois de uma longa conversa. "É bom que sejam presentes caros, porque Chatu é um soberano nobre. Ele não quer bugigangas, ele disse." Nyundo sorriu após dizer isso, deixando claro que Mfipo tinha dito mais.

"Nós gostaríamos de oferecer nossos presentes a ele", disse o mercador após um longo olhar silencioso. "Isso nos daria muito prazer."

Mfipo olhou com desprezo para o mercador e então soltou uma risada curta. Falava devagar, dando tempo a Nyundo. "Ele diz que nós precisamos de descanso e de remédios, não de comércio. Ele vai mandar o curandeiro vir aqui. Deixem o rapaz levar os presentes para Chatu. Está falando dele, do Yusuf. Quer que ele vá até Chatu. Se Chatu ficar satisfeito pode convocar o senhor também. Acho que foi isso que ele disse."

"Todo mundo quer o Yusuf", disse o mercador sorrindo.

Mfipo ignorou novas tentativas de falarem com ele e foi se afastando. Deu alguns passos e então se virou de novo e fez sinal para o guia. O mercador e o mnyapara trocaram breves olhares. O povo do vilarejo trouxe comida para trocar por mercadorias dos viajantes, e foi se instalando de maneira confortável entre eles, fazendo perguntas e piadas. As palavras que diziam eram impenetráveis, a não ser que Nyundo estivesse à disposição, e bem-disposto, mas eles davam um jeito de entender o suficiente. Falaram do tamanho da cidade deles e do poder do soberano. Se vocês vieram aqui aprontar alguma coisa vão se arrepender, disseram. Aprontar o quê?, os homens disseram. Nós somos comerciantes. Homens de paz. Nós só cuidamos do nosso comércio. Deixamos as encrencas para os perturbados e os preguiçosos.

Mohammed Abdalla comprou madeira e palha para erguer um abrigo temporário para os doentes e as mercadorias. Supervisionou a construção sob os últimos raios de sol, fazendo a multidão rir de seus berros e gestos exagerados. Depois determinou que todos os fardos fossem empilhados direitinho no meio do abrigo e que ficassem o tempo todo sob vigia.

Quando o mercador tinha se lavado e rezado, mandou chamar Yusuf e lhe deu instruções de como entregar os presentes a Chatu. *Se nós fizermos boas vendas aqui, isso vai compensar a viagem toda*, disse. Mohammed Abdalla achou melhor esperar até a manhã do dia seguinte, montar uma forte guarda para passar a noite e esperar ali mesmo. Só duas armas deles estavam carregadas, talvez devessem carregar mais algumas das que estavam embaladas. O mercador sacudiu a cabeça. Ele queria muito que os presentes fossem enviados antes de cair a noite, para evitar que o sultão se ofendesse com a falta de cortesia. Yusuf podia ver que o tio Aziz estava preocupado, ou também um tanto empolgado. Vamos ver se aquele Mfipo estava latindo por ele ou pelo mestre, disse. Simba Mwene, que iria com Yusuf, correu para preparar as mercadorias e escolheu cinco carregadores para levar tudo até a residência de Chatu. Nyundo também teria que ir para ser a voz deles. Seu bom humor estava voltando com a nova importância, mas os homens o provocavam dizendo que ele estava inventando as traduções na hora. Ele vivia pondo a mão nos vergões do rosto, acariciando distraído a pele ferida.

Entraram no pátio murado da residência de Chatu sem serem parados. Dentro do pátio ficaram esperando que alguém viesse lhes informar aonde ir, e logo dois rapazes apareceram e disseram ser filhos de Chatu. Havia pessoas sentadas na frente das casas e algumas olhavam interessadas para eles. Crianças corriam por todo lado, brincando sem dar conta da presença deles.

"Nós trouxemos presentes para o sultão", disse Yusuf.

"E as saudações do seyyid. Digam isso também", acrescentou Simba Mwene com firmeza, como se estivesse repreendendo Yusuf.

Os dois rapazes os escoltaram até uma das casas, distinta das outras graças à ampla varanda na frente. Vários homens estavam sentados em bancos baixos na varanda. Mfipo e os outros anciãos estavam entre eles. Quando se aproximaram, um homem magro levantou de um banco e ficou sorrindo, à espera deles. Quando já estavam perto o bastante ele saiu da varanda e veio na direção deles com a mão estendida e palavras de boas-vindas. Era como se estivesse feliz por vê-los. A amizade e essa acolhida encantadora e relaxada não eram o que Yusuf estava esperando depois do que ouvira sobre Chatu. Ele os acompanhou até a varanda e ficou ouvindo com uma aparência de desconforto as saudações enfadonhas do mercador que Simba Mwene apresentou através de Nyundo. De vez em quando ele parecia surpreso com o que Nyundo dizia, e até cético.

"Ele diz que estão lhe dando honrarias demais", disse Nyundo. "Quanto aos presentes, ele me agradece pela minha generosidade. Agora está dizendo por favor sentem e não façam barulho. Ele quer que eu lhe conte as minhas novidades."

"Não seja bobo", Simba Mwene lhe disse num rugido. "Nós não viemos aqui pra brincar. Só diga o que ele está falando e pare com essas piadinhas."

"Ele disse pra gente sentar", Nyundo disse em tom desafiador. "E não grite comigo, a não ser que você prefira falar direto com ele. Enfim. Ele quer saber o que foi que nos trouxe à terra deles."

"Comércio", disse Simba Mwene, e então lançou um olhar para Yusuf, pedindo que colaborasse.

Chatu virou toda sua sorridente atenção para Yusuf, reclinando-se para trás a fim de vê-lo de corpo inteiro. Yusuf ficou um instante sem conseguir falar, atado pelo escrutínio imperturbável a que Chatu o submetia. Tentou devolver o sorriso, mas seu rosto resistiu, e ele soube que estava parecendo tolo e assustado. Chatu riu baixo, os dentes reluzindo ante a luz que declinava. "O nosso mercador vai explicar o que tem para vender", Yusuf acabou dizendo, com o coração flutuando de tanta ansiedade. "Ele apenas nos enviou ao senhor para transmitir seus cumprimentos, e para pedir que o senhor aceite recebê-lo amanhã."

Chatu riu em deleite quando isso lhe foi traduzido. "Como você fala bem, ele disse", traduziu Nyundo, imitando o ar de leveza de Chatu. "Eu mudei todas as palavras pra fazer você soar mais sábio do que é na verdade, mas não precisa agradecer. Quanto ao mercador, ele diz que qualquer um pode ser recebido aqui quando quiser. Ele é apenas um criado do seu povo, diz ele. Quer saber se você é criado do mercador ou filho dele."

"Criado", Yusuf disse, saboreando a humilhação que sentia.

Chatu tirou os olhos dele e por alguns minutos se dirigiu a Simba Mwene. Nyundo teve dificuldade com isso e falou meros segundos em oposição aos minutos de Chatu. "Ele vai receber o mercador amanhã, se estiver tudo bem. O guia lhe contou a história da nossa jornada pela floresta. Que nossos camaradas se recuperem logo, ele diz. Ah, e agora olha só o que ele está dizendo. Ele diz pra gente cuidar desse rapaz lindo. Foi isso que ele disse. Cuidem desse rapaz lindo. Quer que eu pergunte se ele tem uma filha que queira noivar? Ou talvez ele te queira pra ele mesmo. Simba, vai ser muita sorte se a gente conseguir chegar até o litoral sem alguém roubar esse aqui."

Simba Mwene fez um relato entusiasmado ao mercador, e contaminou tanto ele quanto o mnyapara com sua ansiedade. Como ele foi amistoso, e tão razoável. *Nós vamos fazer nossas vendas aqui*, disse o mercador. *Já me disseram que eles têm muito marfim pra vender.* Os homens estavam esticados no chão, exaustos, a maioria deles. Não demorou para que o acampamento dos viajantes ficasse em silêncio, com os guardas se acomodando como conseguiam, apoiados em qualquer coisa que desse para encostar. Yusuf pegou imediatamente no sono mas acordou de repente em meio a uma gritaria e luzes reluzentes. Estava lutando para subir uma montanha íngreme, ameaçado por pontas de pedra e animais à espreita. Ao ultrapassar a borda do penhasco, viu à frente águas tormentosas e do outro lado uma muralha alta com um portão de chamas. A luz era da cor da peste, e o canto dos pássaros profetizava doenças. Uma figura sombria apareceu ao lado dele e disse com delicadeza, *Você se portou muito bem*. Pelo menos não havia um cachorro babão fuçando dentro do corpo dele, pensou sarcasticamente, consciente dos tremores de pânico que já iam amainando. Tinha vergonha do medo que surgia dentro de si nessas horas mudas das viagens do grupo, e olhando os homens adormecidos em volta tentava não lembrar que estavam tão perto da borda do mundo conhecido.

Estava novamente adormecido quando os homens de Chatu os atacaram por todos os lados. Mataram os guardas na hora e pegaram as armas, então acordaram os adormecidos a pauladas. Não houve resistência, tamanha foi a surpresa. Os viajantes foram conduzidos até o meio da clareira por homens exultantes que iam fazendo pouco deles. Tochas foram acesas e erguidas bem alto sobre a confusa massa dos cativos, que receberam ordens de sentar com as mãos na cabeça. Os embrulhos de mercadorias que tinham trazido nos ombros foram levados para a escuridão por homens e mulheres que gargalhavam. Até o raiar do dia, os carcereiros andavam com alegria em torno deles, zombando do grupo com modos bizarros e batendo em uns e outros.

Os viajantes trocavam gritos de encorajamento, e a voz de Mohammed Abdalla erguia-se sobre os gemidos e os lamentos, berrando com os homens e pedindo que não esmorecessem. Alguns deles choravam. Quatro tinham sido mortos e vários, feridos. Com a luz Yusuf viu que o mnyapara levara uma pancada. Sangue fresco lhe cobria a lateral do rosto e as roupas. "Cubram os mortos", disse Mohammed Abdalla. "Deixem tudo decente, que Deus tenha piedade deles." Quando viu Yusuf, sorriu. "Pelo menos o nosso rapaz ainda está conosco. Perder esse garoto só daria azar."

"Sorte do Diabo", alguém gritou. "Olha a sorte que ele deu até agora pra nós. Olha como tudo acabou. A gente perdeu tudo."

"Eles vão matar a gente", outro homem gritou.

"Fé em Deus", disse o mercador. Sem sair da posição sentada, Yusuf se arrastou para chegar mais perto do tio Aziz. O mercador sorriu e lhe deu tapinhas no ombro. "Não tenha medo", disse.

Quando o dia foi ficando mais claro, os habitantes do vilarejo vieram ver os prisioneiros, rindo e jogando pedras neles. Ficaram de olho neles durante toda a manhã, sem cuidar da própria vida e vigiando o grupinho de homens aglomerados ali como se esperassem deles algo estranho ou inesperado. Os prisioneiros foram forçados a se aliviar onde estavam, o que deixou empolgadíssimas as crianças e os cachorros. No fim da manhã, Mfipo veio chamar o mercador para uma audiência com Chatu. Falava de maneira sarcástica, em voz alta. "Ele quer aquele ali também", disse Nyundo apontando para o mnyapara. "E os dois que foram ontem à noite."

Chatu estava novamente sentado na varanda, cercado pelos anciãos. O pátio estava cheio, todos sorridentes e exultantes. Chatu se pôs de pé mas não se aproximou dos prisioneiros. Sua expressão era solene. Fez um sinal para Nyundo, que se aproximou com relutância. "Ele diz que vai falar devagar pra eu poder entender tudo o que ele me disser", Nyundo anunciou aos outros. "Eu vou fazer o que puder, meus irmãos, mas me perdoem se eu errar."

"Fé em Deus", disse o mercador de maneira suave.

Chatu olhou para ele com desprezo e então começou a falar. "Isso é o que ele está dizendo", Nyundo começou, fazendo pausas de poucas em poucas palavras até Chatu falar de novo. "Nós não pedimos pra vocês virem, e não temos boas-vindas pra dar. As intenções de vocês não são generosas, e ao virem até aqui vocês só nos trazem maldade e calamidade. Vocês vieram nos fazer mal. Nós já sofremos com outros como vocês que vieram antes, e não temos intenção de sofrer mais uma vez. Vieram até os nossos vizinhos e aprisionaram eles e levaram embora. Depois da primeira visita deles à nossa terra só aconteceram calamidades. E vocês vieram aumentar o que eles fizeram. Nossas plantações não crescem, as crianças nascem aleijadas e doentes, nossos animais morrem de doenças desconhecidas. Eventos indizíveis aconteceram desde que vocês se fizeram presentes entre nós. Vocês vieram trazer o mal ao nosso mundo. É isso que ele está dizendo."

"Nós viemos apenas vender", disse o mercador, mas Chatu não esperou pela tradução de sua resposta.

"Ele não quer ouvir o senhor, bwana tajiri", Nyundo explicou apressadamente. "Diz que não vamos ficar esperando vocês escravizarem todos nós e passarem por cima do nosso mundo todo. Quando os seus iguais vieram pela primeira vez a esta terra vocês tinham fome e estavam nus, e nós demos comida. Alguns deles estavam doentes e nós cuidamos deles até se restabelecerem. Aí vocês mentiram pra nós e nos enganaram. Essas são as palavras dele. Ouçam o que ele diz! Quem está mentindo agora? Ele pergunta se vocês acham que nós somos bichos pra aceitar esse tipo de tratamento. Todas essas mercadorias que vocês trouxeram são nossas, porque tudo o que a terra produz é nosso. Então nós vamos tirar tudo de vocês. Foi isso que ele disse."

"Aí você vai estar roubando de nós", disse o mercador.

"Diga isso a ele antes que ele comece de novo. Tudo o que nós trouxemos é nosso por direito, e nós viemos aqui trocar essas mercadorias por marfim e ouro e qualquer coisa de valor..."

Chatu interrompeu para exigir uma tradução, que então foi recebida com uivos de zombaria pelo grupo. Chatu falou de novo, com uma expressão furiosa e cheia de desdém. "Ele diz que agora a única coisa que temos é a nossa vida", disse Nyundo.

"Agradecemos muito que ele nos conceda isso", disse o mercador com um sorriso. Nyundo não transmitiu essa frase. Chatu apontou para o cinto de dinheiro do mercador e disse para um de seus homens arrancá-lo.

Um suspiro veio da multidão ali reunida enquanto Chatu encarava com firmeza o mercador. Depois de um momento ele voltou a falar, de forma lenta e ameaçadora, deixando que a raiva e o ódio lhe enchessem bem a boca. "Ele diz que já basta de calamidades caindo sobre a terra deles. Ou isso ou ele dá um jeito de garantir que a gente não incomode mais outros povos desse mundo. Mas antes da gente poder ir embora, ele diz, quer ensinar bons modos a um dos seus criados. Foi isso que ele disse." A um sinal de Chatu o guia que viera com eles pela floresta saiu do meio da multidão e tocou o peito de Mohammed Abdalla, fazendo o mnyapara estremecer com uma repulsa involuntária. Quando Chatu fez um sinal dois homens seguraram Mohammed Abdalla enquanto outros lhe davam uma surra de vara. O sangue jorrava das narinas dele enquanto o corpo era sacudido pela força dos golpes. A empolgação das pessoas abafava qualquer som que o mnyapara pudesse produzir, fazendo com que suas convulsões parecessem mímica. Continuaram batendo até quando ele caiu imóvel no chão. Quando pararam, ondas de espasmos percorriam o corpo do mnyapara.

Yusuf viu que lágrimas desciam pelo rosto do tio Aziz.

Chatu voltou a falar. A multidão gemeu desapontada, e alguns dos anciãos sacudiram a cabeça, em desacordo. Chatu voltou a falar, erguendo a voz para sobrepujar o murmúrio negativo. Enquanto falava, mantinha os olhos em Nyundo mas apontava para o mercador. "Ele está dizendo agora pra pegar a sua caravana do mal e ir embora daqui", disse Nyundo. "O povo dele não está gostando, mas ele diz que não quer trazer mais calamidades para a terra. Diz que quando olha pra gente jovem como ele, espera que não sejam todos sequestradores e caçadores de carne... e que isso faz com que ele tenha misericórdia. Vão agora, ele está dizendo, antes que ele mude de ideia e revogue esse gesto de bondade. O rapaz finalmente nos deu sorte."

"A misericórdia é um bem de Deus", disse o mercador. "Diga isso a ele. Diga com cuidado. A misericórdia é um bem de Deus. Não cabe a ele dar ou recusar. Diga isso a ele com cuidado."

Chatu ficou encarando o mercador sem acreditar no que ouvia enquanto os anciãos e aqueles que estavam perto o suficiente para ouvir as palavras baixinhas de Nyundo riam e zombavam. "Ele está dizendo que admira a coragem da língua que o senhor traz na boca. Está repetindo, caso ela esteja se batendo sem sua autorização. Leve os seus homens e vá embora. É isso que ele está dizendo, bwana. E acho que ele está ficando furioso de novo."

"Não sem as nossas mercadorias", disse o mercador. "Diga a ele que se o que ele quer é a nossa vida, pode ficar com ela. Nossa vida não vale nada. Mas se formos continuar vivos, nós também exigimos as nossas mercadorias. Até onde nós podemos ir se não tivermos como comprar e vender? Diga a ele que nós não vamos sair daqui sem as nossas mercadorias."

6.

O mercador descreveu aos homens o que tinha acontecido no palácio do sultão: as palavras duras que Chatu lhes dirigiu, a surra em Mohammed Abdalla, o confisco de todas as mercadorias, a expulsão da cidade, e o fato de o mercador ter se recusado a ir embora. Deu o direito de ir embora a quem preferisse. Os homens gritaram e juraram fidelidade ao mercador e decretaram que aceitariam o destino que Deus determinasse. Simba Mwene lhes contou como a juventude de Yusuf salvara todos do pior, o que gerou comemoração e comentários sujos. Então ficaram ali sentados em silêncio, como os carcereiros exigiam, e foram forçados a refletir sobre as barrigas vazias e os companheiros convalescentes. Não havia sombra que os protegesse do sol, e com o passar do dia os resmungos foram se intensificando. Para proteger os feridos eles ergueram tapumes com as roupas estendidas em pedaços de pau amarrados com barbante.

O mnyapara tinha recobrado consciência, embora ainda estivesse fraco e tremendo, com os primeiros sinais de uma febre. Gemia no chão, murmurando palavras que ninguém se dava ao trabalho de tentar entender. Seus olhos se abriam turvos de tanto em tanto, e ele olhava em volta como se não soubesse onde estava. Os homens esperavam que o mercador tomasse uma decisão e discutiam o que seria melhor. Será que não deviam partir enquanto ainda era seguro? Quem podia saber o que Chatu faria agora? O que podiam fazer? Se ficassem ali iam morrer de fome, se saíssem sem as mercadorias iam morrer de fome. Ou com certeza alguém os faria reféns.

"Veja como o corpo humano é imbecil", o tio Aziz disse a Yusuf, com aquele distante sorriso indestrutível começando a dar sinais de despertar no canto da boca. "Olhe o nosso valente bin Abdalla e veja como o corpo dele acaba se revelando uma coisa extremamente frágil e traiçoeira. Um homem mais fraco jamais ia se recuperar de uma surra dessas, mas ele vai. Só que as coisas são ainda piores, porque a nossa natureza também é vil e desleal. Se eu não soubesse mais do que ele, teria acreditado nas afirmações daquele sultão enfurecido. Em nós ele vê algo que deseja destruir, e vem nos contar histórias para nós aceitarmos dar essa satisfação a ele. Ah, se a gente pudesse abandonar o nosso corpo e ter certeza de que ele ia saber cuidar do próprio bem-estar e prazer. Yusuf, você está ouvindo as reclamações dos homens. O que você acha que a gente devia fazer? Quem sabe você recebeu algum sonho à noite e pode interpretar pra garantir a nossa salvação, como o outro Yusuf fazia", disse o tio Aziz com um sorriso.

Yusuf sacudiu a cabeça, incapaz de dizer que não enxergava esperança para eles.

"Nesse caso é melhor a gente ficar aqui e morrer de fome. Será que isso vai transformar a crueldade do sultão em vergonha?", perguntou o mercador, o que fez Yusuf sorrir amarelo para demonstrar simpatia.

"Simba", gritou o mercador, fazendo sinal para que Simba Mwene se aproximasse. "O que é que você acha? Vamos embora sem as mercadorias ou ficamos aqui até eles devolverem?"

"A gente devia ir embora e voltar pra declarar guerra", disse Simba Mwene sem nem pensar.

"Sem armas e sem os meios pra comprar armas? E como é que uma guerra dessas acabaria?", perguntou o mercador.

À tarde Chatu lhes enviou umas bananas maduras e um pouco de inhame cozido, além de charque de carne de caça. Alguns habitantes lhes trouxeram água para beber e se lavar. Mais tarde Chatu mandou chamar o mercador, que foi até ele acompanhado por Nyundo, Simba Mwene e Yusuf. Dessa vez não havia aglomerações no pátio de Chatu, mas os anciãos ainda estavam na varanda, confortáveis e relaxados, sem a pose cerimonial da outra vez. Talvez eles fiquem o tempo todo sentados ali, Yusuf pensou, que nem os velhos da venda. Chatu falou com calma, como se tivesse chegado a estas palavras depois de longa reflexão. "Ele está dizendo que dois anos atrás um grupo do nosso povo passou por aqui", disse Nyundo inclinando-se mais perto para ouvir as palavras que o sultão pronunciava em tom baixo. "Alguns deles tinham a pele clara como a sua, bwana tajiri, e outros eram mais escuros. Eles vieram vender, foi o que disseram. Como vocês disseram. Ele diz que lhes deu ouro e marfim e couro de qualidade. O mercador deles disse que eles não tinham mercadoria suficiente para pagar por aquilo, e que iam voltar com mais coisas. Desde aquele dia ele não os viu mais. Este mercador é nosso irmão, ele diz. Então a nossa mercadoria agora vai pagar a dívida do nosso irmão. É isso que ele está dizendo."

O mercador fez que ia começar a falar, mas Chatu começou a dizer mais, forçando Nyundo a prestar atenção. "Ele diz que não quer saber o que você pensa sobre isso. Já perdeu bastante tempo com o senhor. O senhor acha que ele é khoikhoi? Um khoikhoi é capaz de deixar os desconhecidos roubarem o que ele tem enquanto ele dança à luz da lua. Ele só quer que vocês vão embora antes que aconteça alguma coisa ruim. Nem todo mundo aqui apoia essa solução, ele está dizendo, mas ele quer encerrar a situação. Depois de pensar com muito cuidado, é essa a decisão dele. Ele vai dar alguma coisa para o senhor vender, o suficiente pra nós sairmos das terras dele. Agora ele quer saber se o senhor quer dizer alguma coisa em resposta."

O mercador ficou calado por um longo instante. "Diga que essa decisão mostra que ele é um soberano sábio, mas que essa sentença não é justa", disse por fim.

Chatu sorriu quando isso foi traduzido. "O que foi que fez vocês virem até aqui, tão longe de casa? Vocês estavam em busca de justiça? É isso que ele está perguntando. Se for esse o caso, diz ele, então acabaram de encontrar. Eu vou ficar com as mercadorias de vocês pra poder fazer justiça com o meu povo, que perdeu as próprias mercadorias pro seu irmão. Agora pode ir atrás desse irmão que roubou de mim pra conseguir a sua própria justiça. Acho que foi isso que ele disse."

Eles retomaram a conversa no dia seguinte, discutindo a quantidade de mercadoria que o mercador poderia levar, o valor do que tinha sido tomado deles, o que era devido a Chatu. Os anciãos ficaram ali sentados em volta deles oferecendo a sabedoria que podiam oferecer, cordialmente desconsiderada por Chatu. Os mais jovens queriam que as três armas que haviam tirado dos guardas lhes fossem dadas de imediato para que pudessem sair caçando, mas Chatu também os ignorou. Nenhuma mulher se aproximou, embora Yusuf pudesse vê-las andando pelo pátio e cuidando da vida. Nyundo sofria para transmitir as palavras de todos e os dois lados olhavam para ele com desconfiança. O mercador perguntou se enquanto estivessem detidos na cidade de Chatu, até os homens recobrarem as forças para poder viajar, por acaso podiam ter o direito de ir e vir e quem sabe até fazer pequenos serviços para os habitantes em troca de comida. Chatu concordou, com a condição de que Yusuf ficasse com ele, como refém. Naquela noite, enquanto Yusuf dormia na varanda de uma das casas do pátio de Chatu, dois dos viajantes escapuliram sem ser percebidos e foram atrás de ajuda.

Yusuf foi bem tratado na casa de Chatu. O próprio sultão vinha falar com ele, ainda que Yusuf só entendesse palavras isoladas. Ou achava que entendia, pois tantas palavras lhe soavam familiares. Pela expressão de Chatu e pelo pouco que Yusuf entendia, ia adivinhando o tema das perguntas e respondia de acordo: de quão longe vieram, quantas pessoas moravam na terra deles, o que os fazia viajar tão longe. Yusuf falava dessas coisas com solenidade, mas nem o sultão nem os anciãos davam mostras de entender o que ele estava dizendo. Quando o mercador veio para outra rodada de negociações no dia seguinte, olhou de maneira penetrante para Yusuf e depois sorriu.

"Está tudo bem comigo", disse Yusuf.

"Você se portou muito bem", disse o tio Aziz, ainda sorrindo. "Venha aqui conversar comigo pra gente ouvir as histórias do sultão sobre você."

Yusuf não tinha direito de sair do pátio cercado, e nem devia se aproximar da varanda, onde Chatu e os anciãos passavam boa parte do dia, a não ser quando era chamado. Será que os anciãos não tinham alguma coisa que gostassem de fazer, nem fazendas que precisassem de seus cuidados ou no mínimo de seus olhares de admiração e prazer? Talvez a presença da caravana na cidade tivesse exigido que abandonassem tudo. Yusuf também passava o dia todo sentado à sombra esperando o tempo passar, olhando as mulheres trabalharem. Alguém que estivesse só de passagem por ali poderia pensar que eles não tinham mais o que fazer da vida além de ficar o dia todo sentados à sombra olhando fixo para a frente.

As mulheres o provocavam, gritando coisas para ele com sorrisos largos, embora nem os comentários nem os sorrisos soassem de todo gentis. Elas enviavam as meninas mais novas até ele com pequenos presentes e propostas. Yusuf achava que eram propostas, ao menos, e traduzia mentalmente para passar o tempo. Venha me ver hoje à tarde enquanto o meu marido tira uma soneca. Quer que eu te dê um banho? Você está com alguma coceira que eu possa coçar? Às vezes elas rolavam de rir enquanto gritavam coisas para ele, e uma das velhas soltava beijinhos e rebolava toda vez que passava por ele. A menina que lhe trazia comida o encarava de modo descarado, e ficava sentada a poucos metros dali enquanto ele comia. Vez por outra ela lhe dizia coisas com o rosto fechado e concentrado. Fazia ele olhar para as contas que ela usava no pescoço, e que erguia levemente para que ele admirasse.

"Contas. Eu já vi contas", disse Yusuf. "Não entendo por que as pessoas gostam tanto de contas. Nós passamos por lugares em que as pessoas trocam uma ovelha inteira por um punhado de contas. São só bugigangas. O que é que você pode fazer com essas contas?"

"Como é que você se chama?", ele perguntou em outra ocasião, sem conseguir se fazer entender. Achava linda aquela menina, com seu rosto estreito e de queixo pontudo, olhos sorridentes. Muitas vezes ela ficava sentada perto dele sem abrir a boca, e ele sentia que devia agir de modo mais viril mas não queria que ela se sentisse desrespeitada. Toda vez que ele gesticulava para dizer que precisava de alguma coisa, era ela que mandavam vir. Até Chatu começou com brincadeirinhas a respeito disso quando o tio Aziz vinha regatear. "Ele falou que ouviu dizer que o nosso rapaz já casou com uma das meninas deles, e que isso vai aumentar a nossa dívida", disse Nyundo, com um sorriso para Yusuf. "Você andou trabalhando rápido, seu diabinho nojento. Ele diz pra você ficar com eles e fazer filhos na Bati. O que é que um rapaz saudável como ele tem que se meter com coisas de comércio? Ele diz pra você ficar aqui que a Bati vai te ensinar umas coisas sobre a vida."

Bati, era esse o nome dela. Yusuf percebia agora que toda vez que Bati se aproximava dele as pessoas que estavam atentas trocavam olhares e sorriam. Na quarta noite que passou no pátio de Chatu a menina veio vê-lo depois de escurecer. Ela sentou ao lado da esteira, cantarolando baixinho enquanto sua mão passava pelo rosto e pelo cabelo dele. Ele fazia carinho nela em silêncio, vencido pelo conforto e pelo prazer que sentia com as carícias. Ela não ficou muito tempo e foi embora de repente, como se tivesse lembrado de alguma coisa. Ele passou todo o dia seguinte sem conseguir tirar a menina da cabeça. E toda vez que a via não conseguia esconder um sorriso. As mulheres batiam palmas e soltavam gritinhos quando viam os dois, rindo daquela comédia.

O tio Aziz voltou a visitar Chatu naquele dia e fez questão de conversar com Yusuf. "Fique pronto", disse. "Logo nós vamos embora, de noite. Nós vamos tentar recuperar as nossas mercadorias e desaparecer. É arriscado."

Naquela noite a menina veio até ele e ficou sentada ao seu lado como antes. Trocaram carícias e finalmente deitaram no chão. Ele suspirava de prazer, mas ela sentou quase no mesmo instante, pronta para ir embora. "Fique", ele disse.

Ela sussurrou alguma coisa, com a palma da mão sobre a boca dele. Na euforia ele tinha levantado a voz, e viu que ela sorria no escuro. Alguém tossiu numa casa perto dali, e

Bati sumiu correndo na escuridão. Yusuf ficou muito tempo deitado sem conseguir dormir, revivendo os breves momentos de prazer e ansioso pelo amanhecer, para poder vê-la de novo. Estava surpreso com como seu corpo a desejava, e com a dor que sentia por ela ter ido embora assim tão de repente. Pensou em Chatu e no mercador, e imaginou que ficariam bravos com o que estava fazendo. A ideia o encheu de angústia, que mitigou dando vazão à paixão urgente que Bati despertara. Então ele se deu as costas tentando dormir.

De manhã viu a menina saindo do pátio com algumas mulheres, a caminho das plantações. Ela olhou para ele por cima do ombro, e as mulheres riram por ela ter demonstrado como estavam as coisas entre eles. *É amor*, elas gritaram. *Quando é que vai ser o casamento?* Ou ao menos foi o que Yusuf achou que estavam dizendo.

7.

No meio da manhã uma coluna entrou na cidade. Seu líder era um europeu que conduziu a marcha dos homens direto para a clareira que ficava diante da residência de Chatu. Eles logo ergueram uma grande tenda e levantaram um mastro. O europeu, que era um homem alto já meio calvo, com uma barba longa, usava camisa e calças, e se abanava com um chapéu de abas largas. Sentou-se a uma mesa que seus homens tinham montado para ele e imediatamente começou a escrever num livro. A coluna era formada por dúzias de askaris e carregadores, todos com bermudas e camisas frouxas. Começou a juntar gente em volta do acampamento, mas os askaris, bem armados, mantinham todos à distância. Quando o mercador ficou sabendo da chegada da coluna, foi correndo cumprimentar o europeu, e apesar de ter sido inicialmente detido pelos guardas, conseguiu ser recebido. Quando o europeu terminou de escrever, olhou na direção do homem que usava um largo kanzu branco e fez sinal para ele se aproximar. O comandante de seus askaris, que falava kiswahili fluente, apresentou-se para traduzir. O mercador contou sua história às pressas, pedindo a devolução das mercadorias roubadas. Depois de ouvir a história o europeu bocejou e disse que agora ia descansar. Quando acordasse, queria ver Chatu ali.

O mercador e Chatu ficaram na clareira esperando o europeu despertar. O grande homem está aqui agora, o tio Aziz provocava Chatu. Ele vai fazer vocês comerem merda, seu ladrão. Chatu perguntou a Nyundo se ele já tinha visto um europeu. Tinha ouvido dizer que eles conseguiam comer metal. Era verdade? De um jeito ou de outro, ao ser convocado ele viera, melhor que fazer mais tragédias caírem sobre eles. "Ele está perguntando se o senhor sabe que tipo de gente eles são", Nyundo disse ao mercador.

"Diga que ele logo vai saber", falou o mercador. "Mas ele vai me devolver o que é meu antes do fim do dia de hoje."

Yusuf ficou com os companheiros de jornada, que se divertiam brincando com ele pelas férias que passara na casa do sultão. O europeu enfim saiu da tenda, rosto vermelho e vincado de sono. Ele se lavou minuciosamente como se estivesse sozinho, e não cercado por centenas de pessoas. Então sentou à mesa e comeu o que seu criado pôs à sua frente. Quando terminou, fez um sinal para que o mercador e Chatu se aproximassem.

"Você é Chatu?", perguntou.

O comandante dos askaris traduzia para Chatu as palavras do europeu, e Nyundo traduzia as palavras do askari para o mercador. O sultão aquiesceu com a cabeça às palavras do intérprete e rapidamente se voltou para olhar o europeu. Como depois ele diria, nunca tinha visto uma coisa tão estranha quanto aquele reluzente homem ruivo com cabelo saindo das orelhas.

"Você, Chatu. Você virou um grande homem? É isso que você acha?", o intérprete perguntou depois de o europeu falar novamente. "Como é que você fica roubando as coisas dos outros? Você não teme a lei do governo?"

"Que governo? Do que é que você está falando?", disse Chatu erguendo a voz para o intérprete.

"Que governo? Quer ver qual governo? E é melhor você não gritar quando fala comigo, meu amigo. Você não ficou sabendo de outros sujeitinhos falastrões como você que o governo fez calar e meteu a ferros?", perguntou o intérprete com rispidez. Nyundo traduziu essas palavras aos berros, causando uma comemoração entre os homens do mercador.

"Ele veio levar escravos?", Chatu perguntou furioso. "Esse grande homem de vocês, ele veio pegar escravos?"

O europeu falava num tom impaciente, com o rosto cada vez mais vermelho de irritação. "Vamos parar com essa conversa à toa", disse o intérprete. "O governo não comercia escravos. São essas pessoas aqui que andaram comprando escravos, e o grande homem veio fazer eles pararem com isso. Tragam já as mercadorias dessas pessoas antes que a coisa fique feia."

"Eu não peguei as mercadorias deles sem motivo. Um dos irmãos deles levou o meu marfim e o meu ouro", reclamou Chatu de novo com a voz mais alta e mais impertinente.

"Ele já ouviu essa história toda", disse o intérprete, cuidando ele mesmo da questão. "E não quer mais saber disso. Tragam todas as mercadorias que pertencem a essas pessoas. É isso que o grande homem está dizendo... caso contrário vocês já vão ficar sabendo o que o governo é capaz de fazer."

Chatu olhava em volta, sem conseguir se decidir. De repente o europeu se pôs de pé e se esticou todo. "Ele consegue comer metal?", perguntou Chatu.

"Ele consegue fazer o que quiser", disse o intérprete. "Mas neste exato momento se você não fizer o que ele está mandando ele vai te fazer comer merda."

Os homens do mercador começaram a gritar, exultantes e zombeteiros, xingando Chatu e rezando para que Deus condenasse tanto ele quanto a cidade. Todas as mercadorias que restavam foram trazidas. O europeu disse que o mercador e seus homens deviam ir embora neste momento, e voltar para o lugar de origem, deixando suas três armas para trás. Não havia necessidade de armas agora que o governo tinha trazido ordem para aquelas terras. As armas eram só para causar guerras e aprisionar pessoas. Vão agora, o grande homem tem coisas a resolver com este chefe, disse o intérprete. O mercador teria preferido revistar as casas em busca da mercadoria faltante, mas não discutiu. Juntaram suas coisas apressados, animados e triunfantes com a libertação. Yusuf ficou de olho na multidão em volta deles enquanto corriam para pôr tudo em ordem, torcendo para ver Bati pela última vez. Antes de cair a noite estavam longe. Refizeram o doloroso caminho até a cidade de Marimbo, à beira do lago, descendo aquelas trilhas íngremes aos trambolhões, com uma pressa que já era quase pânico, e confiando na memória que Simba Mwene tinha da rota original. Ele era o único que na primeira passagem pela floresta não tinha caído num pesadelo febril.

Os homens inventaram uma música sobre Chatu, a píton que tinha sido engolida por um jinn europeu com cabelo saindo da orelha, mas a floresta lhes abafava as vozes, que ficavam desprovidas de ressonância. O mercador lamentava não terem conseguido resolver a questão entre eles e o sultão. "Agora que o europeu chegou aqui, vai tomar a terra toda", disse.

Eles ficaram várias semanas na cidade de Marimbo, descansando e comerciando o que conseguiam, e torcendo para que os dois homens que escaparam da cidade de Chatu ainda aparecessem. Não havia muito para os homens fazerem. De início, na alegria de terem escapado, eles ficaram felizes de estar à toa, pagando por danças e celebrações e orgias de comida. À noite jogavam cartas e contavam histórias, estapeando as nuvens de mosquitos que pairavam no ar para atormentá-los. Alguns deles correram atrás das mulheres da cidade. Compraram cerveja com os habitantes e beberam em segredo, mas inebriados choravam e se lamentavam pelas ruas noturnas e xingavam o destino, que lhes decretara aquele estado infeliz. O mnyapara se recuperou da surra, a não ser por uma ferida na panturrilha que não curou, no entanto a dor e a humilhação o deixaram fraco e calado, e ele não movia uma palha para controlar os homens. Simba Mwene se distanciou de todos eles, empregando-se como diarista num barco de pesca. Não demorou para que surgissem brigas entre os homens. Trocas de ameaças e facas reluzentes. Marimbo se queixou com o mercador quanto ao comportamento extravagante daquela gente, mas aceitou mais um presente como pagamento pela constante tolerância. Yusuf viu que uma fadiga se abatia sobre o tio Aziz. Os ombros dele ficaram curvos e caídos, e ele passava horas sentado sem abrir a boca. Ao ver o tio no lusco-fusco de um entardecer, Yusuf de repente o enxergou como um animalzinho mole que perdeu a concha e agora estava isolado a céu aberto, sem conseguir se mexer. Quando falava com Yusuf, a voz dele ainda era delicada e divertida, mas as palavras não eram mais cortantes, nem sarcásticas. Yusuf começou a recear que ficassem abandonados ali naquela beira de fim de mundo. Às vezes, quando o sol poente brilhava sobre eles no fim da tarde, tinha a sensação de estar pegando fogo.

"Não está na hora de retomar a viagem?", Yusuf perguntou um dia ao mnyapara. Estavam sentados numa mesma esteira e Yusuf tentou desviar os olhos da ferida que brilhava na perna do mnyapara. Olhou para o céu e ficou tonto com a quantidade de estrelas cintilantes. Pareciam uma muralha de rochas reluzentes que despencava do céu sobre eles.

"Fale com o seyyid", Mohammed Abdalla lhe disse. "Ele não me dá mais ouvidos. Eu disse que a gente tinha que ir embora antes de todo mundo apodrecer nesse inferno aqui, mas ele está muito abatido. Não me dá ouvidos."

"E eu vou dizer o quê? Não tenho coragem de falar com ele", disse Yusuf, mesmo sabendo que teria.

"Ele guarda no coração um lugar pra você. Fale com ele e ouça as respostas. Mas aí diga que a gente tem que ir embora. Você não é mais menino", disse Mohammed Abdalla de maneira ríspida. "Você sabe por que ele tem carinho por você? Porque você é tranquilo e confiável, e à noite você choraminga com visões que ninguém mais tem. Talvez ele ache que você é abençoado." Yusuf sorriu com o trocadilho do mnyapara. "Abençoada" era a palavra polida para descrever um doido. Mohammed Abdalla lhe devolveu o sorriso, satisfeito ao ver que ele tinha entendido a piada. Depois de um instante pegou a mão de Yusuf e a apertou suavemente.

"Como você cresceu nessa jornada", disse, desviando o olhar. Yusuf viu que Mohammed Abdalla estava com uma ereção por baixo da túnica e imediatamente se levantou para ir embora dali. Ouviu o mnyapara rir sozinho e então limpar a garganta. Yusuf foi até a beira do lago para ficar vendo os pescadores que traziam os últimos peixes do dia.

Esperou até o meio da manhã, quando o ar já tinha se aquecido e o peso do dia ainda não era tão grande sobre eles. "Será que não chegou a hora de ir embora, tio Aziz?", disse, sentado a pouco mais de um metro de distância e inclinado para a frente numa demonstração de respeito. Para começo de conversa ele não é seu tio! Era a primeira vez que se dirigia a ele como tio desde que fora entregue em servidão, mas as circunstâncias eram excepcionais.

"Sim, nós devíamos ter ido embora há dias", disse o mercador e então sorriu. "Você andou preocupado com isso? Eu te vi de olho em mim. Foi um tipo de peso que me manteve aqui. Indolência ou cansaço... Andam me dizendo que esses cachorros têm se comportado mal, então talvez seja hora de tirar todos eles daqui. Logo vamos chamar o mnyapara e Simba, mas agora fique aqui um pouco e me diga o que você acha disso tudo."

Ficaram uns minutos em silêncio. Yusuf sentiu que o carretel de sua vida lhe corria pela mão, e deixou correr sem resistência. Então se pôs de pé e saiu dali. Depois disso ficou por muito tempo sentado sozinho e em silêncio, amortecido pela culpa, por não ter conseguido manter fresca a memória dos pais em sua vida. Ficou imaginando se ainda pensavam nele, se ainda estavam vivos, e soube que preferia não descobrir. Não tinha forças para resistir às lembranças no estado em que se encontrava, e imagens de seu abandono lhe vinham a mancheias. Todas elas eram uma condenação por não cuidar de si próprio. Os acontecimentos foram dando uma ordem a seus dias e ele manteve a cabeça fora da linha dos destroços e os olhos no horizonte imediato, escolhendo a ignorância em vez do conhecimento vão do que estava pela frente. Não conseguia pensar em nada para romper os grilhões que o faziam servo da vida que levava.

Para começo de conversa ele não é seu tio. Pensou em Khalil e sorriu apesar da melancolia e da repentina pena que sentia de si próprio. Era isso que ele ia virar, se tivesse juízo. Semelhante a Khalil. Nervoso e combativo, encurralado por todos os lados e subalterno. Encalhado no fim do mundo. Pensou na incessante conversa jogada fora com os fregueses, e na impossível animação do outro, e entendeu que ela só fazia disfarçar feridas ocultas. Como Kalasinga, a mil quilômetros de distância. Como todos eles, presos num ou noutro lugar fedorento, infestados pela saudade e consolados por visões de um passado em que ainda eram inteiros.

8.

O mercador disse que a única forma de zerar os prejuízos da viagem, sem nem pensar em algum lucro possível, era fazer uma rota diferente que passasse por áreas mais densamente habitadas. Com tanta gente doente entre eles a jornada seria lenta, mas no fundo a velocidade era o menor dos problemas. Tinham perdido quase um quarto dos homens que tinham vindo com eles, e quase metade das mercadorias, entre tributos e o roubo de Chatu.

Seguiram uma rota rumo ao sul, contornando a margem meridional do lago. O mnyapara reassumiu o controle, mas o antigo vigor tinha desaparecido. Tanto ele como o mercador confiavam em Simba Mwene mais do que antes. Havia muito comércio nas terras que percorreram, porém as mercadorias que traziam não tinham grande valor ali, e o que aquela área tinha a oferecer não era do mesmo valor do marfim. Em alguns lugares conseguiram comprar chifres de rinoceronte, mas em geral tiveram que se contentar com couros e gomas. Depois de alguns dias caíram numa rotina em que zanzavam em círculos em busca de clientes, saindo do caminho estabelecido para procurar assentamentos e vilarejos. As visões que tinham enchido Yusuf de encanto e de medo na jornada de ida agora se reduziam a um pesadelo pouco nítido, feito de pó e fadiga. Eram picados por insetos e cortados e arranhados por espinhos e arbustos. Num fim de tarde uma tropa de babuínos atacou o grupo e levou embora o que conseguiu carregar. Em cada parada depois disso eles erguiam uma paliçada, pois sem as armas temiam ataques ainda piores dos animais que espreitavam o acampamento à noite. Por onde passavam ouviam histórias dos alemães, que proibiram a cobrança de tributos e chegaram até a enforcar pessoas por motivos que ninguém entendia. Simba Mwene fazia questão de conduzi-los por caminhos distantes de onde se dizia haver postos alemães.

Levaram cinco meses para concluir a jornada de volta, a passo lento e às vezes obrigados a trabalhar nas plantações para conseguir comida. Na cidade de Mkalikali, ao norte de um rio largo, foram forçados a passar oito dias até terminarem de construir uma paliçada para o gado do sultão. Só assim o sultão concordou em lhes vender comida para a viagem.

"A caravana de vocês está acabada", disse o sultão de Mkalikali. "Esses mdachi! Eles não têm coração. Eles disseram que não querem vocês aqui porque vocês vão nos escravizar. Eu disse que ninguém vai nos escravizar. Ninguém! Nós vendíamos escravos a esse pessoal lá do litoral. Nós conhecemos essas pessoas, e não temos medo delas."

"Os europeus e os indianos vão tomar tudo agora", disse o mercador, fazendo o sultão sorrir.

Em Kikongo exigiram que trabalhassem nos campos dos anciãos antes de receberem autorização para vender pás. Enquanto estavam lá, o mercador adoeceu. Ele se recusou a ser carregado e depois de três dias em Kikongo insistiu que fossem embora. Não podia suportar ficar mais tempo ali entre ladrões que todo dia lhes tiravam tanto, dando tão pouco em troca, disse. Por causa dessa doença eles paravam muitas vezes para descansar, e Yusuf caminhava ao lado dele para ajudar quando ele não tinha energia. Ao chegarem a Mpweli souberam que iam se aproximando do litoral. Passaram vários dias repousando ali, e o tio Aziz foi bem recebido por um velho amigo que cuidava de uma venda na cidade. Ele ouviu com lágrimas nos olhos as histórias das tribulações e do azar do mercador. Vocês ganharam o bastante para pagar o indiano?, perguntou ao mercador. O tio Aziz deu de ombros.

Depois de Mpweli foram direto para o litoral, e em seis dias chegaram aos limites da cidade deles. A euforia dos homens era temperada pela fadiga e pelo fracasso. As roupas que usavam estavam reduzidas a andrajos, e a fome dera ao rosto de cada um deles uma aparência esquelética e trágica. Montaram acampamento à beira de um pequeno lago e se lavaram como puderam, e então o mercador conduziu as orações de todos, pedindo que Deus os perdoasse pelo mal que porventura tivessem feito. Na manhã seguinte marcharam até a cidade, puxados por um dos tocadores de corno, que insistiu em tocar, apesar de tudo. As melodias fanhosas, mesmo com a intenção de soarem alegres, eram estridentes e fúnebres.

O BOSQUE DO DESEJO

1.

Yusuf não guardou lembrança do momento da chegada. Os dias que se seguiram ao retorno da caravana foram de multidões cercando a casa e a clareira, implorando para serem ouvidas. Os carregadores e os guardas estavam lá também, contando histórias de sua heroica sobrevivência e reclamando do azar enquanto esperavam pelo pagamento. Um vilarejo de tendas e fogueiras nasceu no grande terreiro que ficava ao lado da casa do mercador, visitado dia e noite por gente curiosa e por mascates que lhes vendiam comida e café. Quiosques improvisados surgiram à beira da estrada, e o aroma de carne assada e peixe frito atraía magotes de gente. Bandos de corvos carniceiros abandonaram o que tinham de fazer para vir espreitar nas árvores vizinhas, com olhos penetrantes e reluzentes sempre em busca de uma migalha esquecida. Montes de lixo marcavam os limites do acampamento e com o passar dos dias começaram a escorrer dali riachos estreitos de uma gosma grossa.

O mercador recebia um fluxo constante de visitantes na

varanda da frente da venda. Os velhos que costumavam ficar ali cederam o espaço sem reclamar, mas resistiam tacitamente ao despejo total. Também queriam ficar perto do drama da volta do mercador. Os modos dos visitantes do mercador eram solícitos, e eles passavam muitas horas à toa ali com ele, ouvindo o relato da jornada com súbitas exclamações ou gritinhos de comiseração. Enquanto conversavam e bebiam café, grupinhos agitados os rodeavam sem parar. Às vezes, um ou outro visitantes puxava um caderninho e anotava alguma coisa, ou ia até os armazéns que ficavam na lateral da casa. Mohammed Abdalla foi instalado num desses armazéns, ainda se recuperando da exaustão e da febre, e sofrendo com dores estranhas que tinham começado após a surra na cidade de Chatu, com a porta aberta de seu cômodo coberta por um pedaço de pano pendurado, que lânguido se enfunava à menor brisa. Os visitantes passavam ali para cumprimentá-lo e lhe desejar melhoras antes de ir espiar os outros armazéns.

"Eles vieram limpar os ossos do seyyid", Khalil disse a Yusuf.

O cabelo dele tinha pelos brancos eriçados e o rosto magro estava mais afilado do que Yusuf recordava. Recebera o retorno do grupo com deleite e animação, sufocando Yusuf com sua alegria, dando pulinhos em volta dele, abraços apertados e tapinhas nas costas. "Ele voltou", disse aos fregueses. "Meu irmãozinho voltou. Vejam só como ele está grande!" Nos dias que se seguiram aos primeiros momentos de caos, ele atraiu Yusuf de volta para a venda com pedidos insistentes para que fosse trabalhar de verdade para variar. O tio Aziz sorria tolerante, e Yusuf entendeu que esse era também o desejo dele. O mercador gostava que Yusuf estivesse à disposição e por isso ele vivia sendo convocado para realizar pequenas cortesias aos convidados, o que era recompensado por mostras casuais de aprovação. Khalil não parava de falar com Yusuf, interrompendo-se apenas para lidar com os fregueses, a quem convidava a admirar o viajante que voltara. "Olhem esses músculos. Quem é que podia imaginar que aquele kifa urongo fracote ia acabar virando isso aqui? Não sei o que foi que deram pra ele comer lá do outro lado das montanhas, mas ele ficou bem fortinho pra filha de um de vocês." À noite, enquanto o acampamento zunia com murmúrios e súbitas risadas ou canções, eles abriam as esteiras num canto da varanda. Toda noite Khalil dizia, "Muito bem, agora me conte as histórias da viagem. Quero ouvir tudinho".

Yusuf tinha a sensação de estar acordando de um pesadelo. Disse a Khalil que muitas vezes durante aquela jornada se sentira como um animal de corpo mole que havia abandonado a casca e tinha sido apanhado a descoberto, um bicho repulsivo e grotesco que seguia o caminho às cegas, deixando um rastro sujo pelas pedras soltas e pelos espinhos. Era assim que via todos eles, cambaleando às cegas pelo fim do mundo. O terror que experimentara não era medo, disse. Era como se ele não tivesse uma existência real, como se estivesse vivendo num sonho, além do limite da extinção. Aquilo o fazia tentar entender o que era isso que as pessoas desejavam tanto assim a ponto de enfrentar aquele terror em nome do comércio. Não era só terror, não mesmo, ele disse, mas era o terror que dava forma a todo o resto. E tinha visto coisas que nada nele poderia ter suposto.

"A luz nas montanhas é verde", disse. "Diferente de qualquer luz que eu pudesse imaginar. E o ar é como se tivesse sido lavado. De manhã, quando o sol bate no cume da neve, parece a eternidade, como um momento que não vai mudar nunca mais. E no fim da tarde à beira da água o som de uma voz sobe ressoando até o céu. Num fim de tarde, num trecho em que a gente estava subindo a montanha, todo mundo parou à beira de uma catarata. Foi lindo, como se tudo estivesse completo. Eu nunca tinha visto uma coisa tão linda na vida. Dava pra ouvir a respiração de Deus. Mas aí um homem apareceu e tentou expulsar a gente. Noite e dia, a paisagem toda latejava e zumbia e tremia com os ruídos. Uma vez, à tarde, eu vi duas águias-pesqueiras bem calmas pousadas num galho de uma árvore. Aí de repente as duas soltaram uns pios muito fortes, dois ou três gritos de pescoço esticado e bico aberto apontando pro céu, batendo as asas e com o corpo todo estendido. Depois de um momento, uma resposta fraquinha veio do outro lado do lago. Mais uns minutos e uma pena branca se soltou do macho do par, e ela foi flutuando bem devagar até o chão, naquele silêncio imenso."

Khalil ouvia sem abrir a boca, vez por outra soltando um *hmm* de apoio. Mas quando Yusuf parou, porque supôs que Khalil pegara no sono, uma pergunta surgiu da escuridão querendo saber mais. Às vezes o próprio Yusuf era assolado pela memória de uma terra rubra e imensa, fervilhante de pessoas e animais, e pela imagem dos penhascos que se erguiam do lago como muralhas de chamas.

"Como os portões do paraíso", disse Yusuf.

Khalil lançou um leve som de incredulidade. "E quem é que mora nesse paraíso? Uns ladrões selvagens que tiram as coisas dos comerciantes inocentes e vendem os próprios irmãos por umas bugigangas", disse. "Eles não têm Deus nem religião, e nem a misericórdia mais pura e simples. Igualzinho aos bichos selvagens que vivem lá com eles." Yusuf sabia que era assim que os homens puxavam novamente a história de Chatu, mas se manteve calado. Sempre que pensava na estada do grupo na cidade de Chatu ele também pensava em Bati e na sensação causada pela respiração quente da menina em seu pescoço. Ficava com vergonha de pensar o quanto Khalil ia rir dele se soubesse.

"Como foi o demônio do Mohammed Abdalla? O sultão selvagem deu uma bela de uma lição nele, não foi? Você estava lá! Mas antes... o que foi que ele fez antes?", perguntou Khalil. "Depois de cada viagem as pessoas voltam com umas histórias horrorosas. Você conhece a reputação dele com os homens, não conhece?"

"Ele foi muito bondoso comigo", Yusuf disse após um momento. No silêncio tinha visto o mnyapara dançar à luz da fogueira, transbordando de vaidade e de arrogância, e tentando esconder a dor que sentia no ombro.

"Você não devia confiar tanto nos outros", Khalil disse irritado. "Ele é um sujeito perigoso. Enfim, vocês viram algum homem-lobo? Não tem como não terem visto. Não? Talvez eles fiquem esperando mais no fundo da floresta. Eu sei que eles são famosos lá naquela região. Viram algum bicho estranho?"

"Eu não vi homem-lobo nenhum", disse Yusuf. "Eles provavelmente estavam se escondendo dos estranhos animais selvagens que cruzam aquela terra deles."

Khalil riu. "Então você não tem mais medo de homem-lobo. Como você cresceu! A gente devia te arrumar uma esposa agora. Ma Ajuza ainda está esperando, e vai começar o farejar o teu zub quando te vir de novo, por mais que você tenha crescido. Ela passou esses anos todos sofrendo pela sua falta."

O queixo de Ma Ajuza caiu com um espanto melodramático quando ela o viu na venda. Ficou um tempão congelada, privada de palavras e de ação. Então sorriu devagar e com prazer. Ele percebeu como os movimentos dela estavam pesados e o rosto demonstrava cansaço. "Ah, meu marido voltou pra mim", disse. "Obrigada, Deus! E como ele está lindo. Agora eu vou ter que ficar de olho nas outras meninas." Mas aquelas provocações eram mornas, e a voz tinha um tom de desculpas e de deferência, como se ela imaginasse que ele podia ficar contrariado.

"É você quem está linda, Ma Azuja", disse Khalil. "Não esse rapazinho fracote que não reconhece um amor verdadeiro bem na cara dele. Por que você não me escolheu, zuwarde? Eu não ia te deixar sem rapé pra cheirar. Como é que você está hoje? E a família?"

"Estamos todos como estamos. Damos graças a Deus por ter sido isso que Ele escolheu pra gente", disse, com a voz mais alta e cheia de pena de si. "Se Ele faz a gente pobre ou faz a gente rico, ou fraco ou forte, a gente só pode dizer *alhamdulillah*. Somos gratos. Se Ele não sabe o que é melhor pra nós quem é que pode saber? Enfim, fique quietinho agora. Deixe eu falar com o meu marido. Espero que você não tenha se engraçado com outras mulheres enquanto ficou longe daqui. Quando é que você vem morar comigo? Estou com um banquete à sua espera."

"Não provoque o rapaz, Ma Ajuza", disse Khalil. "Ele agora é um homem-lobo. Ele vai até sua casa pra comer você."

Ma Ajuza se convenceu a dar um breve ululo com isso, o que fez Khalil mover os quadris numa alegria lasciva. Yusuf viu que Khalil estava servindo medidas generosas de tudo o que Ma Ajuza pedia, e também o viu acrescentar um pequeno cone de açúcar. "A gente se vê no horário de sempre à noite, então?", perguntou Khalil. "Estou precisando de uma massagem."

"Primeiro você me rouba, depois quer se meter comigo", exclamou Ma Ajuza. "Fique longe de mim, mtoto wa shetani."

"Está vendo, ela ainda te ama", Khalil disse a Yusuf, dando-lhe um tapa no ombro para encorajá-lo.

2.

Com tanta gente desconhecida por ali, a porta do muro do jardim ficava sempre fechada e apenas Khalil e o tio Aziz passavam por ela, além do velho jardineiro Mzee Hamdani. Yusuf via a copa das árvores mais altas por cima do muro e ouvia o canto dos pássaros ao nascer do sol, e tinha saudade de voltar a andar pelo arvoredo do desejo. De manhã via Mzee Hamdani percorrer cautelosamente a clareira, contornando tendas e pilhas de lixo que parecia nem enxergar. Ele não olhava para a esquerda nem para a direita e ia reto para a porta do muro do jardim. À tarde saía no mesmo silêncio. Yusuf levou alguns dias para ter coragem de se colocar numa posição em que Mzee Hamdani não pudesse deixar de vê-lo. O velho não deu sinal de ter percebido a presença dele. Yusuf de início ficou magoado, mas então sorriu sozinho e se retirou.

Os homens que estavam na clareira começaram a ir embora, um por um. O tio Aziz ainda se encontrava em negociações com credores e mercadores, mas os homens já iam ficando cansados e incômodos. Iam atrás dele com pedaços de papel com os termos do acordo original com o mercador. Mohammed Abdalla e Simba Mwene serviam de testemunhas enquanto o próprio mercador fazia o registro nos livros contábeis. Aceitavam o que o mercador lhes dava e recebiam outro pedaço de papel pelo que ele ficava devendo. Não receberiam a parte dos lucros que lhes tinha sido prometida, o tio Aziz explicava a cada um. No estado em que as coisas estavam, ele provavelmente teria que sair atrás de dinheiro em algum lugar para poder pagar os credores. Os homens não acreditavam nele mas só diziam isso entre si. Grandes mercadores tinham fama de fraudar os homens que trabalhavam com eles. Para o mercador eles eram só resmungo e adulação, e rogavam por mais. Nyundo pediu que seus valiosos préstimos como tradutor fossem considerados, e o mercador concordou com a cabeça, alterando portanto o pedacinho de papel. Depois que os homens assinavam o livro dizendo que tinham sido pagos, os papeizinhos recebiam as marcas de Mohammed Abdalla e Simba Mwene, que não sabiam escrever, nenhum dos dois. Alguns homens empurravam para a frente o momento de aceitar o papelzinho, guardando as discussões para mais tarde, mas todos acabavam tendo que concordar com o que o mercador oferecia, ou sairiam de mãos abanando. As famílias dos que tinham morrido na viagem receberam o que os parentes falecidos teriam ganhado. O tio Aziz mandava algodão branco suficiente para uma mortalha, mesmo que o corpo já tivesse sido enterrado a centenas de quilômetros dali, e acrescentava alguma coisinha de seu próprio bolso. "Para as orações fúnebres", dizia ao homem a quem confiava a soma.

 O tio Aziz não pagou o dinheiro dos dois homens que fugiram da cidade de Chatu e não apareceram mais. Se enviasse o dinheiro à família deles, e depois os homens aparecessem, as discussões podiam durar o resto da vida. Se não enviasse, mais cedo ou mais tarde um parente apareceria para cobrar e para lhe rogar uma praga pela deslealdade. Mas dos males o menor, dizia o mercador.

Com a partida dos homens, foram embora também os mascates e os quiosques de comida, deixando apenas os corvos que ciscavam no lixo que ficava para trás. "Não esqueça da gente na próxima viagem", os homens diziam a Mohammed Abdalla quando estavam de saída. Diziam isso por bondade, pois era mais do que claro que o mnyapara estava doente e cansado, sofrendo com a fraqueza. "Nós não trabalhamos bem pra vocês? Foi só Deus que não abençoou a nossa jornada. Então não esqueça de nós, mnyapara."

"Próxima viagem? Participar de outra viagem? Não vai ter próxima viagem", dizia o mnyapara, com o rosto orgulhoso tornado cruel pela maldade e pela zombaria. "O europeu tomou tudo."

Os últimos a receberem sua paga foram Mohammed Abdalla e Simba Mwene. Aceitaram sua fatia com murmúrios de gratidão, mal olhando o que tinham recebido. Então ficaram educadamente sentados com o mercador na varanda, sem saber se lhe eram ou não de alguma ajuda mas sem vontade alguma de sair dali rápido demais, o que podia ser uma ofensa. Quando se levantaram para partir, o mercador estendeu uma mão e conteve Simba Mwene. Por um instante, Mohammed Abdalla ficou perfeitamente imóvel, olhos cravados no chão. Então com toda a calma se afastou dali.

Khalil deu um cutucão com o cotovelo em Yusuf enquanto assistiam à dispensa de Mohammed Abdalla. O rosto de Khalil reluzia de triunfo, como se ele mesmo tivesse arquitetado o golpe. "E chega daquele cachorro imundo", sussurrou. "Agora ele vai ter que voltar pra floresta lá dele e torturar os animais. Sai daqui, seu cachorro!"

Yusuf ficou surpreso com a intensidade da antipatia de Khalil, e olhou curioso para ele, esperando uma explicação. Mas Khalil lhe deu as costas e começou a reorganizar as caixas de arroz e de feijão sobre o balcão da venda. Os olhos dele piscavam com rapidez, e a boca se contorcia nos cantinhos como se ele não conseguisse se controlar. As veias do rosto, tenso, estavam saltadas, o que lhe dava uma aparência vulnerável. Ergueu ansioso os olhos para Yusuf e tentou sorrir. Yusuf fez outra vez uma cara interrogativa, mas Khalil fingiu não perceber. Então começou a cantar, batendo palmas suavemente enquanto vigiava despreocupado a rua da frente à espera de fregueses.

Naquela mesma tarde Mohammed Abdalla se pôs sentado na varanda, com sua trouxa ao lado, pronto para viajar. Estava esperando que o mercador levantasse da sesta. Yusuf estava sozinho atrás do balcão da venda, mas não havia fregueses. Khalil fora tirar uma soneca nos fundos da venda. Mohammed Abdalla fez um sinal para Yusuf e o convidou a sentar a seu lado no banco. "O que é que vai ser de você?", perguntou com rispidez. Yusuf se manteve calado, esperando para ouvir o que Mohammed Abdalla queria lhe dizer. Depois de um instante, Mohammed Abdalla bufou de modo cínico e sacudiu a cabeça. "Pesadelos! Choramingando no meio da noite que nem uma criancinha doente! O que é que você via de noite que podia ser pior que o mal que a gente enfrentou? Fora isso você se comportou bem, pra um menino tão bonito. Encarou tudo e ficou de olhos abertos, fez tudo o que pediram pra você fazer. Mais uma dessas jornadas e você vai ficar bem forte, como se fosse de metal. Mas agora não vai ter mais viagens, com os cachorros desses europeus por toda parte. Quando eles acabarem vão ter fodido a gente em tudo quanto é buraco. Fodido a gente até virar trapo. Nós vamos ficar pior que a merda que eles vão fazer a gente comer. Todos os males vão recair sobre nós, sobre a gente do nosso sangue, e até os selvagens pelados vão poder nos desprezar. Você vai ver."

Yusuf manteve os olhos em Mohammed Abdalla mas sentiu que Khalil tinha voltado dos fundos da venda. "O seyyid... ele é um mercador incrível apesar dessa viagem", continuou Mohammed Abdalla. "Você devia ver visto como ele estava na última vez que a gente foi pra Manyeme. Ele aceita correr riscos e não tem medo de nada. Nada! E ele não age com leviandade, porque vê o mundo como é. E o mundo é um lugarzinho cruel e mau, como você sabe. Aprenda com ele! Fique atento, bem atento... e não deixe eles te transformarem em vendeiro como aquele bobo daquele gordinho com quem você morava. Aquele Hamid de traseiro enorme e venda vazia! *Muungwana*, ele se diz, um homem de honra, quando não passa de um bunda-mole, todo orgulhoso que nem aqueles pombos brancos dele. Ele não vai ter muita honra de sobra quando o seyyid acabar com ele dessa vez. Ou aquela mulherzinha lá. Aquela. Não deixe eles te transformarem numa coisa daquelas." Mohammed Abdalla ergueu o gravetinho e apontou para o balcão da venda, de onde Khalil estava vendo tudo. Lançou um olhar penetrante para Khalil como se o desafiasse a reclamar. Quando ele não disse mais nada, Yusuf se pôs de pé. "Fique atento", disse Mohammed Abdalla com um sorriso irônico.

3.

Simba Mwene acompanhou o tio Aziz até a cidade, onde ele foi conversar com os credores e combinar os pagamentos. Embora não tenha sido convidado a participar das discussões, disse que entendeu um pouco do que estava acontecendo. Quando voltou, contou a Khalil e Yusuf o que aprendera a respeito dos negócios do mercador. As perdas foram altas, e todos os credores tiveram que dividir uma parte do prejuízo, mas grande parte do impacto ainda seria do mercador. "Só que ele é esperto demais pra cair nessa sozinho, e o indiano também perdeu muito dinheiro, então ele não tem escolha e vai ter que dar uma mão. A gente tem que fazer outra viagem de trem. Pra um lugar onde o nosso bwana tem umas mercadorias de valor. Mas só eu e o bwana vamos", Simba Mwene disse satisfeito, sorrindo para Yusuf.

"Onde? Que mercadorias de valor? Na loja de Hamid?", perguntou Yusuf.

"Ele não sabe de nada", disse Khalil. Simba Mwene tinha perdido um pouco do ar intimidante desde a partida dos homens e às vezes achava difícil lidar com a exuberância de Khalil. "Isso aí é só conversa. Ele está acostumado a se exibir na frente dos carregadores ignorantes e daqueles selvagens de lá, aí acha que consegue passar a perna na gente. Você acha que o seyyid vai confiar nele com qualquer coisa de valor?"

"Acho que você conhece o lugar, Yusuf. Você sabe que tipo de mercadoria tem estocada lá na venda do Hamid? Se não sabe, melhor nem perguntar", disse Simba Mwene com um sorriso irônico, ignorando Khalil.

"Que mercadoria?", perguntou Yusuf, fechando o rosto numa expressão de ignorância e desorientação para encorajar Simba Mwene a continuar falando. "Lá só tem umas sacas de milho seco."

"Talvez tenha um porão secreto onde um jinn guardou ouro e joias pro seyyid", disse Khalil. "E agora o falastrão do nosso amigo Simba vai pegar o tesouro e salvar os negócios do seyyid. Só ele tem o anel mágico, só ele sabe as palavras mágicas que abrem as pesadas portas de bronze."

Simba Mwene riu. "Você lembra da história que o Nyundo contou na viagem? Um jinn roubou uma linda princesa jovem da casa da família na noite do noivado... Lembra? E levou a moça pra um porão subterrâneo na floresta, encheu de ouro e joias e de tudo quanto é tipo de comida cara e de conforto. De dez em dez dias o jinn visitava a princesa e passava a noite com ela, aí ia cuidar da vida. A princesa passou anos ali. Um dia um lenhador deu uma topada na maçaneta do alçapão que levava ao porão. Ele abriu a tampa, desceu a escada e encontrou a princesa. Ele se apaixonou por ela na hora, e a princesa também se apaixonou por ele e contou a história dos seus anos de prisão. Ele viu o tremendo luxo dali onde ela morava e ela mostrou o lindo vaso que tinha que esfregar se precisasse que o jinn aparecesse com urgência. Depois de ficar quatro dias e quatro noites com a princesa, o lenhador tentou convencer ela a ir com ele, mas ela riu e disse que era impossível escapar do jinn, que tinha arrancado ela de casa aos dez anos e que saberia ir atrás dela em qualquer lugar. O lenhador estava tomado de amor e de inveja, e num ataque de raiva ele pegou o vaso e arremessou contra a parede.

"No mesmo instante o jinn apareceu, espada desembainhada na mão. Na confusão, o lenhador conseguiu fugir pela escada, mas deixou pra trás as sandálias e o machado. O jinn agora entendeu que sua princesa tinha recebido outro homem, e com um único golpe cortou a cabeça dela."

"E o lenhador?", perguntou Khalil ansioso. "O que foi que aconteceu com o lenhador? Conta de uma vez."

"O jinn não teve dificuldade pra encontrar o lenhador por causa das sandálias e do machado. Saiu mostrando os objetos pras pessoas de um vilarejo próximo, dizendo que era amigo do dono, e então levaram ele até a casa do lenhador. Sabe o que ele fez com o sujeito? Levou o lenhador até o cume de uma imensa montanha deserta e transformou ele num macaco", disse Simba Mwene com grande prazer. "Por que ele não podia visitar a princesa nos nove dias que o jinn não estava lá? Você sabe?"

"Porque era o destino dele", disse Khalil sem hesitar.

"Então o tio Aziz tem um porão secreto lá na venda do...", Yusuf foi dizendo, na tentativa de fazer a conversa voltar para os itens de contrabando guardados. Viu uma expressão de surpresa atravessar o rosto de Khalil. *Pra começo de conversa ele não é seu tio.* Ele considerou a possibilidade de se forçar a dizer "seyyid", mas não conseguia. "Enfim, o que é a tal mercadoria de valor guardada com o Hamid?"

"*Vipusa*", sussurrou Simba Mwene. Chifre de rinoceronte. "Mas se você abrir a boca com qualquer um a gente vai se dar mal. O governo mdachi proibiu a venda de vipusa pra ficar com a exclusividade do lucro. É por isso que o preço subiu tanto, e o nosso bwana está bem quietinho esperando pra vender a mercadoria pro indiano. Ele não vai trazer a vipusa pra cá. Isso é tarefa minha, levar tudo pro outro lado das montanhas até a fronteira, juu kwa juu, e entregar pra um certo indiano perto de Mombaça. O nosso bwana precisa cuidar de outras coisas, e vai deixar tudo comigo."

Simba Mwene disse tudo isso com ar de importância, como se fosse o guardião de grandes segredos. Lançou olhares para os dois, um de cada vez, tentando medir o efeito daquelas palavras, e Yusuf viu a expressão de espanto de Khalil e soube que ele estava rindo de Simba Mwene.

"Pode apostar que o seyyid escolheu um homem de coragem pra isso, um verdadeiro leão", disse Khalil.

"É uma estrada perigosa", disse Simba Mwene, sorrindo e sem se deixar abalar pela zombaria de Khalil. "Principalmente na fronteira. Ainda mais agora que andam falando que pode começar uma guerra entre os ingleses e os alemães."

"Por que vipusa tem tanto valor?", perguntou Yusuf. "Serve pra quê?"

Simba Mwene pensou por um momento, e então desistiu da possibilidade de elaborar uma resposta. "Não sei", disse. "Remédio, também. Quem é que entende esse mundo? Eu só sei que o indiano compra, e pouco me importa o que ele faz com aquilo depois. Comer é que ele não come. Acho que deve ser pra remédio."

Quando Simba Mwene se despediu deles, voltando para o armazém que vinha ocupando desde a partida de Mohammed Abdalla, Khalil disse, "O seyyid vai falar com as pessoas que devem dinheiro a ele pra elas pagarem as próprias dívidas. Ele sempre deixa alguma coisa à mão. É o jeito dele. Mesmo quando parece que os negócios dele foram mal, ele faz uma viagem pra cá, uma viagem pra lá, e logo está bem de novo. Ele pode até ir falar com o seu ba. Vão ajeitar tudo entre eles e você não vai mais ser rehani. O seu ba vai pagar o que deve e o seyyid também, e aí você fica livre. O que é que você vai fazer, então? Voltar pra morar nas montanhas que nem o eremita de Zanzibar? Mas eu não acho que uma coisa dessas vai acontecer. O seu ba provavelmente já está na pobreza total, igualzinho estava o meu marehemu ba, sem ter como pagar a dívida nem nesse mundo nem no outro. Então nada de retiro nas montanhas pra você... Mas o seyyid não vai nem pedir pra ele, eu acho. Ele gosta de você. Viu o falatório e a pose do tal do Simba? Ele recebeu essa tarefa perigosa porque o seyyid não dá bola pro que pode acontecer com ele... senão tinha mandado você."

"Ou você", disse Yusuf, movido por amizade e lealdade.

Khalil sorriu, então sacudiu a cabeça em resposta. Era um gesto pesaroso, que lamentava a ignorância de Yusuf. "A Senhora", disse. "Como é que você vai conversar com ela sem saber árabe? E se você acha que eu vou deixar a minha venda aqui pra você acabar com ela... Se o seyyid não conseguir pagar todas as dívidas que tem, essa venda pode ser a única fonte de renda pra ele. Ele vai achar outra coisa pra você. Ele gosta de você."

Yusuf estremeceu. "Mas ele ainda não é seu tio", disse Khalil, fazendo de conta que ia dar um tapa na parte de trás da cabeça de Yusuf. O golpe foi aparado com facilidade.

O tio Aziz convidou os dois a comerem com ele na véspera da volta ao interior. Na hora marcada, logo após a oração do pôr do sol, Khalil levou Simba Mwene e Yusuf até o jardim. O lusco-fusco e o silêncio eram serenos, tocados levemente pelo som da água. Uma fragrância perfumava o ar, uma música que encantava os sentidos. No outro extremo do jardim, lâmpadas penduradas em postes iluminavam o terraço e entalhavam um pavilhão dourado na escuridão, que aumentava cada vez mais. O reflexo transformava os canais de água em trilhas de metal opaco. Havia tapetes estendidos na varanda, que soltavam vapores de sândalo e de âmbar.

Assim que sentaram, o mercador chegou do pátio, trajando roupas do mais fino algodão, que esvoaçavam e ondulavam enquanto ele se aproximava. Estava com um barrete bordado com seda dourada. Todos se puseram de pé para cumprimentá--lo, mas sorrindo ele fez um gesto para que sentassem e se acomodou entre eles. Yusuf viu que esse era novamente o seyyid, o homem que sem se abalar o tirou dos pais e de casa, e que caminhou sorridente e equânime pelas terras endurecidas do caminho que levava até os lagos. Mesmo em seu pior momento, na cidade de Chatu, uma segurança tranquila e invencível emanava dele e envolvia a todos. Na jornada do retorno e desde a chegada, a angústia dispersara essa atmosfera e deixara o mercador exposto às reclamações e exigências dos homens que viajaram com ele. Mas ele já era de novo o seyyid, composto e imperturbável, com um sorriso de satisfação magnânima pairando quase fora do campo de visão de todos.

Começou a lembrar dos tempos da jornada, mas com leveza, como se não estivesse ele mesmo estado lá e recordasse apenas o relato de um terceiro. Com gestos e olhares convidava Simba Mwene a confirmar os detalhes, e sua cabeça aquiescia agradecida ao reconhecer os detalhes da história que iam sendo evocados. Yusuf supunha que Simba Mwene compreendia o que estava acontecendo, mas graças à risada encantada e aos movimentos da voz subindo e descendo soube que ele achava os elogios do mercador irresistíveis. Depois de um tempo, Simba Mwene estava empolgado e mal precisava de encorajamento para passar de uma história a outra, como se eles estivessem novamente em volta de uma fogueira no coração do território.

A porta que dava para o pátio se entreabriu de leve, e Khalil se pôs silenciosamente de pé como se tivesse recebido um sinal. Sumiu lá dentro e depois de um instante voltou com um prato de arroz. Outras viagens trouxeram pratos de peixe, de carnes cozidas, de legumes, de pão e um grande cesto de frutas. A primeira aparição da comida deteve a conversa e eles esperaram num silêncio educado enquanto Khalil fazia as viagens. Yusuf tentou não olhar para a comida, mas não conseguia desviar os olhos do arroz, que brilhava de ghee e estava salpicado de uvas-passas e nozes. No silêncio em que ficaram, Yusuf ouviu a voz que vinha expulsá-lo do jardim, e essa sensação fez com que a lembrança lhe parecesse mais emocionante. Por fim Khalil veio com um jarro e uma bacia de latão, e um pano pendurado no antebraço. Foi vertendo água para que eles pudessem lavar as mãos um a um. Simba Mwene também enxaguou a boca e cuspiu ruidosamente no jardim. *Bismillah*, o tio Aziz disse, convidando todos a comer.

Simba Mwene foi se tornando cada vez mais desinibido em sua fala enquanto comiam, e se dirigia com liberdade ao mercador. Estava inclinado a pôr a culpa do fracasso da viagem no mnyapara, disse. "Se ele não tivesse surrado aquele homem na floresta, aí Chatu não teria ficado tão definitivamente contra nós", disse com a voz endurecida. "Ele tratava todo mundo como se fossem criados e escravos. Esse tipo de comportamento já teve o seu lugar, mas hoje ninguém atura mais. O que é que Chatu ia pensar? Ele deve ter pensado que nós éramos sequestradores e vendedores de carne humana. O senhor não devia ter dado tanta liberdade a ele, bwana. Sabe, ele era um homem rígido, sem um pingo de piedade. Mas acho que Chatu foi ainda mais rígido que ele."

O tio Aziz concordou com a cabeça, calado, e não o contradisse. Simba Mwene continuou falando, a voz que ficava cada vez mais alta ia abafando o farfalhar suave dos arbustos e das árvores e enchendo o jardim de clamores. Yusuf ficou pensando se ele não se ouvia falando daquele jeito, mas ele prosseguia como se estivesse embriagado. Os olhos do mercador repousavam impiedosamente nele, e Yusuf podia ver que estava pesando Simba Mwene em comparação com a vipusa escondida no armazém de Hamid. No fim, o tio Aziz falou em árabe com Khalil, e ele começou a levar de volta os pratos devastados para dentro de casa, inclinando cada um deles na direção dos convivas antes de sair.

"Você viu a cara do seyyid quando aquele falastrão cuspiu água no jardim? Ou quando ele ficou falando do que deu errado na viagem?", Khalil sussurrou mais tarde, rindo de alegria. Estavam deitados nas esteiras na varanda da frente da venda, as cabeças quase encostadas. "Ele sabe que não pode confiar naquele ali, mas não tem escolha. Tantos problemas pro seu tio! E aquele Simba Mwene latindo que nem hiena cega."

"Ele não é bobo", disse Yusuf. "Em alguns momentos da jornada, ele foi o único que se manteve senhor de si."

"Senhor de si", riu Khalil. "Que conversa é essa? Onde foi que você aprendeu a falar desse jeito? Deve ser por ter ficado por perto da nobreza nessas viagens. Você ainda acaba virando hakim quando for mais velho. Você diz que ele não é bobo. Então por que ele faz papel de bobo? A não ser que esteja armando alguma coisa. A não ser que ele tenha más intenções e queira que o seyyid fique sabendo. No tempo deles o seyyid e o Mohammed Abdalla iam enrolar esse Simba em folhas de espinafre e comer o sujeito no almoço. Mas agora o

Mohammed Abdalla está acabado e o seyyid tem você, e você faz ele sentir que está agindo mal. Acho que você também faz ele sentir alguma coisa diferente. Você fica olhando pra ele o tempo todo. Enfim, até ficar sabendo que os tais chifres fedorentos de rinoceronte estão em segurança, o seu tio vai passar umas noites sem dormir direito", disse Khalil, satisfeito com o resumo que fez da situação.

"Que história é essa... de eu ficar olhando pra ele?", perguntou Yusuf, com o rosto fechado e irritado. "Por que é que eu não ia poder olhar pra ele? Eu olho pra você."

"Você olha todo mundo, tudo mesmo", disse Khalil, esvaziando a voz de qualquer agressividade. "Quem é que não sabe disso? E qualquer um percebe que esses seus olhinhos desgraçados estão abertos e que você não quer que nada escape. Então se até eu percebo uma coisa dessas, o que é que você acha que um sujeito esperto que nem o seyyid vai perceber? Ah, meu irmão, ele sente esses seus olhos penetrantes em cima dele. Você não enxerga? Que história é essa de eu ficar olhando pra ele! Não esqueça que eu te vi se cagando de medo de uns cachorros sarnentos que fogem até de mosca, e você viu alguma coisa neles. Homens-lobo, talvez. Mas você ouviu aquela besta falando do diabo do Mohammed Abdalla? Esses dias maus acabaram! Que falastrão! E você viu quanta comida ele traçou?"

De manhã Khalil beijou de modo reverente a mão do tio Aziz ao se despedir, então ficou ao lado dele concordando com movimentos acelerados da cabeça enquanto ouvia as últimas instruções. O tio Aziz fez um sinal para Yusuf e pediu que o acompanhasse até mais perto da estação. Fez um gesto que dizia para Simba Mwene ir na frente e seguiu poucos metros atrás.

"Nós vamos conversar quando eu voltar", o tio Aziz disse

a Yusuf. "Você cresceu bem, e agora nós precisamos encontrar alguma coisa relevante pra você fazer. Você está em casa aqui comigo. Acho que você sabe disso. Sinta-se em casa, e nós vamos conversar quando eu voltar."

"Obrigado", Yusuf disse e se esforçou para conter o tremor que podia sentir começando a tomar conta de si.

"Acho que Hamid tinha razão. Talvez esteja na hora de arranjar uma esposa pra você", disse o tio Aziz com um sorriso largo, olhos vasculhando o rosto de Yusuf. Seu sorriso se transformou numa breve gargalhada alegre. "Eu vou ficar de olhos bem abertos nas minhas andanças, e voltar com histórias de todas as beldades de que eu ouvir falar. Não faça essa cara de assustado", disse.

Então deu a mão para Yusuf beijar.

4.

    Eles foram visitar a cidade na primeira oportunidade. Khalil queria ir a todos os lugares que tinham conhecido antes. Ele não tinha ido à cidade nos anos todos em que Yusuf esteve longe, disse, ainda que pensasse toda sexta-feira nos passeios que faziam juntos. "Aonde é que eu podia ir sozinho? Quem é que eu conheço?", disse. Na mesquita Yusuf não pôde se conter e exibiu seu conhecimento do Corão, e depois contou a Khalil a história de seu desmascaramento e de sua vergonha. "Conhecer o Corão vai ser sempre uma ajuda", disse Khalil. "Mesmo que você esteja perdido na caverna mais funda ou na floresta mais escura. Mesmo que você não entenda as palavras." Yusuf lhe contou de Kalasinga e dos planos que ele faz de traduzir o Corão para os waswahili verem como é cruel o Deus que adoram. Irritado, Khalil quis saber como Yusuf conseguiu ficar sentadinho ouvindo em silêncio um infiel lançar esse tipo de blasfêmia. O que é que eu devia fazer? Matar o sujeito apedrejado?, Yusuf perguntou. Visitaram a rua onde tinham visto o desfile do casamento indiano e ouvido o homem cantar para os convidados. Por vezes brincavam nas ruas como duas crianças, jogando frutas podres um no outro e correndo por entre multidões de desconhecidos. Quando chegaram à praia a noite já tinha caído, mas o mar brilhava com uma luminescência prateada e crescia em vagas espumantes que lambiam velozes os pés dos dois. Na volta pararam num café e pediram carneiro com feijão e muito pão, além de um bule de chá doce só para eles. Concordaram que nenhum deles tinha comido feijão mais delicioso que o do prato que dividiram no café.

Com Mzee Hamdani Yusuf foi devagar. O velho jardineiro não parecia mais velho, embora Yusuf o tivesse visto caminhar com mais cuidado e evitar a companhia dos outros de maneira ainda mais agressiva. Ficou esperando até ver ele sofrendo para carregar baldes de água num dia de calor, e só então se apresentou para ajudar. Mzee Hamdani ficou tão surpreso que nem pôde reclamar e talvez depois de todas as idas e vindas da torneira ao jardim naquele calor ele tenha até ficado um pouquinho aliviado de poder descansar. E quando Yusuf lhe dirigiu um sorriso acanhado de triunfo pelo pequeno sucesso do estratagema os olhos do velho jardineiro não ficaram vazios. Toda manhã enchia de água os dois baldes do jardineiro e deixava enfileirados dentro do jardim murado para ele usar. À luz do dia viu como o jardim tinha crescido. As laranjeiras jovens junto ao muro mais distante ficaram mais fortes e mais grossas, e as romãs e palmeiras tinham a espessura e a firmeza de plantas que estariam ali por toda a eternidade. Flores brancas cobriam a amarena, que ganhara um formato redondo e moderado. Mas entre os trevos e as gramíneas viu urtigas bem altas e touceiras de espinafre selvagem, e os botões de lavanda tinham dificuldade de se fazer enxergar entre lírios e íris encardidos. A borda do laguinho para onde corriam os canais estava coberta de algas, e os próprios canais fluíam lentos por causa da areia em suspensão. Todos os espelhos tinham sido retirados das árvores.

Ele começou a entrar no jardim de manhã bem cedo, muitas vezes antes de o próprio Mzee Hamdani chegar. Capinou o mato, podou os lírios e começou a limpar os canais. O velho jardineiro foi lhe dando espaço sem dizer nada e se aproximava apenas para corrigir irritado algum erro cometido. Yusuf viu que Mzee Hamdani gastava mais tempo do que antes com as orações. As cantigas tinham ficado mais lúgubres e tristes, notas melancólicas sustentadas longamente sem subir e descer com o êxtase solene das antigas qasidas.

Khalil o chamava quando precisava de ajuda, ou quando Ma Ajuza passava na venda. Fora isso, tratava aquele desejo pelo jardim com tolerância, mas achando graça. Se havia algum desencorajamento de parte dele era apenas quando ria de Yusuf com os fregueses. Ficava inquieto quando ele ainda estava no jardim no fim da tarde e vinha chamá-lo. "Eu lá suando pra pôr comida nessa sua barriga, seu mswahili ignorante, e você quer ficar brincando o dia todo no jardim. Venha varrer o terreiro e me dê uma mão com as sacas. Todo mundo que vem pergunta de você. Os velhos querem saber tudo da viagem. Os fregueses querem te cumprimentar. Cadê o seu irmãozinho?, eles perguntam. Irmãozinho! O pateta está lá brincando no jardim, eu digo. Ele acha que é sobrinho de um mercador rico e gosta de ficar deitado embaixo das laranjeiras e sonhando com o paraíso." Mas Yusuf imaginou que a Senhora é quem não queria que ele estivesse no jardim quando ia chegando o fim do dia. Talvez ela gostasse de ir ao jardim nesse horário, o que era impossibilitado pela presença dele.

No fim de uma tarde, durante uma pausa no trabalho de alargar um dos quatro canais que alimentavam o lago, ele viu uma pedrinha preta que se projetava da margem rasa que tinha cortado. Ele se abaixou desligado para pegar e viu que não era pedra, e sim uma bolsinha de couro. Estava desgastada e áspera por ter ficado enterrada, e a água tinha escurecido o couro, mas ainda estava intacta o suficiente para ver que era um *hirizi*, um amuleto de usar no braço, que sem dúvida continha as palavras de uma oração em prol da pessoa que o usasse. A costura estava desgastada num dos cantos e pela fresta ele via a minúscula caixinha de metal dentro da bolsa. Sacudiu o amuleto e ouviu um som de chocalho, o que indicava que o objeto lá dentro ainda estava firme e não tinha apodrecido embaixo da terra. Com um raminho pequeno foi tirando mais terra da fresta e pôde entrever o padrão gravado na caixinha de metal. Lembrou de histórias sobre os poderes mágicos dos amuletos, e sobre como os jinns podem ser convocados lá de seus covis no alto do céu quando alguém esfrega um deles. Tentou inserir a pontinha do dedo mínimo na fresta, para ver se conseguia alcançar o metal. Uma voz alta o fez erguer a cabeça e ele então viu que a porta que dava para o pátio, por onde Khalil tinha saído na noite em que jantaram com o tio Aziz, estava entreaberta. Mesmo com a luz que ia sumindo pôde ver um corpo ali parado. A voz se ergueu de novo, e dessa vez ele reconheceu a voz da Senhora. Um risco de luz surgiu na porta quando a figura se afastou, e então a porta se fechou.

Quando Khalil entrou na casa para pegar a comida deles naquela noite, demorou muito para sair. Yusuf ficou imaginando que estava provocando reclamações iradas da Senhora por ter ficado mais tempo do que devia no jardim. Se ela não queria que ele ficasse no jardim em determinado horário, bastava dizer. Não quero o rapaz no jardim nesta ou naquela hora. Pronto, e ele nunca ia ficar naquela hora. O segredo e os sussurros o faziam sentir-se como uma criança. Ficava irritado com a ideia de que eles estivessem achando que agia sem respeito ao macular a honra dela com seu olhar pecaminoso. Imaginava quais seriam as proibições raivosas que Khalil inventaria para ele. Seria expulso do jardim? Que mais ela poderia decretar contra ele? Seu dedo estava lidando com a fresta do amuleto, e um pouco mais da caixinha de prata já estava visível. Sentia-lhe a frieza e pensava se devia convocar o gênio agora para vir salvá-lo, ou para evitar qualquer catástrofe que estivesse pela frente. Por algum motivo via Chatu como o jinn furioso, e essa imagem lhe deu ânimo. Uma lembrança do pátio em que tinha passado aqueles dias de cativeiro lhe veio à mente e lembrou de novo a sensação do hálito quente da menina no pescoço dele.

Khalil parecia bravo quando saiu. Colocou os pratos de arroz frio e de espinafre diante deles e começou a comer sem dizer nada. Comeram à luz que vinha da venda, ainda aberta. Depois Khalil enxaguou seu prato e entrou na venda para contar os pagamentos do dia e começar a repor itens nas prateleiras. Quando terminou de comer, Yusuf também lavou o prato e entrou na loja para ajudar. Khalil só estava esperando ele terminar, porque pegou os pratos e voltou para a casa. Parecia tão torturado e perdido que Yusuf não disse as palavras irritadas que tinha na ponta da língua. Por que tanta cena?

Já estava deitado na esteira, no escuro, quando Khalil veio até a varanda e deitou no lugar de sempre, não longe dele. Depois de um longo silêncio, disse baixinho, "A Senhora enlouqueceu".

"Porque eu fiquei até tarde no jardim?", Yusuf perguntou, deixando que a incredulidade do tom da sua voz manifestasse um pouco da irritação que sentia.

Khalil de repente riu no escuro. "O jardim! Você só pensa nesse jardim! Você também está enlouquecendo", disse enquanto ria. "Você devia achar outra coisa para consumir a sua energia. Por que você não sai atrás da mulherada, ou vira santo? Mas não, você quer é ficar que nem aquele Mzee Hamdani. Por que você não sai atrás da mulherada? É um passatempo divertido. Com essa beleza toda você pode conquistar o mundo inteirinho. E se não der certo, sempre tem a Ma Ajuza te esperando quando você quiser..."

"Não comece de novo com isso", Yusuf disse ríspido. "Ma Ajuza é uma mulher de idade e merece mais respeito..."

"De idade! Segundo quem? Eu já passei por ela e sei que ela não é velha. Juro, eu dormi com ela", disse Khalil. No silêncio Yusuf ouvia a respiração suave de Khalil, e então uma risada súbita de desprezo. "Você achou nojento, não foi? Mas eu não fiquei com nojo nem com vergonha. Eu fui atrás dela porque precisava, e usei o corpo dela como pagamento. Ela também tinha as suas necessidades. Pode ser cruel, mas ninguém ali tinha escolha. O que é que você queria que eu fizesse? Ficar esperando uma princesa se apaixonar por mim quando passar pela venda pra comprar uma barra de sabão? Ou uma jinneyeh linda me levar embora na noite do meu casamento pra me guardar num porão como escravo sexual?"

Yusuf não respondeu, e depois de um momento breve de silêncio Khalil suspirou. "Não faz mal, fique puro pra sua princesa. Escuta, a Senhora quer te ver", disse.

"Ah não!", Yusuf soltou um suspiro pesado. "Isso está indo longe demais. Por quê? Só diga a ela que eu não vou mais no jardim se ela não me quiser por lá."

"Lá vem você com o jardim de novo", Khalil disse irritado. Soltou dois bocejos antes de continuar. "Não tem nada a ver com isso! Não como você está pensando."

"Eu não vou entender o que ela diz", Yusuf falou depois de um momento.

Khalil soltou uma gargalhada. "Não vai mesmo. Só que ela não quer conversar com você, ela quer te ver. Eu te disse que ela ficava te olhando no jardim. Agora ela quer te ver mais de perto. Ela quer você na frente dela. Amanhã."

"Pra quê? Por quê?", perguntou Yusuf, confuso com as palavras de Khalil e também com o modo de ele dizer aquelas palavras. Havia nelas uma angústia e uma derrota, uma resignação diante de dificuldades ameaçadoras e inevitáveis. Conte tudo, Yusuf sentia-se tentado a gritar. Qual é o problema? Eu não sou criança. O que é que você está armando pra mim?

Khalil bocejou e rastejou até mais perto de Yusuf como se quisesse falar baixinho com ele. Então bocejou outra vez, e mais outra, e foi se afastando. "É uma longa história, de verdade, e eu estou muito cansado agora. Amanhã, sexta-feira. Eu te conto amanhã quando a gente for até a cidade", disse.

5.

"Escuta", disse Khalil. Eles tinham ido para a oração do Juma'a, passearam pelo mercado sem conversar, e estavam sentados no muro do quebra-mar, perto do porto. "Você teve muita paciência. Não sei quanto você sabe disso tudo, quanto te disseram ou quanto você entendeu, então eu vou te contar desde o começo. Você não é mais criança, e não está certo não te dizerem essas coisas. É o nosso jeito, esse monte de segredos. Quase doze anos atrás o seyyid casou com a Senhora. Ele era um pequeno mercador que fazia a rota daqui até Zanzibar, trazendo tecidos e ferramentas e tabaco e peixe seco, e levando gado e madeira pra lá. Ela tinha acabado de enviuvar e era rica. O marido dela era dono de vários dhows que navegavam por todo o litoral com cargas de tudo quanto era tipo. Grãos e arroz de Pemba, escravos do sul, especiarias e gergelim de Zanzibar. Apesar de ela já não ser jovem, a riqueza atraiu homens de família e de ambição. Durante quase um ano inteiro ela rejeitou todos os pretendentes, e começou a ficar com má reputação. Você sabe como é quando uma mulher recusa propostas de casamento. Deve ter alguma coisa errada com ela. Teve gente que saiu dizendo que ela era doente, ou que tinha ficado louca por causa do luto. Também teve gente que dizia que ela era estéril, e que preferia mulheres e não homens. As mulheres que levavam as propostas à Senhora, e voltavam com as respostas dela pras famílias dos homens, diziam que ela era bem cheia de si, pra uma pessoa feia daquele jeito.

"Pelas fofocas dos mercadores ela ficou sabendo do seyyid, que era muitos anos mais jovem. Todo mundo falava bem do seyyid naqueles tempos, então apesar de todos os pretendentes bem relacionados que tinha, foi ele que ela escolheu. Discretamente disseram pra ele se encorajar, eles trocaram presentes, e em poucas semanas estavam casados. Não sei que tipo de acordo fizeram, mas o seyyid assumiu o controle dos negócios e fez tudo prosperar. Ele saiu do ramo dos dhows, vendeu todos os barcos. Foi aí que ele se tornou o seyyid que a gente conhece, viajando pro interior, bem longe, atrás de comércio.

"O meu Ba tinha uma vendinha num vilarejo da costa de Mrima ao sul de Bagamoyo. Eu já te falei isso. A minha Ma estava lá com os meus dois irmãos mais velhos e uma irmã. Era uma vida pobre, e os meus irmãos às vezes iam embora atrás de trabalho nos barcos. Eu não lembro se o seyyid foi antes conversar com a gente, mas talvez eu fosse novo demais. O que eu sei é que um dia eu pus os olhos nele. O meu Ba estava falando com ele de um jeito que eu nunca tinha visto ele usar com qualquer outra pessoa. Nem falaram comigo, eu era só um menininho, mas eu vi como eles falaram do seyyid quando ele saiu. A Ma disse que ele era filho de um demônio e agora estava possuído pela filha de iblis ou afreet ou coisa pior. Que ele era um cachorro e filho de um cachorro... que fazia mágica e outras coisas. Uma conversa doida assim. Quando o seyyid voltou, vários meses depois, passou dois dias com a gente. Ele me levou um presente, um barrete de renda bordado com um padrão de moitas de jasmim e luas crescentes. Eu ainda tenho o barrete. Mas com tudo o que já tinha ouvido eu sabia que o meu Ba devia dinheiro ao seyyid, porque tinha pedido emprestado pro meu irmão mais velho entrar como sócio num negócio pequeno que faliu. O meu irmão e os amigos deles compraram um barco de pesca em Mikokoni, e o barco bateu num recife. Enfim, a nossa venda era pobre demais pra compensar a dívida. Depois de dois dias o seyyid foi embora. Eu vi o meu pai beijar a mão dele várias vezes na despedida, e aí o seyyid veio falar comigo e me deu uma moeda. Eu acho que a gratidão do meu Ba significava que o seyyid tinha dado mais tempo pra ele, mas não sei se eu entendi isso tudo na época. Não me disseram nada naquele tempo. Era impossível não ver que o Ba foi ficando triste e mal-humorado. Ele gritava com todos nós e passava horas no tapete de oração. Uma vez ele surrou o meu irmão mais velho com uma acha de lenha, e ninguém conseguia fazer ele parar porque ele gritava e chorava atormentado quando a minha mãe e o meu outro irmão chegavam perto. Ele surrava o filho enquanto chorava de vergonha.

"Aí um dia aquele demônio do Mohammed Abdalla apareceu e me levou embora com a minha irmã, e trouxe a gente pra cá. Ele morreu logo depois disso, o coitado do meu Ba, e a Ma e os meus irmãos voltaram pra Arábia e deixaram a gente aqui. Eles simplesmente foram embora e deixaram a gente aqui."

Khalil ficou em silêncio olhando o mar, e Yusuf sentiu o sal da brisa que soprava da água lhe ferir os olhos. Então Khalil concordou várias vezes com a cabeça e continuou.

"Faz nove anos que eu estou com o seyyid. Quando nós

chegamos tinha um outro sujeito na venda. Ele era mais ou menos da idade que eu tenho agora e me ensinou o trabalho todo. O nome dele era Mohammed. À noite, depois de fechar a venda, ele fumava vários bastõezinhos de haxixe e saía atrás de sexo. A minha irmã ia servir de criada da Senhora. Ela tinha sete anos de idade, e a Senhora dava medo nela." Khalil gargalhou de repente, dando um tapa na perna. "Mashaallah, ela chorava tanto que eles tiveram que pedir para eu ir conversar com ela e acalmar a menina. Então eu dormia na casa, no pátio. Quando chovia eu dormia no depósito de comida. Depois de a gente fechar a loja e o Mohammed sumir pra ir atrás das suas imundícies, eu entrava pra dormir. A Senhora era doida, já naquele tempo. Ela tem uma doença, uma grande marca no rosto, da bochecha esquerda até o pescoço. Ela cobria o rosto com um xale quando eu estava perto, mas me contou. A minha irmã... ela disse que a Senhora muitas vezes ficava se olhando no espelho e chorando. Quando eu estava deitado no pátio ela ia me olhar e eu fingia que estava dormindo. Ela ficava andando em volta de mim e rezando, pedindo que Deus a livrasse daquela dor. Quando o seyyid estava em casa ela ficava calada, e virava a raiva contra mim e contra a Amina. Ela culpava a gente por tudo e dizia uns palavrões imundos. Quando o seyyid ia embora, ela ficava doida de novo e andava sem rumo no escuro.

"Aí você chegou." Khalil segurou o queixo de Yusuf e virou a cabeça dele de um lado para o outro, sorrindo para ele.

"O que aconteceu com o Mohammed?", perguntou Yusuf.

"Ele foi embora um dia quando o seyyid levantou a mão pra dar um tapa nele porque as contas não estavam batendo. Ele simplesmente levantou de onde estava e foi embora. Não sei se era parente... Comigo ele só falava da venda. O seyyid fez uma viagem de uns dias e voltou com você, menininho mswahili coitado lá do meio do mato, que tinha um Ba que era tão bobo quanto o meu. Acho que ele queria que alguém aprendesse a trabalhar na venda pro dia em que eu não pudesse mais trabalhar pra ele. Aí você chegou e virou meu irmãozinho", Khalil disse e de novo segurou o queixo de Yusuf, mas Yusuf afastou a mão dele com um tapa.

"Anda com isso", disse Yusuf.

"A Senhora se esconde dos outros. Ela nunca sai. As poucas mulheres que vão visitar são parentes ou gente que ela não pode evitar. Ela me fez pendurar aqueles espelhos nas árvores pra poder ver o jardim sem sair. Foi assim que ela te viu. Todo dia que você ia trabalhar no jardim ela ficava te olhando nos espelhos. Você deixou ela ainda mais doida do que já era. Ela diz que foi Deus que te mandou pra ela. Pra curar o que ela tem."

Yusuf pensou nisso por um longo momento, dividido entre o espanto e uma gargalhada solta. "Como?", perguntou depois de um tempo.

"Primeiro ela disse que se você rezasse por ela ia ficar tudo curado. Aí ela passou a insistir que você ia ter que cuspir nela. O cuspe dos favoritos de Deus tem grande poder, ela dizia. Um dia ela te viu segurando uma rosa na palma da mão, e aí teve certeza de que era o toque da sua mão que ia trazer a cura. Ela disse que se você segurasse o rosto dela do jeito que segurou aquela rosa a doença ia embora. Eu tentei evitar que você fosse lá, mas você estava obcecado por aquele jardim. Quando o seyyid voltou ela não conseguia mais esconder a doidice, e falou com ele. Um toque daquele menino lindo vai curar essa ferida no meu coração. Foi aí que o seyyid te levou com ele e te deixou nas montanhas. Você não tinha suspeitado de nada disso? Amina me disse que a Senhora ficava ao pé do muro quando você estava no jardim e ficava te chamando pra você ficar com pena dela. Você não ouviu ela falar?"

Yusuf fez que sim. "Eu escutava uma voz. Achava que ela estava resmungando comigo, dizendo pra eu ir embora. Às vezes ela cantava."

"Ela nunca canta", Khalil disse e então fechou o rosto. "Acho que nunca ouvi ela cantar."

"Deve ter sido a minha imaginação. Às vezes no meio da noite eu acho que escuto uma música que vem lá do jardim, e não tem como ser verdade. Um dos viajantes que foram visitar o Hamid contou a história de um jardim no Herat que era tão lindo que todo mundo que ia visitar ouvia uma música que fazia perder o juízo. Foi assim que um poeta descreveu. Talvez seja por isso que a ideia ficou fixa na minha cabeça."

"Aquele ar das montanhas também deve ter te deixado meio doido", disse Khalil exasperado. "Como se os seus sonhos barulhentos não bastassem, agora você também ouve música. Eu tenho dois malucos nas mãos, que sujeitinho de sorte eu sou. O seyyid estava com medo de te deixar aqui com ela, mas não queria que você fosse junto. Talvez ele fosse visitar o teu Ba e não quisesse ceninhas complicadas. Ou vai ver ele não queria que você percebesse como ele é cruel como negociador. Não já, pelo menos. E agora a Senhora quer você, seu sortudo. Ela não consegue mais ficar te olhando porque o seyyid me mandou tirar os espelhos todos depois que ele te levou daqui, mas ela te escuta."

"Ela estava olhando da porta ontem", disse Yusuf.

Khalil fechou o rosto. "Acho que não. Ela não falou. Mas ela te viu quando a gente jantou com o seyyid. Ela agora está com uma loucura nova que é bem perigosa. Perigosa pra você. Escuta, ela diz que agora você é homem e que o jeito de curar a ferida dela é segurar o coração dela todinho nas mãos. Você está entendendo? Eu não posso pôr em palavras o que está na cabeça dela, mas espero que você entenda o caminho que ela está seguindo. Você está entendendo? Ou será que você é novo demais e puro demais na imaginação?"

Yusuf fez que sim. Khalil não ficou completamente satisfeito com a resposta dele, mas depois de um instante também fez que sim. "Ela pediu pra te ver. Ordenou e implorou e gritou que era pra te levarem lá. Se eu não te levar, ela disse que vem ela mesma te buscar. A gente tem que fazer o possível pra manter ela calma até o seyyid voltar. Ele vai saber lidar com ela. Eu prometi que te levava lá hoje. Fique o mais longe dela que puder. Não encoste nela, não importa o que ela fale ou faça. Fique perto de mim, e se ela chegar perto sempre me deixe entre vocês dois. Não sei o que o seyyid vai fazer quando voltar, mas sei que a sua vida vai ficar complicada se ele descobrir que você tocou ou desonrou a Senhora. Ele não teria escolha."

"Por que é que eu não posso me negar a ver…?", Yusuf começou a dizer.

"Porque eu não sei o que ela vai fazer depois", disse Khalil, com a voz um pouco mais alta e um ligeiro tom de súplica. "Ela pode fazer coisa pior. A minha irmã está lá dentro com ela. Eu vou ficar o tempo todo com você."

"Por que você não me contou tudo isso antes?"

"Era melhor você não saber", disse Khalil. "Aí ficava claro que você era inocente em qualquer coisa errada."

Passado um momento Yusuf disse, "Era a sua irmã que estava olhando lá da porta ontem. Eu achei que tinha alguma coisa estranha. Deve ter sido a voz que vinha de outro lugar. Quando você falou da sua irmã eu pensei numa menininha, mas agora eu percebi que deve ter sido ela que eu vi…".

"Ela é casada", disse Khalil sucinto.

Yusuf sentiu o coração dar um pulo de incredulidade. "O tio Aziz?", ele perguntou depois de um momento.

Khalil soltou uma risadinha. "Você nunca vai parar com essa história de tio, né? Isso, o tio Aziz casou com ela no ano passado. Então agora ele é meu irmão além de ser seu tio, e nós somos uma grande família feliz no jardim do paraíso. Ela é o pagamento da dívida do meu Ba. Quando ficou com ela ele perdoou a dívida."

"Então você pode ir", disse Yusuf.

"Ir pra onde? Eu não tenho pra onde ir", disse Khalil com calma. "E a minha irmã ainda está aqui."

6.

Ele esperava encontrar uma mulher ensandecida, descabelada, que viesse direto para cima dele com exigências incompreensíveis. A Senhora os recebeu num cômodo amplo cujas janelas davam para um pátio interno da casa. O chão era coberto por grossos tapetes decorados, e grandes almofadas bordadas estavam dispostas aqui e ali contra as paredes. Havia azulejos com textos do Corão emoldurados e uma imagem da Caaba nas paredes caiadas. Ela estava sentada muito ereta, apoiada na parede mais longa, de frente para a porta. Ao lado havia uma bandeja de laca com um incensário e uma fonte de água de rosas. No ar, o perfume da goma aromática. Khalil a cumprimentou e sentou a uns metros de distância. Yusuf sentou ao lado dele.

Ela estava com o rosto coberto por um xale negro, mas ele via que a pele tinha a cor do cobre fosco e que os olhos brilhavam direto sobre os dois. Khalil falou primeiro, e depois de um momento ela respondeu. A voz soava mais ressonante dentro do cômodo, com uma modulação suave que lhe dava autoridade e segurança. Enquanto falava ela ajeitou levemente o xale, e ele viu que as rugas do rosto eram gravadas em traços finos na pele, o que lhe dava uma aparência de alerta e determinação que ele não estava esperando. Quando Khalil começou de novo a falar ela o interrompeu com delicadeza e lançou um olhar na direção de Yusuf, que desviou os olhos antes de ficar frente a frente com os dela.

"Ela perguntou se você está bem, e também te dá as boas-vindas de volta à casa", disse Khalil sem se virar de todo para ele.

A Senhora falou de novo. "Ela espera que os seus pais estejam bem, e que Deus continue mantendo a sua família bem", disse Khalil. "E que você tenha a bondade de mandar lembranças dela na próxima vez em que for visitar. E que todos os seus planos sejam abençoados e todos os seus desejos se realizem e mais palavras desse tipo. Que Deus, diz ela, possa te dar muitos filhos."

Yusuf concordou com a cabeça, e dessa vez não foi rápido o suficiente para escapar do olhar dela. Os olhos dela eram atentos e intensos, avaliando Yusuf, que viu surgir um leve brilho neles quando não desviou o rosto. Ele desviou os olhos assim que ela voltou a falar, o que durou alguns instantes, com uma voz que subia e descia na intenção de soar encantadora.

"Agora a gente vai começar, irmãozinho", disse Khalil, soltando um suspiro breve enquanto ia se preparando. "Ela diz que te viu trabalhar no jardim, e viu que você tem... uma bênção, uma dádiva de Deus. Tudo o que você toca floresce. Ela diz que Deus te deu a aparência de um anjo, e te enviou pra cá pra fazer coisas boas. Isso não é blasfêmia, ela diz. Seria pior se você deixasse de fazer o trabalho para o qual foi destinado. É mais ou menos isso que ela está dizendo apesar de ela falar mais do que eu te disse."

Yusuf não ergueu os olhos e ouviu a Senhora começar

de novo a falar. Uma nota de súplica ia agora surgindo na voz dela, e ele ouviu diversas menções ao nome de Deus. Enquanto falava ela foi gradualmente se reequilibrando e acabou com a mesma calma modulada com que tinham sido recebidos.

"Ela te diz que sofre com o fardo de uma doença cruel. Ela repete isso várias vezes, mas também diz que não quer reclamar. Isso ela também repete várias vezes. Ela sofre com o fardo de uma doença, mas não quer reclamar e assim por diante. Todos os tipos de remédios e de orações foram incapazes de curar a doença, porque as pessoas que ela procurou não eram abençoadas. Agora ela pergunta se você pode curar ela. Seria um gesto que ela recompensaria neste mundo e ela rezaria pra você receber as mais nobres recompensas no outro. Não abra a boca!"

De repente a Senhora tirou o xale. Estava com o cabelo preso, o que mostrava bem seu rosto bonito e de traços marcantes. Uma mancha roxa maculava o lado direito do rosto, conferindo-lhe uma aparência assimétrica e raivosa. Ela olhou com calma para Yusuf, à espera do horror que surgiria nos olhos dele. Ele não sentiu horror algum, e achou muito triste o fato de a Senhora esperar tanto dele. Depois de um instante ela cobriu o rosto, e disse em tom baixo umas poucas palavras.

"Ela diz que essa é a...", Khalil fez uma pausa para pensar na palavra, produzindo um ruído de impaciência com a demora.

"Calamidade dela", disse outra voz por trás deles. Com o canto dos olhos Yusuf via uma figura atrás dele no cômodo. Tinha sentido essa outra presença mas não olhara. Agora, quando se virou naquela direção, viu que era uma moça com um longo vestido marrom bordado com fios prateados. Também usava um xale, mas puxado para trás, mostrando o rosto dela e parte do cabelo. Amina, ele pensou, e não conseguiu conter um sorriso. Antes de desviar os olhos lhe ocorreu que ela era bem diferente de Khalil, com traços mais redondos e de pele mais escura. À luz dos candeeiros do cômodo, a pele dela parecia brilhar. O sorriso ainda estava no rosto dele quando voltou a olhar para a Senhora, mas ele não tinha consciência disso. A Senhora se recolheu ainda mais aos recessos do xale a ponto de ele só conseguir ver seu rosto e seus olhos atentos. Khalil falou com ela e depois traduziu para Yusuf. "Eu disse a ela que você ouviu o que ela tinha a dizer, e viu o que ela queria mostrar. Que você lamenta a dor que ela sente. Que você não sabe nada de doenças, e que não existe possibilidade de você poder fazer alguma coisa por ela. Quer acrescentar alguma coisa? Seja ríspido."

Yusuf sacudiu a cabeça.

A Senhora falou acaloradamente depois que Khalil parou, e por alguns minutos eles trocaram réplicas raivosas que Khalil nem se deu ao trabalho de traduzir. "Ela diz que não é o que você sabe, mas sim o seu dom que vai ser a cura dela. Ela quer que você faça uma oração e... e... toque nela. Não faça uma coisa dessas! Por mais que ela diga, não faça uma coisa dessas! Faça uma oração se souber fazer mas não chegue perto. Ela diz que quer que você toque no coração dela pra curar a ferida que existe ali. Só faça uma oração e a gente vai embora. Se não souber uma oração finja."

Yusuf baixou a cabeça por um momento e então começou a sussurrar o que lembrava das orações que o imame da mesquita tinha lhe ensinado. Parecia uma tolice. Quando ele disse *Amin*, Khalil ecoou em alto e bom som aquela bênção, assim como a Senhora e Amina. Khalil se pôs de pé e puxou Yusuf também. Antes de saírem, a Senhora pediu que Amina borrifasse água de rosas nas mãos deles e os fumigasse com o incensário. Yusuf esqueceu de baixar os olhos quando Amina se aproximou e antes de conseguir olhar para o chão pôde ver no olhar dela a curiosidade à espreita.

7.

"Não conte pra ninguém", advertiu Khalil. No dia seguinte voltaram a ser convocados, mas Khalil entrou sozinho na casa. *Ah não, isso não vai ser desse jeito,* disse. O debate se arrastou por pelo menos uma hora. Ele saiu melancólico e derrotado. "Eu prometi que você vai lá fazer uma oração amanhã. O seyyid vai me matar."

"Tudo bem, eu só faço uma oração rápida e a gente vai embora", disse Yusuf. "Não dá pra gente deixar a coitada da doente sem cuidados se a cura está ao nosso alcance. Eu vou concentrar muita força na oração de amanhã. E já era uma das orações mais poderosas do imame..."

"Pare de bobagem", disse Khalil irritado. "Eu não acho graça! Se você não se cuidar, daqui a pouco vai estar rindo sem dentes."

"O que é que você tem? Se ela quer uma oração a gente faz uma oração", disse Yusuf animado. "Você negaria a ela a dádiva que Deus lhe enviou?"

"Eu não estou gostando desse seu jeito bobo de lidar

com isso", disse Khalil. "Isso aqui é sério, ou pode ficar sério. Principalmente pra você. Eu fico com medo de imaginar o que ela está inventando."

"E o que poderia ser?", Yusuf perguntou, ainda sorrindo mas perturbado pela angústia de Khalil.

"Quem é que vai saber direito o que ela tem naquela cabeça doida, mas eu imagino o pior. É o jeito dela, sem tomar cuidado, sem medo do que está fazendo. E esses elogios descabidos... um anjo de Deus. Isso é mais do que conversa fiada de doido. Você não é anjo. Você não tem dons. E é melhor você ir ficando com medo dessa história toda."

A Senhora sorriu quando eles entraram no dia seguinte. Era fim de tarde e o pátio interno pulsava levemente com o calor. No cômodo em que ela os recebeu o sol atravessava leves cortinas fechadas, e no incensário minúsculos fragmentos de udi ardiam e soltavam fumaça. Ela parecia menos ansiosa que na primeira visita deles, reclinando-se levemente nas almofadas, embora os olhos mantivessem aquele brilho atento. Amina estava sentada no mesmo lugar, e também sorriu quando Yusuf olhou em sua direção. Yusuf baixou os olhos na direção das mãos postas para começar a oração e sentiu que um silêncio profundo caía no cômodo. Ouvia o canto abafado dos pássaros no jardim e um leve rumor de água corrente. Contendo um sorriso, esticou o quanto pôde aquele silêncio e então começou a sussurrar como se estivesse chegando ao fim. Seu *Amin* recebeu fortes ecos, e quando olhou para a Senhora, que começou a falar logo depois, viu que os olhos dela cintilavam de prazer.

"Ela diz que sentiu o efeito da sua primeira oração", disse Khalil, fechando o rosto. A Senhora tinha falado bem mais que isso. A tradução sucinta de Khalil ficou tão óbvia que a Senhora se virou para Amina com uma expressão intrigada.

"Ela quer que você volte para fazer mais orações", Khalil continuou, relutante. "E que você venha comer na casa... nós dois. Ela diz que a gente come lá fora como cachorros ou vagabundos sem lar. Ela quer que você coma aqui todo dia. Eu acho que isso vai dar problema. Você tem que dizer que isso é impossível pra você... senão... senão o seu dom vai estragar."

"Diga você", falou Yusuf.

"Eu disse, mas ela quer ouvir da sua boca, e aí eu traduzo. Diga qualquer coisa, mas sacuda a cabeça umas vezes como se estivesse negando. Uma ou duas vezes com firmeza e tudo bem."

"Por favor diga a ela que eu acho uma tolice essa conversa de vir comer dentro da casa", disse Yusuf, e achou ter sentido que Amina sorria atrás dele. Ou torceu que ela estivesse sorrindo. Khalil lançou a Yusuf um olhar duro.

Voltaram no dia seguinte, e no outro. Enquanto trabalhavam na venda mal falavam da Senhora, mas quando voltavam das orações feitas sobre a chaga, Khalil mal conseguia falar de outra coisa. Yusuf o provocava e tentava minorar sua ansiedade, mas Khalil não conseguia parar de se preocupar e de matraquear. Acusava Yusuf de estar gostando da adulação de uma maluca e de não se dar conta do perigo que corria. O seyyid vai dizer que eu agi errado, disse. Vai botar a culpa em mim. Você não entende o que o seyyid pode fazer?

Yusuf levou uns dias para voltar a trabalhar no jardim. Khalil tinha pedido para ele não ir, mas depois de uns dias Yusuf deu de ombros e entrou, gerando rugas fundas no rosto de Khalil. Por que é que você tem que voltar?, ele perguntou. Será que você não pode plantar o seu próprio jardim aqui fora? A princípio, depois de descobrir aqueles segredos sussurrados e o seu papel em todos eles, Yusuf ficou constrangido. Só de pensar que a Senhora tinha ficado olhando e imaginando coisas enquanto ele trabalhava já o deixava incomodado. Mzee Hamdani nem percebeu a ausência dele, ou não deu sinal de ter percebido, a não ser pelo fato de seus cânticos devotos agora se erguerem num tom mais lamurioso sob a sombra da tamareira. Um dia, de tarde, o trabalho estava tão lento na venda que Yusuf deu de ombros e entrou no jardim. Mzee Hamdani lhe deu as boas-vindas em silêncio, e ficou até mais tarde do que o normal. Yusuf limpou a piscina e capinou o mato, cantando baixinho uma das músicas que aprendera na jornada. Buscou resistir à tentação de olhar para a porta do pátio e ver se tinha alguém parado ali, mas não conseguiu, e foi com certa ansiedade que ficou esperando o momento de fazerem a visita à casa.

"Ela está dizendo que te ouviu trabalhando hoje no jardim", disse Khalil. "Você devia ir trabalhar mais vezes lá. Ela está dizendo para você ir quando quiser."

A Senhora falou por um tempo considerável. "Você tem um dom, ela diz, e repete de novo e de novo. É isso que ela diz o tempo todo. Você tem um dom, você tem um dom", Khalil disse e hesitou, como se estivesse tentando encontrar as melhores palavras. "Se o jardim te dá prazer então... hã... isso é..."

"Uma alegria pra ela", disse Amina. Apesar de ela falar tão pouco, só quando Khalil tinha dificuldade com alguma palavra, Yusuf se mantinha sempre consciente da presença dela sobre seu ombro direito.

"E ela gosta quando você canta", disse Khalil, sacudindo incrédulo a cabeça. "Não acredito que eu estou aqui fazendo isso. Não sorria. Você acha que isso aqui é piada? Ela está dizendo que a sua voz deixa o coração dela tão tranquilo, que Deus deve ter te ensinado a cantar e te enviado como um anjo de cura."

O desconforto de Khalil fez Yusuf abrir um sorriso. Quando olhou rapidamente na direção da Senhora viu que ela também sorria, tinha o rosto transformado pelo prazer. De repente ela lhe fez um sinal, tão preciso e tão simples que Yusuf não teve como recusar. Ele levantou e se aproximou dela. Quando ele foi chegando ela baixou o xale até os cotovelos, e ele viu que ela estava usando uma blusa de um azul brilhante com decote quadrado que tinha minúsculas contas prateadas aplicadas nas bordas. Ela pôs a mão na marca que tinha no rosto e depois apontou, convidando Yusuf a pôr a mão ali. O sorriso dela estava se transformando em algo mais delicado, e Yusuf se sentiu tomado de certo destemor. Sabia que sua mão estava prenhe de movimento. Khalil falou em tom baixo, dizendo não, não. A Senhora cobriu lentamente o rosto com o xale e sussurrou alhamdulillah. Yusuf se afastou de um passo e ouviu o suspiro discreto de Khalil atrás dele.

"Não se aproxime dela de novo", disse Khalil depois. "Você não tem medo? Você não entende o que podia acontecer? E mantenha distância daquele jardim. E não cante."

Mas ele não manteve distância. Khalil o vigiava cada vez mais desconfiado e tinha discussões furiosas com ele, pedindo que não fosse até lá. Mas Yusuf passava mais tempo do que nunca no jardim, e ficava de olhos e ouvidos atentos a qualquer ruído ou movimento na casa. Mzee Hamdani começou a deixar tarefas para ele, e já passava mais tempo à sombra cantando as alegres qasidas em louvor a Deus. Às vezes Yusuf ouvia Amina cantando e seu corpo inteiro tremia com uma paixão que ele nem buscava nem evitava. E por vezes uma sombra cruzava a abertura da porta, e ele achava ter compreendido a alegria do amor secreto. Quando caía a noite ele esperava ansioso pela convocação para ir até a casa, apesar da relutância e do desconforto cada vez maiores de Khalil. Um dia Khalil ficou tão exasperado que se negou a atender ao chamado quando ele chegou.

"Ela que esqueça tudo isso. A gente não vai. Tudo tem limite", exclamou. "Se alguém descobrisse essa história toda a gente ia virar motivo de piada ou coisa pior. Eles iam achar que nós ficamos malucos. Mais malucos que aquele vegetal ensandecido lá dentro. Imagine a vergonha do seyyid!"

"Então eu vou sozinho", disse Yusuf.

"Por quê? Você não sabe o que está acontecendo aqui?", Khalil perguntou, com uma voz que ia se tornando um grito torturado enquanto ele se punha de pé. Parecia pronto a dar uma surra em Yusuf para ele cair em si. "Ela vai fazer coisas vis e depois vai pôr a culpa em você. Eu não estou gostando de como você vê isso tudo como uma piada. Você sobreviveu a homens-lobos e à selva. Por que você quer ficar pra sempre marcado pela vergonha?"

"Não existe vergonha", disse Yusuf com calma. "Ela não pode me fazer mal."

Khalil soltou a cabeça na palma na mão esquerda e eles ficaram vários minutos sentados em silêncio. Então Khalil ergueu o rosto e olhou de maneira estranha para Yusuf, com uma expressão cada vez mais transtornada pela súbita compreensão. Os olhos dele estavam fervendo de raiva e de dor, e os cantos dos lábios tremiam. Voltou a sentar na esteira sem abrir a boca, com o olhar fixo à frente. Quando Yusuf levantou para entrar na casa ele se virou para olhar.

"Sente, meu irmãozinho. Não vá", disse com delicadeza, exatamente quando Yusuf saía do terraço, a caminho do jardim. "Sente aqui e vamos conversar sobre isso tudo. Não faça coisas que te cubram de vergonha. Eu não sei o que você está pensando, mas isso vai acabar mal. Isso aqui não é um conto de fadas. Ainda tem muita coisa aqui que você não entende."

"Então me conte", Yusuf falou num tom baixo, mas sem arredar pé de onde estava.

Khalil sacudiu a cabeça, exasperado. "Tem coisas que a gente não pode simplesmente ir contando assim. Sente aqui que a gente começa. Se você for até lá, você e nós todos vamos ficar cobertos de vergonha."

Yusuf se voltou para o jardim sem dizer palavra, ignorando os gritos alucinados de Khalil, que lhe pediam para voltar.

8.

"O nome dela é Zulekha. Ela quer ter certeza de que você sabe o nome dela", disse Amina. Ela sentou à direita de Yusuf, à frente dele mas longe da Senhora. Com o pretexto de ouvir o que ela dizia ele lhe examinava o rosto. Os traços dela eram ainda mais arredondados do que as espiadas furtivas tinham dado a entender, e naqueles olhos ele enxergava uma diversão imprudente que era quase alegria. Concordou com a cabeça e viu que ela sorriu, mas sentia os olhos penetrantes da Senhora cravados nele e se forçou a não sorrir também.

"Khalil nem sempre te disse tudo o que ela falava", continuou Amina. "Ela sabia. Ele só dizia o que queria. E talvez ele às vezes não soubesse as palavras certas... quando ela usava uma linguagem difícil."

"Você fala melhor que ele. Eu vou dizer isso a ele. Como pode? O que foi que ele não me disse?", perguntou Yusuf.

Amina ignorou as perguntas e se voltou para a Senhora, à espera das palavras. Esta disse pouco, num tom que era suave como um afago, então afastou os olhos de Amina e os voltou para ele. "Khalil não te explicou que o coração dela está ferido não só pela dor, mas também de vergonha. Ela diz que a dor provoca alegria mesmo quando torce os nervos dela. As suas orações fizeram bem a ela, eu acho. Ela diz que fizeram."

Yusuf queria reclamar. *Não dê bola pra essas coisas.* Olhou para a Senhora e viu nos olhos dela um brilho de umidade. Logo ele baixou a cabeça para fazer as orações, subitamente convicto de estar entrando em águas perigosas.

"Ela quer que você venha comer aqui dentro à noite. Ou até dormir no pátio se quiser", disse Amina, já com um sorriso aberto. "Mas o Khalil não vai te deixar dormir na casa. Ele vai aprontar uma gritaria, e ela não vai conseguir fazer o que quer. Mas ela quer que você venha sempre que quiser, sem precisar de convite."

"Por favor agradeça a ela", disse Yusuf.

"Não há de quê", disse Amina com calma, falando pela Senhora. "A sua presença causa alegria a ela, e portanto é ela quem devia sentir gratidão. Ela quer que você fale, que conte mais do lugar de onde veio e dos lugares onde esteve, pra ela poder te conhecer. Em troca, se ela puder fazer alguma coisa pra deixar a sua vida aqui mais confortável, você pode dizer."

"Ela disse tudo isso naquelas poucas palavras?", perguntou Yusuf.

"Tudo isso e muito mais que o Khalil não te contou", disse Amina. "Ele tem medo das palavras dela."

"E você não tem?"

Amina sorriu mas não respondeu. A Senhora fez uma pergunta, e Amina se voltou para ela ainda com o sorriso no rosto. O que ela disse também fez a Senhora sorrir, e ao observá-las Yusuf tremeu sem querer e se sentiu estranhamente vulnerável. Ele se levantou, pronto para sair dali. A Senhora repetiu o gesto para ele se aproximar e baixou o xale, mostrando o rosto. Ele estendeu a mão e pôs a palma da mão na marca lívida que lhe pareceu quente ao toque. Sabia que faria isso se ela pedisse de novo. Ela soltou um leve gemido e deu graças a Deus. Ele ouviu Amina suspirar e se pôr de pé. Ela o acompanhou até a porta que dava para o jardim, e como não fechou de pronto a porta ele se virou e lhe dirigiu a palavra. Não podia ver o rosto dela, mas a luz irreal da lua que nascia marcava claramente a silhueta.

"Para dois irmãos, você e o Khalil são bem diferentes um do outro", disse. Essa dessemelhança não o incomodava, mas ele queria que ela ficasse ali o máximo possível.

Ela não respondeu, e como permaneceu totalmente imóvel, ele achou que nem responderia. Depois de um instante ele lhe deu as costas e começou a caminhar para o jardim escuro, para ver se ela tentaria detê-lo.

"Às vezes eu fico te olhando daqui", ela disse.

Ele parou e fez meia-volta, então começou a caminhar devagar na direção dela.

"Você faz parecer uma alegria... esse trabalho", ela disse casualmente, retirando com cuidado toda e qualquer ênfase ou intensidade das palavras. "E eu te invejo enquanto fico olhando. Quando te vi cavando os canais achei que aquilo parecia tão acolhedor. Às vezes eu caminho à noite pelo jardim quando ele não está. Uma vez você encontrou um amuleto..."

"Sim", ele disse, tocando o objeto que a camisa escondia, pendurado no pescoço por um barbante. "Eu descobri que posso chamar um jinn bondoso quando esfrego o amuleto, e ele faz o que eu mandar."

Ela riu baixinho, contendo o volume da voz, e depois voltou a suspirar. "O que foi que ele te deu, esse teu jinn bondoso?", ela perguntou.

"Eu ainda não pedi nada. Ainda estou bolando um plano. Não faz sentido invocar o jinn que está lá cuidando da vida dele só pra pedir alguma ninharia", disse. "E se eu pedir alguma bobagem ele pode se ofender e não voltar mais."

"Quando eu vim pra cá eu tinha um amuleto, mas um dia eu joguei por cima do muro", ela disse.

"Vai ver que é esse aqui."

"Não se esse aí vem com um jinn bondoso", ela disse.

"Por que você jogou fora?", ele perguntou.

"Tinham dito que o amuleto ia me proteger do mal, e ele não protegeu. Espero que o seu amuleto tenha mais poder que aquele que eu joguei fora, e que ele te proteja melhor do que o meu me protegeu."

"Nada pode nos proteger no mal", ele disse, e começou a seguir em direção à sombra que estava na porta. Amina deu um passo atrás e fechou a porta enquanto ele ainda estava a metros de distância.

A venda estava fechada, e Khalil não estava ali quando Yusuf voltou. As esteiras dos dois já estavam abertas para dormir e Yusuf se esticou, pensando nas perguntas que estavam prontinhas para quando Khalil voltasse. Esperou paciente por ele, feliz por ter mais tempo do que esperava para ficar sozinho. Quando a espera foi se prolongando, começou a ficar preocupado. Aonde ele teria ido? A lua imensa já tinha escalado um quarto do céu, parecendo tão próxima e tão pesada que se sentia oprimido ao olhar para ela. Nuvens de bordas escuras atravessavam apressadas a região do halo, deformando-se em pilhas e formas torturadas. Nuvens negras ocupavam o céu atrás dele, encobrindo as estrelas.

Ele acordou de repente, fustigado por rajadas mornas da tempestade. Caía em torno dele uma chuva pesada, que um vento forte soprava para a varanda. A lua sumira, mas a água que caía emanava um claro brilho acinzentado que iluminava as sombras dos aglomerados de árvores e arbustos como se fossem rochedos imensos no leito marinho.

UM GRUMO DE SANGUE

1.

"Ela que responda por si própria", disse Khalil quando Yusuf lhe perguntou de Amina. Na noite da tempestade ele tinha voltado ao amanhecer, cansado e desgrenhado, com o cabelo todo emaranhado com lasquinhas de ramos e pedaços de grama. Abriu a venda com cautela, evitando uma cena, mas sem explicar a ausência. Sem nenhuma hostilidade mais óbvia ele se distanciou de Yusuf, e passou o dia todo recusando toda e qualquer tentativa de proximidade, voltando à forma mais contida da cortesia jocosa dos primeiros anos dos dois. Quando Yusuf lhe perguntou como evitara se molhar na tempestade, Khalil não deu mostras de que tinha ouvido. Yusuf ainda tentou fazer as pazes com Khalil, mas acabou cansando e decidindo deixar que ele vivesse a mágoa.

Khalil foi à noite buscar o prato dos dois e voltou com um sorriso estreito e fingido no rosto, que não conseguia disfarçar o sofrimento e a raiva. *Por que você não quer falar?*, Yusuf perguntou, mas Khalil apontou para os pratos de comida e começou a comer. Fizeram a refeição em silêncio, e depois

Yusuf levantou para ir devolver os pratos e ver a Senhora e Amina. Pensou que Khalil tivesse dito alguma coisa quando esteve na casa, que tivesse puxado conversa com elas e pronunciado proibições e ameaças. Achou que Khalil tentaria impedi-lo, quem sabe até com violência, mas ele nem olhou quando Yusuf se levantou para entrar na casa.

A Senhora era toda sorrisos e boas-vindas, com a voz aguda subindo e descendo em melodias sinuosas que preenchiam todo o cômodo. Queria falar, e lhes contou a história de como chegou à casa, quando veio morar com o primeiro marido, que Deus tenha piedade dele. Seu marido era um homem maduro de idade, com talvez uns cinquenta anos, e ela estava quase chegando aos quinze. Ele tinha perdido a esposa e um filho pequeno poucos meses antes, por causa de uma doença e da inveja dos outros. Esse filho pequeno era o único dos rebentos que tinha sobrevivido mais que umas poucas semanas. Todos os outros viveram só o suficiente para ganhar um nome, e o marido dela lembrava de todos. Até o fim da vida ele foi incapaz de falar da esposa e dos filhos sem chorar, que Deus tenha piedade de todos eles. A Senhora tinha crescido na cidade, e sabia do sofrimento do marido, que todos achavam que depunha a favor dele. Apesar desse sofrimento ele foi bom com ela. Ao menos até seus últimos um ou dois anos, quando a doença o deixou irritadiço e difícil. Foi assim que ela veio morar nesta casa e trouxe Mzee Hamdani, ainda que na época ele não fosse velho.

Quem plantou o jardim foi Mzee Hamdani. Não do zero, claro. Algumas das árvores mais velhas já estavam ali, mas foi ele que abriu o terreno e cavou os lagos, e passava o dia todo brincando ali como uma criancinha. As músicas que ele cantava deixavam o marido dela enlouquecido, então ela teve que proibir o canto. Ele foi um presente de casamento que ela recebera do pai. Ela o conhecia desde infância, ele e um outro escravo chamado Shebe, que morrera muitos anos atrás, que Deus tenha piedade dele. Quando casou com o seyyid, mais de dez anos atrás, ela ofereceu a liberdade a Mzee Hamdani, como um presente. Pois apesar de a lei daquela época proibir a compra e a venda de gente, não se exigia que as pessoas já escravizadas fossem libertadas de suas obrigações. Mas quando ela ofereceu a liberdade a Mzee Hamdani ele recusou, e lá está ele, ainda no jardim cantando as qasidas, pobre velho.

"Ela está perguntando se você sabe por que ele se chama Hamdani", disse Amina com um olhar baço e distante. "Porque a mãe dele, que era escrava, só deu ele à luz no fim da vida. Ela deu o nome de Hamdani em agradecimento pelo parto. Quando a mãe dele morreu, o pai dela comprou Hamdani da família a quem ele pertencia. Era uma família pobre, afogada em dívidas."

No silêncio, a Senhora ficou por um longo momento com os olhos cravados em Yusuf, sorrindo animada. O sorriso permanecia no rosto dela quando voltou a falar, mas dessa vez não disse muito.

"Ela está pedindo pra você ir sentar mais perto", disse Amina. Ele tentou olhar nos olhos dela em busca de orientação, mas ela encontrou o que fazer e evitou olhar para ele. A Senhora deu tapinhas no tapete a menos de meio metro de distância, sorrindo como se ele fosse uma criança tímida. Depois de ele sentar ela segurou a mão dele, levando até em cima da chaga, sem tirar a mão de cima da dele. Ela fechou os olhos e soltou um longo som sibilante, entre alívio e prazer. Sentado assim tão perto dela, Yusuf via que a carne do rosto e do pescoço dela era firme e pegajosa. Num instante ela soltou a mão dele, que levantou rápido dali e se afastou.

"Ela está dizendo que você não fez uma oração", Amina

falou com a voz sumindo na distância. Ele murmurou o fingimento de sempre e saiu correndo dali, com a mão ainda quente do rosto da Senhora.

Foi depois disso que ele interrogou Khalil a respeito de Amina. Khalil olhou para ele cheio de ódio, com o rosto estreito contorcido numa expressão de tamanho desprezo que Yusuf achou que ele ia lhe cuspir na cara. "Ela que responda por si própria", disse, e voltou aos pacotes de açúcar que estava arrumando em cima do balcão. Um silêncio duro se estabeleceu entre eles a noite toda. Yusuf não fazia questão de quebrar o silêncio, ainda que em certos momentos tenha achado que Khalil ia falar, para dar voz à raiva e à preocupação com ele. Sentia uma obstinação calma no que estava fazendo, apesar de também sentir receio, e de não saber ao certo até onde se deixaria levar pela situação. No mínimo ia tentar ficar sabendo das intrigas e dos sussurros se pudesse, e sentia um prazer irresistível quando estava vendo e ouvindo Amina. Não sabia de onde tinha tirado força para agir dessa maneira. Apesar do que Khalil dizia, e do que ele mesmo sabia e dizia a si mesmo, não recusava quando era convocado a entrar na casa.

No dia seguinte foi atrás de Mzee Hamdani, que estava sentado à sombra da tamareira com seu livro de qasidas. O velho ficou irritado, olhando em volta como se estivesse procurando outra árvore onde pudesse ficar em paz.

"Por favor não vá embora", disse Yusuf, e algo amistoso em sua voz fez o velho hesitar. Mzee Hamdani esperou por um momento e então deixou que os músculos tensos do rosto relaxassem. Fez um gesto impaciente de aquiescência com a cabeça, relutando como sempre em tolerar palavras de outra pessoa. *Anda logo com isso.*

"Por que o senhor recusou sua liberdade quando ela ofereceu? A Senhora?", Yusuf perguntou olhando com uma expressão séria para o velho, que se inclinava para a frente, irritado com ele.

O velho esperou bastante, olhando para o chão. Sorriu com os poucos dentes compridos e amarelados pela idade. "Foi assim que a vida me encontrou", disse.

Yusuf se recusou a engolir o que lhe parecia uma evasiva e sacudiu a cabeça insistentemente para o velho jardineiro. "Mas o senhor era escravo dela. É escravo dela. É isso que o senhor quer ser? Por que o senhor não aceitou a liberdade quando ela ofereceu?"

Mzee Hamdani soltou um suspiro. "Você não sabe nada?", ele perguntou ríspido, e depois fez uma pausa como se não fosse mais falar. Depois de um instante voltou a falar. "Eles me ofereceram a liberdade como um presente. Ela ofereceu. Quem foi que disse que era algo que ela tinha em seu poder, e que podia oferecer? Eu conheço essa liberdade que você está falando. Eu tive essa liberdade desde que nasci. Quando essas pessoas dizem você é meu, eu sou seu dono, isso é como uma chuva que passa, ou o sol que se põe no fim do dia. Na manhã seguinte o sol vai nascer de novo, quer eles queiram quer não. É a mesma coisa com a liberdade. Eles podem te trancafiar, te acorrentar, impedir todas as suas pequenas vontades, mas a liberdade não é uma coisa que podem tirar de você. Quando eles acabarem com você, ainda vão estar tão longe de serem seu dono quanto estavam no dia que você nasceu. Você está me entendendo? Esse é o trabalho que me foi dado fazer, o que é que aquela lá dentro pode me oferecer de mais livre que isso?"

Yusuf achou que aquilo era conversa de velho. Claro que havia sabedoria naquelas palavras, mas era uma sabedoria ligada à resistência e à impotência, admirável à sua maneira, talvez, mas não enquanto os valentões ainda estão sentados sobre você e soltando gases nojentos em você. Ficou quieto, mas viu que tinha deixado triste o velho, que nunca lhe dissera tantas palavras antes, e que agora provavelmente desejava não ter falado.

"De onde é que o senhor veio?", Yusuf perguntou ao velho numa tentativa de agradar e parecer interessado, e porque queria lhe perguntar sobre sua mãe. Queria contar a Mzee Hamdani o que tinha acontecido com ele, que ele também tinha perdido a mãe. Mzee Hamdani pegou seu livro de qasidas sem responder, e depois de um instante dispensou Yusuf com um gesto.

2.

Por três dias seguidos, ele entrou no jardim no fim da tarde, desafiando o desprezo calado de Khalil. Todas as tentativas de convencer Khalil a conversar com ele tinham fracassado. Até os fregueses estavam intercedendo solícitos em seu nome. Na terceira noite, no que Yusuf se aproximava da escuridão que levava ao jardim, Khalil chamou por ele. Yusuf se deteve por um momento e então o ignorou e desceu a trilha invisível que levava à porta do pátio que agora lhe era mantida entreaberta. Respondeu às perguntas que a Senhora lhe fez sobre sua mãe, sobre a jornada pelo interior e sobre o tempo que passou na cidade da montanha. Ela estava reclinada contra a parede, sorrindo enquanto o ouvia falar. Mesmo quando Amina traduzia ela ficava com os olhos presos nele. O xale dela por vezes escorregava até os ombros, revelando o pescoço ferido e o peito, e ela parecia não se preocupar em ajeitá-lo. Ali olhando aquela postura reclinada ele sentia um núcleo frio e duro de solidão dentro de si. Também fazia perguntas, cujo alvo era Amina, que se esquivava delas com respostas longas que consistiam em elaborações do que a Senhora tinha dito. Ele ficava feliz só de ouvir. "A chaga apareceu nela quando jovem, logo depois de ela casar com o primeiro marido", disse Amina. "No início era só uma marca, mas com o passar do tempo foi mordendo cada vez mais fundo até chegar ao coração. A dor era tão grande que ela não suportava a companhia das pessoas, que só iam zombar de sua deformação e rir de seus gritos de angústia. Mas agora você está curando a chaga com as orações e com o seu toque, e ela já pode sentir alívio."

"Como foi quando você chegou aqui? O que você achou... do que te esperava aqui?", perguntou a Amina.

"Eu era nova demais pra ter uma opinião", ela disse com calma. "E como estava entre pessoas civilizadas, não tinha o que temer. Minha tia Zulekha era conhecida pela bondade e pela religiosidade, e o jardim e essa casa eram como o paraíso, especialmente pra uma menina pobre do interior como eu. Quando as pessoas vinham de visita, elas se torciam de inveja do jardim. Pode perguntar a qualquer pessoa da cidade se você não acredita no que estou falando. E todo ano na época das esmolas a tia Zulekha dava sempre mais aos pobres. Nenhum pedinte era enxotado desta casa sem ganhar alguma coisa. Os negócios do seyyid foram abençoados enquanto a Senhora sofria dessa doença estranha. São as linhas tortas de Deus, e não nos cabe julgar a sabedoria d'Ele."

Ele não conseguiu conter um sorriso. "Por que você fala desse jeito esquisito quando eu te fiz uma pergunta tão simples?", perguntou.

A Senhora falou de repente, num tom marcado pela contenção. Depois de um momento a voz dela ficou mais calma, e Yusuf viu Amina fazer uma pausa insegura antes de começar a traduzir. "Ela está dizendo que não quer me ouvir falar tanto assim, mas sim escutar a sua voz. Como você fala bonito, ela acha, apesar de desconhecer as palavras que você usa. Mesmo quando você fica sentado sem se mexer, brilha uma luz nos teus olhos e na tua pele. E como é lindo o teu cabelo."

Yusuf lançou um olhar furtivo de espanto para a Senhora. Viu que os olhos dela estavam ficando úmidos e que o rosto se iluminava de coragem. Quando voltou a olhar para Amina, descobriu que ela baixara o rosto. "Ela está pedindo pra você respirar no rosto dela e lhe fazer recobrar a vida", disse.

"Talvez seja melhor eu ir agora", disse Yusuf após um silêncio longo e assustador.

"Ela diz que ver você dá tanto prazer que ela chega a sentir dor", disse Amina, o rosto ainda baixo, mas agora com um riso indisfarçável por trás das palavras.

A Senhora falava com raiva, e apesar de Yusuf não entender as palavras, sabia que ela estava mandando Amina sair. Ele também se pôs de pé um instante depois de Amina ter saído do cômodo, sem saber muito bem como se despedir. A Senhora sentava-se ereta de raiva, com o rosto oprimido pela tristeza. A bolha de sua raiva foi afundando aos poucos, então com um gesto ela pediu para ele se aproximar. Antes de sair do cômodo ele tocou a brilhante chaga roxa e sentiu que ela latejava em sua mão.

Amina estava à espera dele na sombra da porta do pátio. Ele parou diante dela, com vontade de lhe estender a mão mas temendo que ela não quisesse mais nada com ele se isso acontecesse. "Eu tenho que voltar", ela disse num sussurro. "Espere por mim no jardim. Espere."

Ele ficou esperando no jardim, com a cabeça fervilhando de possibilidades. Uma brisa leve soprava por entre as árvores e os arbustos, e o latejar grave e contente dos insetos noturnos preenchia o ar perfumado. Ela passaria uma descompostura por causa da Senhora, ecoando os avisos e as proibições de Khalil. Ou diria saber que ele voltava à casa toda noite para ficar com ela, Amina, porque dava corda a fantasias ingênuas. À medida que o tempo passava e a espera parecia interminável, os temores aumentavam. Ele seria descoberto à espreita pelo jardim no meio da noite, tramando um roubo escandaloso. Um estalido repentino e furtivo fez Yusuf pensar que Khalil tivesse vindo atrás dele, e que faria um escândalo. Várias vezes teve que conter a vontade de ir embora. Quando finalmente ouviu um barulho na porta, correu aliviado na direção dela.

Amina pediu que ele fizesse silêncio enquanto ia se aproximando dela. "Eu não posso ficar muito tempo", ela sussurrou. "Você está vendo o que ela quer fazer agora. Eu não devia ter te dito o que ela falou, mas pelo menos você está vendo o que ela quer fazer agora. Ela está obcecada por isso... Você tem que tomar cuidado... e ficar longe dela."

"Se ficar longe eu não te vejo", disse. Depois de um longo silêncio ele continuou, "E eu quero continuar te vendo, mesmo que você não responda às minhas perguntas".

"Que perguntas?", ela quis saber, e ele achou que a viu sorrir no escuro. "Não dá tempo pra perguntas. Ela vai ouvir."

"Depois", ele disse, com o corpo todo vibrando. "Depois que ela for dormir. Você pode vir passear no jardim."

"Ela está brava. Nós dormimos no mesmo quarto. Ela vai ouvir..."

"Eu vou ficar te esperando aqui", disse Yusuf.

"Não. Eu não sei", Amina disse já se afastando e fechando a porta do pátio. Ela voltou em poucos minutos. "Ela está cochilando, ou fingindo que cochila. Que perguntas?"

Ele nem queria saber de perguntas, mas temia que se estendesse a mão para tocá-la ela nunca mais o deixasse chegar perto. "Por que você e o Khalil são tão diferentes? E vocês falam tão diferente... para dois irmãos. Quase como se vocês estivessem falando línguas diferentes."

"Nós não somos irmãos. Ele não te contou? Por que ele

não te contou? O pai dele viu uns homens com dificuldades pra fazer duas menininhas embarcarem num bote. Eles estavam com água pelos joelhos, e as menininhas choravam. O pai dele deu um grito e entrou correndo na água. Os sequestradores abandonaram uma das meninas mas conseguiram escapar com a outra. Ele me levou pra casa e depois eu fui adotada pela família. Então nós crescemos como irmãos, mas não somos irmãos de sangue."

"Não, ele não me contou", Yusuf disse baixo. "E a outra? A outra menina?"

"A minha irmã? Eu não sei o que aconteceu com ela. Nem com a minha mãe. Eu não lembro nada do meu pai. Nada. Eu lembro que eles pegaram a gente dormindo e a gente passou uns dias andando. Você tem mais alguma pergunta?", ela indagou com um tom amargo de zombaria que ele percebeu claramente no escuro, e que o fez estremecer.

"Você se lembra da sua casa... assim, onde ela fica?", perguntou.

"Acho que eu lembro o nome do lugar... Vumba ou Fumba, e acho que era perto do mar. Eu tinha só três ou quatro anos de idade. Acho que eu nem me lembro mais do rosto da minha mãe. Escuta, agora eu tenho que ir."

"Espera", ele disse, e estendeu a mão para detê-la um pouco. Ele segurou o braço dela, que não tentou se libertar. "Você é casada com ele? Ele é seu marido?"

"Sim", ela disse com calma.

"Não", ele disse, com a voz tomada pela dor.

"Sim", ela disse. "Mas você também não sabia disso? Sempre esteve claro... Ela me explicou tudo logo que eu cheguei aqui. Ela! Aquele amuleto que você encontrou, eu ganhei quando o pai do Khalil me adotou. Eles chamaram um homem pra preparar os documentos da adoção, e ele também fez um amuleto pra mim. Disse que aquilo ia me proteger sempre, mas não era verdade. Eu não perdi a vida, pelo menos. Mas é só pelo que ela tem de vazio, pelo que me é negado, que eu sei que ainda tenho essa vida. Ele, o seyyid, gosta de dizer que quase todos os ocupantes do céu são pobres e quase todos os ocupantes do inferno são mulheres. Se existe um inferno na terra, ele fica aqui."

Ele não tinha o que dizer, e depois de um momento soltou o braço dela, derrubado pela intensidade da calma com que ela falava da amargura e da sensação de derrota. Pelos sorrisos tranquilos e pelos silêncios contidos ele jamais teria imaginado que ela tivesse que manter ocultas essas desgraças.

"Eu ficava te vendo trabalhar no jardim", ela disse. "O Khalil falou de você e de como te trouxeram para cá. E eu ficava imaginando que a sombra e a água e a terra ajudavam a diminuir a dor do que tinham roubado de você. Eu sentia inveja de você, e achava que um dia você ia perceber que eu estava ali na porta e ia me forçar a sair também. Saia e venha brincar, eu te imaginava dizendo. Mas aí eles te mandaram pra longe daqui porque ela começou a ficar louca por você. Enfim, chega disso... Você queria me fazer outras perguntas? Agora eu tenho que ir."

"Sim", ele disse. "Você vai deixar o teu marido?"

Ela riu mansa e tocou o rosto dele. "Dava pra ver que você era um sonhador", ela disse. "Quando eu ficava te olhando no jardim eu imaginava que você fosse um sonhador. É melhor eu voltar antes que ela comece de novo. Fique longe dela. Está me ouvindo?"

"Espera! Como é que eu vou te ver? Só indo até a casa."

"Não", ela disse. "O que é que tem pra ver lá? Eu não sei."

Depois que Amina saiu ele ainda sentia o toque da mão dela no rosto, e pôs a mão naquele lugar para sentir seu calor.

3.

"Por que você cria esse mistério todo e fica assim tão triste? Você podia ter me contado tudo isso, simplesmente", disse Yusuf, sentado junto de Khalil, que já estava esticado na esteira.

"Podia", disse Khalil relutante.

"E por que não contou?", perguntou Yusuf.

Khalil sentou, puxando o lençol até os ombros para se proteger dos mosquitos que uivavam em torno deles. "Porque não é simples. Nada é, e isso não era uma coisa que eu pudesse te dizer assim, olha só, já te contei essa aqui?", disse Khalil. "E quanto ao que você chama de tristeza, é porque você me faz sentir vergonha do que você faz."

"Tudo bem, eu lamento que você estava envergonhado e não triste, mas agora você pode, talvez, me contar um pouco mais do que não é simples."

"Ela te contou alguma coisa? Sobre ela...", perguntou Khalil.

"Ela disse que foi resgatada dos sequestradores pelo seu pai, e depois adotada como filha dele."

"Só isso? Ah, mas isso não é nada", disse Khalil curvando os ombros, emburrado. "Eu não sei onde aquele vendeiro velho e magrelo arranjou essa coragem. Aquelas pessoas estavam armadas... talvez. E ele entrou correndo na água gritando pra eles largarem as crianças. Ele nem sabia nadar.

"A gente morava num vilarejo ao sul daqui, uma região pobre. Eu te contei. A venda atendia pescadores e pequenos fazendeiros que vinham vender verduras e ovos em troca de um punhado de pregos ou de um pedaço de tecido ou meio quilo de açúcar. E qualquer coisinha contrabandeada que você tivesse sorte de encontrar era bem-vinda. Era isso que ela era, magendo pra ser vendida em algum lugar, como a irmã foi vendida. Eu lembro quando ela chegou, chorando e toda suja... aterrorizada. Todo mundo do vilarejo conhecia a história dela, mas ninguém veio perguntar por ela, que então foi ficando com a gente. A minha Ma chamava ela de kifa urongo", Khalil disse e então sorriu. "De manhã, o meu Ba chamava por ela assim que estava pronto pra comer o pão, e ela trazia a comida e ficava ali com ele enquanto ele lhe dava uns bocados. Como se ela fosse um passarinho. Pão de painço com ghee derretida toda manhã, e ela ficava sentada ali perto matraqueando e abrindo bem a boca pros pedacinhos que ele arrancava pra ela. Ela seguia a minha mãe quando ela estava trabalhando, ou vinha comigo quando eu saía. Aí um dia o meu pai disse que ia dar o nosso nome pra ela, pra ela poder virar parte da família. Deus fez todos nós de um único coágulo de sangue, ele dizia. Ela conversava melhor com as pessoas do que com a gente. Ela é mswahili, que nem você, apesar de falar meio diferente.

"Aí o seyyid chegou. Essa parte é muito simples. Quando ela tinha sete anos, o estúpido do meu Ba, que Deus tenha piedade dele, ofereceu ela ao seyyid como parte do pagamento.

E eu ia ficar de rehani com ele até ela ter idade pra casar, a não ser que o meu Ba conseguisse me recuperar antes. Mas ele morreu, e a minha Ma e os meus irmãos voltaram pra Arábia e me deixaram aqui com a nossa vergonha. Quando aquele demônio do Mohammed Abdalla veio pegar a gente, ele fez ela tirar a roupa e passou aquelas mãos imundas no corpo dela."

Khalil começou a chorar baixinho, com lágrimas lhe escorrendo pelo rosto.

"O seyyid me disse depois do casamento que eu podia ficar se quisesse", continuou Khalil. "Aí eu fiquei pra servir aquela coitada que o meu Ba vendeu como serva, que Deus tenha piedade da alma dele."

"Mas vocês não precisam mais ficar aqui. Ela pode ir embora se quiser. Quem é que pode impedir?", exclamou Yusuf.

"Meu irmão, como você é corajoso", disse Khalil, rindo entre as lágrimas. "Nós todos podemos fugir e ir morar nas montanhas. Só depende dela. Se ela for sem o seyyid concordar eu tenho que voltar a ser rehani ou pagar a dívida. Foi esse o acordo, e é isso que a honra exige. Então ela não vai embora, e enquanto ela ficar eu também fico."

"Como é que você pode falar de honra...?"

"E do que é que você acha que eu devia falar?", perguntou Khalil. "O coitado do meu Ba, que Deus tenha piedade dele, e o seyyid, os dois me roubaram tudo, fora a honra. Se não foram eles que me transformaram no covarde inútil que você está vendo, então quem foi? Vai ver a minha natureza é essa mesmo, ou é assim que a gente vive... o nosso costume. Mas no caso dela, eles partiram o coração dela. O que pode ser mais importante que isso? Se você não quer que eu chame de honra, pode chamar do que quiser."

"Eu não estou nem de longe preocupado com a sua honra",

disse Yusuf com raiva. "Isso é só outra palavra nobre que você usa pra se esconder. Eu vou tirar ela daqui."

Khalil deitou na esteira e se esticou todo. "Na noite que o seyyid casou com ela eu fiquei feliz", disse. "Apesar de não ter sido uma coisa tão impressionante quanto aquele casamento indiano que a gente viu faz tantos anos. Não teve cantoria e não teve joias... não teve nem gente. Eu achei que ela não ia mais ficar que nem passarinho enjaulado, cantando aquelas músicas estropiadas. Você já ouviu ela cantar de noite, às vezes? O casamento ia apagar a vergonha dela, eu pensei. Ela pode ir embora se quiser! Ora, quem foi que te impediu de ir embora nesses anos todos? Pra onde é que você iria com ela? O seyyid não vai mexer nem um dedo contra vocês. Vocês vão ficar condenados aos olhos de todo mundo, e com razão. Criminoso. Se ficarem aqui na cidade, nem segurança vocês vão ter. Ela te disse alguma coisa? Quero dizer, ela se comprometeu com essa ideia?"

Yusuf não respondeu, mas podia sentir sua indignação diminuindo e também o princípio de certo alívio ao ver que sua determinação imprudente estava sendo questionada. Talvez ele não tivesse o que fazer. E embora a lembrança de Amina parada na escuridão da porta do pátio ainda estivesse morna nas mãos dele, já sentia que ela esfriava e se tornava algo mais dócil, um tesouro estimado pronto a ser desembrulhado num momento tranquilo. Como podia falar de ir embora com ela? Ela ia rir na cara dele e ia pedir socorro. Então ouviu a amargura da voz de Amina quando falou do tio Aziz e comparou a vida aqui com o inferno. Ele sentia a mão dela no rosto, a mão dela no rosto. A risada dela quando perguntou se ela abandonaria o tio Aziz...

"Não, ela não abriu a boca. Ela acha que eu sou um sonhador", disse Yusuf após um longo silêncio. Achou que

Khalil faria mais perguntas, mas depois de um tempo ouviu ele suspirar e se acomodando para dormir.

Yusuf acordou cansado e sentindo que precisava fazer alguma coisa. Passou a noite toda, enquanto entrava e saía de um sono leve, debatendo internamente se devia deixar as coisas como estavam ou conversar com Amina e forçar uma decisão. Achou que ela não ia lhe dar as costas com desprezo, pelo modo como tinha falado da vida dela e também da dele, pelo modo como tinha ficado olhando para ele e trançado as vidas dos dois. Também havia algo assim no desejo que sentia por ela, e embora não tivesse as palavras todas para lhe falar de seu desejo, ele sabia que não era algo leviano que surgia só quando queria. Mas isso tudo era mero murmúrio suave comparado ao que aconteceria se ela estivesse disposta. Apesar disso tudo, estava decidido a conversar com ela. Ele lhe diria: *Se isso aqui é o inferno, então fuja. E me deixe ir com você. Eles criaram a gente como pessoas tímidas e obedientes para honrar eles mesmo que fossem maltratadas. Fuja e me deixe ir com você. Nós dois estamos no meio do nada. Onde pode ser pior? Não vai existir um jardim murado lá, aonde quer que a gente vá, com ciprestes grossos e arbustos que não param de se mexer, e árvores frutíferas e flores de um colorido inesperado. Nem o cheiro amargo da seiva de laranjeira durante o dia e o abraço envolvente da fragrância do jasmim à noite, nem aroma de sementes de romã ou das doces ervas que ficam pelos cantos. Nem a música da água no lago e nos canais. Nem a satisfação do bosque de tâmaras no momento cruel do sol a pino. Não existiria música pra encantar os nossos sentidos. Seria como uma expulsão, mas como poderia ser pior do que isso?* E ela ia sorrir e tocar o rosto dele, que ganharia calor. Você é um sonhador, ela lhe diria, e então prometeria que plantariam o próprio jardim, mais completo que aquele.

Ele não ia sentir remorsos pelos pais, era o que se dizia. Não sentiria. Foram eles que o abandonaram anos atrás em nome da própria liberdade, e agora ele os abandonaria. Se ganharam alguma tranquilidade com o cativeiro dele, agora isso chegaria ao fim quando ele fosse cuidar da própria vida. Enquanto caminhava livre pelas planícies podia até lhes fazer uma visita e agradecer pelas duras lições que lhe deram, e que o puseram no caminho certo.

4.

A venda estava movimentada naquele dia, e Khalil se dedicava ao trabalho com uma alegria e um abandono que faziam até os fregueses mais cabisbaixos sorrir. Ele recuperou o ânimo, diziam. Louvado seja Deus! Suas provocações ficaram mais ousadas do que nunca, chegando por vezes às raias da zombaria, mas eram ditas com um espírito tão amigável e irresistível que ninguém se via capaz de ficar ofendido. "O que foi que deu nele?", perguntavam os fregueses. Yusuf sorria e dava de ombros, e então tocava de leve a têmpora esquerda. Várias explicações foram oferecidas. Era entusiasmo juvenil, fora de lugar mas saudável e divertido. Melhor mesmo rir agora, antes de cair nas amarras da vida. Uns bastõezinhos de haxixe tinham dado naquilo, sugeriu outra pessoa. Provavelmente ele não está acostumado e a mente ficou enfebrada. Uma mulher que veio comprar duas onças de óleo de coco para passar no cabelo, e que ouviu de Khalil uma alegria elaborada sobre os prazeres de uma massagem, ficou se perguntando se alguém tinha posto pimenta no pênis do rapaz. Os dois velhos da varanda ficaram olhando e gargalhando felizes. Por mais que Khalil evitasse o olhar de Yusuf, este enxergava o júbilo frenético nos olhares furtivos que captava, e se afastava do caminho.

À tarde, quando o ritmo diminuiu, Khalil ostensivamente encostou uma caixa num canto da loja e sentou para tirar uma soneca. Yusuf não lembrava de ter visto ele fazer uma coisa dessas antes, e tomou essa melancolia súbita como continuação das birras e loucuras. Viu Mzee Hamdani ter dificuldade com os baldes de água e imaginou que estaria abastecendo os lagos. A água balançava e escorria pela borda dos baldes antes que o velho desse os poucos passos que levavam ao jardim, molhando os pés e enlameando o chão. Yusuf ficou observando com inveja e irritação, sem se dar ao trabalho de correr para ajudar, mas o velho estava concentradíssimo e não deu sinal de perceber que ele estava por ali. Mais tarde viu o jardineiro sair sem nem olhar para trás, arrastando os pés para atravessar a clareira na velocidade constante de uma centopeia que ataca. A voz dele crescia intermitente num cântico que não se podia ouvir com clareza, e que soava como palavras cantadas de trás para a frente.

À tardinha, na hora de sempre Yusuf entrou. Ele se disse que seria a última vez. Faria uma breve oração para a Senhora e veria Amina e então... pediria que ela fugisse com ele, se tivesse coragem de pedir. A porta do pátio estava entreaberta e ele foi entrando, chamando com uma voz delicada para anunciar a chegada. O cômodo estava perfumado de incenso e a Senhora estava ali sentada sozinha à espera. Ele parou à porta, com medo de entrar. Ela sorriu e lhe fez um sinal para entrar. Ele viu que ela estava com roupas ricas, seu longo vestido creme que brilhava com bordados âmbar. Ela afastou o xale e se inclinou para a frente, gesticulando de maneira insistente para que chegasse mais perto. Ele deu dois passos à frente e parou, coração aos saltos, sabendo que devia sair dali. Ela começou a falar baixinho com ele. A voz era rica de sentimentos, e o sorriso foi ficando mais delicado enquanto ela falava. Yusuf não entendia direito o que ela queria que fizesse, mas era impossível deixar de ver a expressão passional de desejo naquele rosto. Ela pôs a palma das mãos no peito e então se pôs de pé. Quando ela pôs a mão no ombro dele, Yusuf estremeceu. Começou a recuar, e ela veio junto. Deu meia-volta para fugir, mas ela agarrou a parte de trás da camisa, que ele sentiu rasgar-se nas mãos dela. Ao sair correndo do cômodo, ele ouvia seus gritos de agonia mas não olhou para trás e não hesitou.

"O que foi que você fez?", gritou Khalil quando ele passou correndo pelo jardim, que estava quase às escuras. Yusuf sentou na varanda, sentia-se atordoado e repugnante, sem dar conta do peso insuportável daquela situação miserável. Ficou esperando na varanda por um tempo que pareceu horas, oscilando entre a vergonha e a raiva. Talvez devesse ir embora imediatamente, pensou, antes que começassem as consequências desagradáveis. Mas não fizera nada de que devesse se envergonhar, fora forçado a viver assim, todos eles tinham sido forçados, e isso sim era vergonhoso. As intrigas e os ódios deles, e o desejo vingativo de ter sempre mais, forçaram até virtudes simples a se tornarem moedas de troca e de escambo. Ele iria embora, nada mais simples. Para algum lugar onde pudesse escapar das exigências opressivas que tudo lhe apresentava. Mas sabia que um caroço duro de solidão se formara havia muito tempo em seu coração deslocado, e que aonde quer que fosse aquele caroço iria junto para rebaixar e esfacelar qualquer plano que ele inventasse para alcançar alguma satisfação na vida. Podia ir para a cidade das montanhas, onde Hamid ia torturá-lo com perguntas hipócritas e Kalasinga ia entretê-lo com suas fantasias. Ou quem sabe ir ficar com Hussein em seu retiro nas montanhas. Lá podia encontrar uma satisfação mínima. Ou ir para Chatu para virar o palhaço da corte de seu próprio feudo decrépito. Ou para Witu, para encontrar a mãe de Mohammed, o viciado em haxixe e a terra linda que as transgressões o fizeram perder. E em toda parte lhe perguntariam sobre o pai e a mãe, e a irmã e o irmão, e o que ele trazia e o que contava levar. Para todas essas perguntas ele teria apenas respostas evasivas. O seyyid podia penetrar profundamente em terras estranhas em meio a uma nuvem de perfume, armado apenas de sacos de bugigangas e de uma segurança total de sua superioridade. O homem branco da floresta não temia coisa alguma enquanto estivesse sentado sob a bandeira, cercado de soldados armados. Mas Yusuf não tinha nem bandeira nem essa certeza de um conhecimento que lhe garantisse honra e superioridade, e percebeu ter compreendido que o mundo pequeno que conhecia era o único à sua disposição.

No escuro, Khalil veio a passos largos na direção dele, com o braço erguido como se fosse bater em Yusuf. "Eu te falei que isso só ia dar problema", disse furioso. Ele o pôs de pé à força e o arrastou dali. "Vamos sumir daqui. Vamos pra cidade. Seu idiota, seu imbecil… Eu preciso te contar o que ela está dizendo? Que foi atacada por você, que você rasgou a roupa dela que nem um bicho, depois de ela ter sido tão boa com você. Ela quer que eu vá trazer gente da cidade pra ela poder fazer essa acusação diante de testemunhas. Eles vão te surrar e cuspir em você… e sei lá mais o quê."

"Eu nem encostei nela", disse Yusuf.

Khalil largou o braço dele e começou a lhe dar socos, caindo por cima dele de tanta raiva. "Eu sei, eu sei! Por que você não me deu ouvidos?", gritava. "Eu nem encostei nela! Tente dizer isso pra multidão que ela vai juntar aqui."

"O que é que vai acontecer?", Yusuf perguntou, empurrando Khalil com um gesto irritado e se pondo de pé.

"Você tem que ir embora."

"Que nem um criminoso? E ir pra onde? Eu vou embora quando quiser. E o que é que vai acontecer quando me encontrarem?"

"Todo mundo vai acreditar nela", disse Khalil. "Eu falei que ia trazer as pessoas que ela quer que eu traga da cidade. Senão ela vai gritar por socorro. Eles vão acreditar no que ela disser. Talvez até amanhã cedo ela pare se a gente ignorar, mas acho que não. Era melhor você ir embora. Você não conhece esse pessoal? Eles vão te matar."

"Ela rasgou a minha camisa por trás. Isso prova que eu estava fugindo dela", disse Yusuf.

"Não seja ridículo!", gritou Khalil, rindo sem acreditar no que ouvia. "Quem é que vai ter tempo de te perguntar uma coisa dessas? Quem é que quer saber? Por trás?" Ele deu uma espiada nas costas de Yusuf e então não conseguiu conter um sorriso alucinado. Ficou pensando um momento, tentando lembrar de alguma coisa.

Correram até a praia e escolheram um canto escuro onde passaram horas conversando. Yusuf se negava a fugir no meio da noite como se fosse mesmo um criminoso, e apesar da insistência de Khalil ele não desistia da ideia de esperar a acusação ser feita para poder se defender antes de ir embora. Não, não, não, Khalil berrava na cara dele, a voz sobrepujando o sibilar do mar inquieto que se arremessava contra o muro aos pés deles.

Era quase meia-noite quando chegaram de volta à venda. A cidade estava toda trancafiada e muda, cortada pela marcha dos cães magros que povoavam os pesadelos de Yusuf. Assim que chegaram à venda Yusuf sentiu uma perturbação na atmosfera, com se algo tivesse acontecido enquanto eles não estavam. Depois de um instante ele não teve dúvida do que tinha acontecido. Era o perfume que anunciava a presença do tio Aziz. Olhou de relance para Khalil e viu que ele também sabia. O Faraó tinha voltado.

"O seyyid", disse Khalil num sussurro contido. "Ele deve ter chegado de tarde. Agora só Deus pode te ajudar."

Apesar de tudo, Yusuf sentiu uma onda de prazer ao ver que o tio Aziz estava de volta. Ficou surpreso por não sentir medo do mercador, apenas uma curiosidade empolgada de ver como ele o abordaria a respeito das acusações. Será que o transformaria num marcado e o mandaria para o cume de uma montanha deserta como o jinn tinha ameaçado fazer com o lenhador? Enquanto Khalil falava do destino cruel que estava à espera, Yusuf abriu a esteira e deitou com uma calma tão exasperante que Khalil se viu forçado a ficar em silêncio.

5.

O tio Aziz saiu assim que o sol nasceu. Quando ele apareceu, Khalil correu para a mão do mercador com o zelo de sempre, beijando-a entre saudações empolgadas. O tio Aziz estava usando kanzu e sandálias, mas sem o barrete, uma informalidade singela que o deixava com uma aparência confortável e bondosa. O rosto com que olhou para Yusuf, no entanto, era severo, e ele não ofereceu a mão para beijar, como sempre fazia.

"Que história é essa de você ter agido de uma maneira tão bizarra?", perguntou, ordenando com um gesto que Yusuf sentasse de novo na esteira de onde tinha levantado. "Parece que você perdeu o juízo. Você tem alguma explicação pra me dar?"

"Eu não fiz mal a ela. Fui ficar com ela porque ela me convidou. A minha camisa foi rasgada por trás", disse Yusuf com uma voz que tremia de um modo inesperado e irritante. "Isso mostra que eu estava fugindo."

O tio Aziz sorriu e esse sorriso se abriu mais, sem que ele

pudesse se conter. "Ah, Yusuf", disse zombeteiro. "Eu não te disse que a nossa natureza é vil? Por que você foi ter que reviver tudo isso de novo? Quem é que teria imaginado que você seria capaz de uma coisa dessas? Por trás? Está provado, então. Não houve má intenção e não houve maus gestos porque a sua camisa foi rasgada por trás."

Khalil começou uma enfiada de explicações em árabe, que o tio Aziz ficou um instante ouvindo e então calou com um gesto. "Deixe ele se defender sozinho", disse.

"Eu não fiz nada", disse Yusuf.

"Você entrou várias vezes na casa", disse o tio Aziz com o rosto novamente endurecido. "Onde foi que você aprendeu esses modos? Eu deixo a minha casa com você, e você transforma essa casa num local de fofocas e desonra."

"Eu entrei porque ela queria que eu, que eu fizesse orações... pela chaga."

O tio Aziz ficou calado, olhando para ele como quem tenta decidir o que dizer ou o que fazer. Era uma expressão que Yusuf conhecia dos tempos da jornada pelo interior. Depois dessa reflexão, o mercador quase sempre preferia deixar as coisas se resolverem sozinhas, sem intervir. Era o momento de silêncio antes da permissão para que o caos se instalasse. "Eu devia ter levado você comigo", disse por fim. "Eu devia ter imaginado... A Senhora não está bem. Se nada de desonroso aconteceu, é melhor nós deixarmos por isso mesmo. Principalmente já que a sua camisa foi rasgada por trás. Mas ninguém deve mencionar essa história toda às pessoas de fora. Mesmo assim foi errado você entrar tantas vezes na casa."

Khalil falou mais um pouco em árabe. O tio Aziz concordou com gestos secos da cabeça, e então respondeu em árabe. Depois de alguma conversa, o tio Aziz apontou para a venda com um movimento curto do queixo.

"Por que você entrou tantas vezes na casa?", o tio Aziz perguntou depois de Khalil se afastar para abrir a venda.

Yusuf ficou olhando o mercador sem responder. O tio Aziz estava agora sentado na esteira em que Khalil dormira. Tinha uma perna dobrada sob o corpo e se apoiava num braço estendido. Yusuf viu que enquanto ele esperava a resposta o sorriso calmo e divertido começou a se desenhar no rosto do tio Aziz.

"Para poder ver Amina", disse. As palavras demoraram bastante para sair da boca dele, e Yusuf viu o sorriso se alargar e então se acomodar confortavelmente nos lábios do tio Aziz. O mercador lançou um olhar na direção da venda, e Yusuf seguiu seus olhos. Khalil estava no balcão, olhando para eles com uma expressão fixa de fúria e de ódio. Ele lhes deu as costas e continuou a abrir as venezianas.

"Mais alguma coisa?", o tio Aziz perguntou voltando-se de novo para Yusuf. "Você foi bem corajoso, hein? Como você se distinguiu nestas últimas semanas!"

Como Yusuf demorou demais para reagir, tentando decidir o que dizer e que diferença isso faria, o mercador recomeçou a falar. "Eu visitei a sua antiga cidade na minha viagem e visitei o seu pai. Eu queria fazer um acordo com ele, pra você ficar aqui trabalhando pra mim com um salário, e em troca eu perdoaria tudo que ele me deve. Mas descobri que o seu pai faleceu, que Deus tenha piedade da sua alma. A sua mãe não mora mais lá e ninguém soube me dizer onde ela estava. Talvez tenha voltado à cidade natal. Onde era?"

"Não sei", disse Yusuf. A sensação não era de perda, mas de uma tristeza súbita por a mãe estar também abandonada agora em algum lugar. Seus olhos se encheram de lágrimas ao pensar nisso, e ele viu o tio Aziz fazer um pequeno gesto de cabeça, aprovando a demonstração de dor. O mercador ficou esperando, como que satisfeito em deixar Yusuf decidir até onde queria que as coisas fossem. No longo silêncio Yusuf não conseguia se convencer a dizer as palavras que o queimavam por dentro. *Eu quero tirar ela daqui. Foi errado o senhor casar com ela. Abusar dela como se ela não tivesse nada de seu. Ser dono das pessoas como o senhor é nosso dono.* No fim o tio Aziz se pôs de pé e ofereceu a mão para Yusuf beijar. Quando Yusuf mergulhou nas nuvens de perfume, sentiu a outra mão do tio Aziz descansar na parte de trás de sua cabeça por um segundo e então lhe dar um tapinha seco.

"Depois nós discutimos os nossos planos, pra ver qual o melhor serviço que você pode me prestar", o tio Aziz disse de um jeito cordial. "Estou ficando cansado de tantas viagens. Você pode ir em algumas delas por mim. Pode até voltar a ver o seu velho amigo Chatu. Aliás, se cuidem, vocês dois. Khalil! Você também. Dizem que vai acontecer uma guerra entre os alemães e os ingleses, lá na fronteira norte. Quem me falou foram os mercadores da cidade quando eu cheguei ontem à tarde. Mais dia menos dia os alemães vão começar os sequestros porque precisam de carregadores pro exército. Então fiquem de olho bem aberto. Se perceberem eles chegando vocês fecham a venda imediatamente e somem. Vocês já ouviram as coisas que os alemães fazem, não ouviram? Muito bem, podem voltar ao trabalho."

6.

"Ele gosta de você", Khalil disse feliz. "Eu te disse desde o começo. O seyyid é um campeão, quem é que pode duvidar? Ele voltou, bateu o olho na Senhora e pensou, *essa doida andou atormentando o meu rapazinho bonito. Essas mulheres sempre dão problema e a minha é uma maluca de primeira, maldita.* Qualquer um enxerga que ela é doida, com aquela voz choraminguenta e o falatório todo sobre a tal chaga. E a sua camisa rasgada. Ah, essa camisa rasgada! Que história! Os anjos que cuidam da sua vida não são brincadeira. Agora o seyyid vai te arranjar uma esposa, pra você não se meter em encrenca. Uma dessas mocinhas bonitas que moram numa venda do interior. Acho que ele já estava pensando em alguém pra você antes de ir viajar. Talvez ele compre uma pra mim também e a gente pode casar ao mesmo tempo. Talvez elas sejam irmãs. Provavelmente é mais barato comprar duas ao mesmo tempo. O qadhi que vai realizar a cerimônia sai pela metade do preço, e também fica só uma pilha de roupa pra lavar depois da noite de núpcias. A gente pode alugar uma daquelas casinhas do outro lado da rua e ir morar juntos. As nossas esposas vão ter filhos gêmeos e se ajudar com todas as tarefas chatas do dia a dia, e a gente pode ficar sentadinho na varanda da casa conversando... sobre a condição do mundo, quem sabe. Essa ia ser boa. Ou a realização prometida por Deus. Aí de manhã a gente atravessa a rua pra cuidar dos negócios do nosso seyyid. O que você acha?"

Khalil anunciou o iminente casamento duplo dos dois para os fregueses, convidando-os para o banquete que o seyyid tinha lhes prometido. Vocês conhecem o seyyid, ele disse, vai ser tudo halal e tudo puro. Ele descrevia as atrações: dançarinas, cantores, homens de pernas de pau, um desfile de meninos e meninas com bandejas de incenso que viriam flanqueados por homens espirrando água de rosas no ar, tudo isso e muito mais. Banquetes com todo tipo de comida. E música de gente rica noite adentro. Yusuf sorria como todos os outros. Era impossível não sorrir, já que Khalil inventava e enfeitava a história de maneira alucinada. Quando os fregueses pediam que Yusuf confirmasse, ele lhes dizia que a mente de Khalil tinha rachado. "É delírio por causa da febre", dizia. "Não deem bola. Senão ele fica nervoso e piora."

Quando Mzee Hamdani chegava para seus cuidados diários com o jardim, Khalil gritava por ele, "Walii, santo homem, nós vamos casar, nós dois. O senhor não fica surpreso? O nosso seyyid vai ajeitar a nossa vida. Cante uma qasida pra nós quando tiver um tempinho. Quem é que teria previsto tanta felicidade pra nós? Esse aqui não vai mais poder ajudar no jardim, aliás. Logo ele vai ter que cuidar de outros canteiros, e podar outros arbustos".

De início Yusuf supôs que as palhaçadas de Khalil eram uma forma de ele manifestar alívio por as coisas não terem sido piores. O tio Aziz tinha ignorado a questão da Senhora sem maiores dramas, e Yusuf não ousou questionar o lugar de Amina. Quando estivesse pronto, o tio Aziz lidaria com ele como achasse melhor. Depois entendeu que Khalil estava rindo dele. Depois de toda aquela conversa passional e corajosa, acabou ficando quieto com a proposta arrepiante do mercador. Agora eram iguais, ele achava, ambos livremente a serviço do mercador. Beijadores de mãos. Khalil tinha elaborado uma explicação para sua posição humilhante, achava que estava ali para compensar o mal que o pai fizera a Amina. Yusuf não tinha explicação para permanecer a serviço do mercador.

"O seyyid, melhor você aprender a dizer assim agora", ria Khalil.

7.

A primeira notícia que tiveram da presença dos soldados foi quando viram homens passarem correndo pela venda. Era fim da tarde, hora em que as pessoas caminhavam pelas ruas, já cada vez mais frescas, tomando ar e conversando, e outras pessoas voltavam da cidade para casa. De repente os grupinhos começaram a se dispersar, saíam correndo da rua ou disparavam para o mato, gritando alguma coisa sobre askaris. Khalil entrou correndo na casa, soltando um alerta, enquanto Yusuf fechava a venda o mais rápido que conseguia. Ficaram sentados na caverna escura com o coração aos saltos, trocando sorrisos tensos. De início o cheiro que subia das mercadorias parecia sufocante, mas foram respirando com mais facilidade à medida que se adaptavam à atmosfera abafada. Pelas frestas das tábuas enxergavam partes da clareira e da rua. Não demorou muito para verem uma coluna de soldados marchando com precisão e sem pressa atrás do oficial europeu, que usava roupas brancas. Quando a coluna chegou mais perto, viram que o alemão era um rapaz alto e magro, e que estava sorrindo. Trocaram sorrisos também, e Khalil abandonou o olho mágico entre as tábuas da loja e sentou com um suspiro.

Os askaris marchavam descalços e numa ordem perfeita. O oficial entrou na clareira diante da loja, e os homens fizeram uma curva fechada para acompanhá-lo. Já na clareira, a coluna se desfez como um colar cujo fio tivesse sido removido. Silenciosamente, eles encontraram as sombras que conseguiram, e jogaram no chão as mochilas enquanto também se jogavam com sorrisos e suspiros. O oficial ficou alguns instantes de pé, examinando a casa e a venda fechada. Então, ainda sorrindo, foi andando na direção deles sem dar qualquer sinal de urgência. Quando o oficial foi se afastando, os homens começaram a conversar e a rir entre si, e um deles gritou um xingamento.

Yusuf não tirou o olho da fresta, e com uma careta assustada ficou observando o alemão sorridente. O oficial parou na varanda e então saiu do campo de visão de Yusuf. Entre gritos de ordens, uma cadeira de campanha e uma mesa dobrável foram trazidas lá de onde descansavam os askaris e levadas até a varanda. O oficial sentou, com o rosto a poucos centímetros das tábuas da loja. Foi então que Yusuf percebeu que o oficial não era tão jovem quanto parecia à distância. A pele do rosto era esticada, lisa e tensa, como se tivesse sofrido uma queimadura ou uma doença. O sorriso era uma careta imóvel de deformidade. Os dentes ficavam à mostra, como se a carne retesada do rosto já tivesse começado a apodrecer e cair da região em torno da boca. Era o rosto de um cadáver, e Yusuf ficou chocado com a feiura e a aparência de crueldade.

Os askaris logo foram forçados a se levantar por ordem do sargento, um homem de aparência vigorosa que fazia Yusuf lembrar de Simba Mwene, e se dispuseram em grupos descontentes, à espera. Olhavam todos na direção do oficial alemão, que encarava fixo à frente, vez por outra levando um copo até a boca. Ele não tomava goles, mas apoiava a borda do copo na boca doente e vertia o líquido. Por fim ele olhou para os soldados e Yusuf viu que fez um gesto com a cabeça.

Os askaris entraram em ação antes de as palavras saírem da boca do sargento. Com velocidade e precisão miraculosas eles se perfilaram em posição de sentido e depois se destacaram em grupos de três, correndo em direções diferentes. Três dos soldados ficaram para trás protegendo o líder. De cada lado da fachada da venda permaneceu um askari, enquanto o terceiro contornou o imóvel e acabou arrombando a porta do jardim. O oficial levou o copo até a boca, virando para derramar o líquido na boca aberta. Sugava com avidez, com o rosto se tornando vermelho pelo esforço. Um pouco do líquido cor de giz lhe escorreu pelo queixo, e ele se enxugou com as costas da mão.

O askari que fora até o jardim voltou com um relatório. Yusuf levou um segundo para perceber que ele estava falando em kiswahili, dizendo que o jardim tinha frutas, mas só isso, e que a porta que dava para a casa estava trancada. O oficial não olhou para o soldado, mas depois de ele terminar o relato e ir de novo descansar à sombra da árvore, o oficial se virou e encarou a venda fechada atrás de si. Yusuf tinha a impressão de que o homem estava olhando direto em seus olhos.

Pareceu demorar bastante para os askaris começarem a voltar, cantando e gritando enquanto conduziam os prisioneiros à frente. A clareira foi ficando cheia de homens. O oficial alemão se pôs de pé e foi até a beira da varanda, com as mãos juntas nas costas. *Gog e Magog*, Khalil sussurrou no ouvido de Yusuf. Quase todos os homens levados até ali pareciam amedrontados ao serem conduzidos para o meio da clareira, olhando calados em torno como se estivessem num lugar desconhecido. Outros pareciam satisfeitos, conversando entre si e gritando palavrões amistosos para os askaris, que não pareciam achar muita graça.

Eles aguardaram alguns minutos antes de ir até os palhaços e fazê-los se calar com bofetadas fortes que lhes arrancaram o sorriso do rosto.

Quando todos os askaris tinham voltado, e todos os prisioneiros estavam reunidos na clareira sem sorrir, o sargento marchou até a varanda para receber as ordens. O oficial alemão concordou com a cabeça, e o sargento soltou um grunhido de satisfação antes de se voltar mais uma vez para os homens. Fizeram os prisioneiros formarem duas fileiras de homens calados, e sob a escuridão que ia crescendo eles os fizeram marchar na direção da cidade. À frente da coluna, que seguia num passo arrastado, o oficial alemão marchava com corpo ereto e movimentos discretos e precisos. O uniforme branco reluzia à luz que ainda restava.

Antes que a coluna tivesse sumido de vista, Khalil escapou da venda e contornou a casa para ver se estava tudo em segurança lá dentro. O jardim estava num silêncio sereno, sua música noturna tremia de maneira imperceptível na escuridão. Yusuf foi explorar os restos do acampamento dos askaris. Aproximou-se de maneira cautelosa, farejando, como se esperasse que os askaris tivessem deixado uma marca acre da passagem. O chão estava todo revirado pelos passos dos homens, e restava no ar uma perturbação. Logo além da sombra da árvore sufi, encontrou várias pilhas de excrementos, que os cães já estavam mordiscando. Os cães olharam para ele com suspeita, e ficaram vigiando sua presença com o canto dos olhos. Os corpos mudaram levemente de posição para proteger a comida daquele olhar invejoso. Yusuf ficou um instante olhando espantado, surpreso com esse sórdido reconhecimento. Os cachorros reconheceram nele um comedor de merda.

Viu de novo sua covardia brilhar exposta sobre o que restava de sua placenta à luz da lua e lembrou que tinha visto aquela coisa respirar. Aquele foi o nascimento do primeiro terror de seu abandono. Agora, enquanto observava a fome distraída e degradada dos cães, ficou pensando no que se tornaria quando crescesse. A coluna a marchar ainda era visível quando ele ouviu atrás de si, no jardim, um barulho que parecia ser de uma porta sendo trancada. Olhou rapidamente em volta e então saiu correndo atrás da coluna com os olhos ardendo.

ESTA OBRA FOI COMPOSTA PELA SPRESS EM ELECTRA E IMPRESSA EM OFSETE
PELA LIS GRÁFICA SOBRE PAPEL PÓLEN NATURAL DA SUZANO S.A.
PARA A EDITORA SCHWARCZ EM AGOSTO DE 2023

A marca FSC® é a garantia de que a madeira utilizada na fabricação do papel deste livro provém de florestas que foram gerenciadas de maneira ambientalmente correta, socialmente justa e economicamente viável, além de outras fontes de origem controlada.